让兄弟姐妹都开花

Rang Xiongdi Jiemei Dou Kaihua

黄圣凤／著

合肥工业大学出版社

淮河的前方是大海（序）

徐贵祥

一

终于安静下来了，我在皖西文友群里发了一条短信：特大喜讯，放寒假了，我要大宴宾客五至八天。这是一个宏伟的理想，大概萌生于久远的年代。不知道在多少作品里，我表达过这种理想，在童年迎着风雪走过的田野上，在春暖花开的老宅庭院里，在阳光明媚的蓝天白云下，在波光粼粼的小河边，呼朋唤友，吆五喝六，桌上一壶老酒，桌边几个老友，桌下一条老狗，吹牛谈天，无拘无束。想象着和朋友相聚的快乐时光，我幸福得有些不知所措了，常常是一时冲动，一拍脑门，恨不得马上就去买票，回归乡野，忘乎所以，当一个撒娇撒野的儿童，当一个无忧无虑的老苕。

可是，理想就是理想，美好而遥远。我还是回不去，因为这个假期还有一个“就地休整”的限制，因为出京要打报告，因为节日要值班，因为……因为有太多的因为。人啊，想按照自己的意愿生活，想活得自由自在一点，还真不是那么简单的事情。

北京依然没有下雪，好在今年雾霾天少，阳光从森林般的楼群缝隙里落下来，再穿过窗前那棵快活树，落在桌面上，反溅出柔和的光晕，随我心情移动并幻化，扑朔迷离，地图一般。思乡之情没有地方安抚，我只好翻开老家寄来的书籍杂志，看着看着，就看见那山那水那人那事。

恰好黄圣凤文友打来电话说事。问她家乡是否下雪，她把正事忘了，喜形于色地告诉我，下得很大，大街小巷积雪没膝。她并且发来视频，大片的雪花在镜头前飞舞。街上的雪，空中的雪，还有正在途中匆匆赶来的雪，一下子把故乡和童年送到我的眼前。记得是海德格尔说的，人类应该诗意地栖居。可是，北京的雪在哪里？没有雪的冬天，诗意在哪里？燕山雪花大如席，那是历史了；燕山雪花大如席，那是历史了；燕山雪花大如席，那是历史了。

感谢黄圣凤，她发来的照片中，有一张站在十七层楼的顶上拍摄的富金山雪景。富金山，叶集西去十几里地，大别山余脉一个小山包，海拔不过三四百米，可是在白雪的笼罩下，在阳光的覆盖下，却显得那样巍峨壮观，好比遥远天穹下的雪山，泛着玫瑰色的光晕。端详照片，心中突然一动，这座小山似曾相识，似乎，我和这座小山有着某种神秘的联系。是什么呢？闭目遐想，如梦似幻，往事纷至沓来。原来，就在前不久，我写了篇小说《鲜花岭上鲜花开》，富金山战役，一场让无数人情感命运成为千古之谜的大战，就发生在那里。而事实上，我并没有去过那里，我感觉我非常熟悉那个地方，好像很久很久以前我就参与了那里的刀耕火种，好像很久很久以前我就在那里同日军血战，直到多少年后我的笔触毫不费力地在那里耕耘寻找，写出了诸如《鲜花岭上鲜花开》那样的作品，其他如《历史的天空》《八月桂花遍地开》《四面八方》《马上天下》等，无不打上那个地方的深深烙印。或许，这就是文化的力量。

多少年了，我们一直在探究文化的内涵。我个人认为，所谓文化，首先应该具有群体属性，具体地说，所谓文化，就是集体记忆、集体性格、集体行为方式，是集体的意识形态和集体的生活形态。一个人的生命运行方式，谈不上是文化。任何一个民族、区域、时代，都有自己独特的文化特征。正是因为文化的多元、多样和多变，才使得大千世界异彩纷呈，使得我们的生活趣味盎然。我还认为，文化的价值就在于存在差异。很难想象，如果全球只有一种文化形态，只有一种记忆，只有一种生活方式，那真是生不如死了。哪怕我们全都富得流油，哪怕我们全都随心所欲，哪怕我们全都坐拥金山银山——这是题外话了。

毋庸置疑，我们每个人都有与生俱来的文化基因。我出生在皖西丘陵，从大别山和淮河源头流淌下来的故事和习俗，始终伴随着我的精神发育。皖西记忆、皖西性格、皖西方式，是中华文化的一部分，也是全球文化的一部分，很难说它同其他地域、特别是周边地域的文化有明显的区别和界限。它的边界是模糊的，然而它毕竟有自己的核心和灵魂，就像亚洲人和非洲人，就像上海人和北京人，有共同之处，也有不同之处。

一方水土养育一方人，一方人讲一方故事，这应该是我们这些作家应该做的事情，也是我们可以做到的事情。从这个意义上讲，我非常在意皖西人讲述的皖西故事。

二

大约是2010年夏天，我回到故乡，在史红雨老师的引领下，到石婆店去看许世友在20世纪60年代修建的将军楼。就是那次，史老师给我介绍了几个叶集文友：黄圣凤、李艳、李静、张倩玮，我们一起瞻仰已成遗迹的将军楼，一起乘坐汽艇游览响洪甸水库，在湖光山色中追忆童年的欢乐，在落日余晖里畅谈青春的岁月。

过去只是听说，霍邱县是“文藻之乡”。我起先认为，这个尊称来自叶集“未名四杰”——韦素园、韦丛芜、台静农、李霁野；后来知道，“文藻之乡”的来历比“未名四杰”要早得多。《霍邱县志》记载“邑中舟车之集，商贾所辏以叶家集为最”，由此可见，叶集之所以成为集，乃商贸之功。李霁野有文章回忆，晚清时期，“史河傍镇流过，多桅帆船穿梭”。只是，到了近代，由于史河改道，叶集也由繁华转为衰落，这个衰落是指经济层面的。然而，叶集的文化，再具体地说，叶集的文学，却从此真正走向繁荣，得益于先贤留下的遗产——“未名四杰”的品牌。20世纪改革开放之后，叶集的有志之士姜兴云、安天国等人办起了一个民间文学刊物——《未名文艺》，这本没有公开刊号的杂志，却成为文学青年生长的肥沃园地，养育了一茬茬作家和文化学者。叶集的老街上残存着“未名四杰”的故居，断垣残壁在秋风中依然传播嘶哑的文学呼唤，青石板铺就的街心走过了一串串文学的足迹。想当年一个中学生从这里走过，想象着先贤的声音，从学校的图书馆里找到了托尔斯泰，找到了陀思妥耶夫斯基，然后从这里走出去，走向安徽师范大学，走向北京师范大学，成为著名文化学者，他的名字叫黄开发。想当年还有一个学生从这里走过，从文学青年到文学中年，再到文学老年，即便是当了镇长，那颗文学的种子仍然蛰伏在心灵深处，只要有机会，就写下大量文字，他的名字叫朱德奎。

还有一个男生，他没有黄开发和朱德奎那样幸运，他不属于这个集镇，不幸的“文革”给他个人带来了一定程度的幸运。他生活在东北方向二十公里开外的另一个更小的集镇，在“停课闹革命”的岁月里，小集镇的学生从大集镇的图书馆里带回了《茶花女》《牛虻》《被侮辱与被损害的人》；小集镇的那个男生，手捧“毒草”，眺望西南，想象着那里的一切，想象那里通向世界文明的辽阔的原野，一棵文学的小树在心里呼呼地疯长。他带着憧憬，带着梦想，带着按捺不住的冲动，参军当兵。即便在生死茫茫的战场，血液里依然流淌着文学的冲动，他的每一次经历都转化为文学的体验，几十年后，终于成为一个作家。他就是我。

三

当然，最值得一提的还是老街南头的那个小女孩，她的名字叫黄圣凤。我和她认识不久，交往不多，但是认识之后，我很快就把她当作我的精神同盟，成为我回乡必见的朋友之一。黄圣凤和我一样，生长在城乡接合部，她在艰辛的日子里贪婪地品尝生活的甘苦，在贫瘠的岁月里深刻地感悟文学的真谛。她笔下挥之不去的乡愁，犹在耳畔的劳作歌谣，历历在目的乡野童趣，还有视劳动为艺术的姥姥和母亲，代行父亲母亲职责的哥哥，字里行间跳动着特色鲜明的皖西文化。一篇《母亲·簸箕》读至一半，故乡的气息便扑面而来。

黄圣凤开始文学创作的时间并不长，但是厚积薄发。她大学毕业后回到叶集中学当教师，担任过班主任和学校的团委书记，后来又接替姜兴云主编《未名文艺》，虽然一直业余创作，但产量却是惊人的。十年来，她以源源不断的井喷之势，创作了近 200 万字的作品，在《人民文学》《清明》《海外文摘》《西北文学》《安徽文学》《美文》《中国社科报》《中国妇女报》《新安晚报》等几十种报刊发表文章 400 篇（首），更多文章在网络媒体频频推出；出版了文学作品集 6 部，作品被收入《中国美文》《中国散文诗》《中国当代诗歌精品大系》《新时文》等几十种文学选本；获得中宣部文学奖、孙犁文学奖、林非散文奖等各类奖项 40 余次，散文《让兄弟姐妹都开花》入选中宣部向全国重点推荐的 51 部文艺作品，并在“我们的中国梦——讲述中国故事”文艺作品征集活动中获二等奖。

就在我写这篇文章的时候，皖西文友群里传来消息，2017 中国散文排行榜公布，叶集两位作家的作品榜上有名，其中之一是黄圣凤的散文《母亲·簸箕》，这篇散文深情、细腻、温暖，已于 2014 年获得“孙犁文学奖”

散文大赛二等奖。顺便说一句，同时登上2017中国散文排行榜的，还有本人的作品《一间教室的记忆》，与黄圣凤的散文相提并论，是我的荣幸。

史河悠悠流山泉，青沙淤成叶集湾。黄圣凤对这片土地充满深情，对养育生民的史河满含热爱。寂寥的时候，困顿的时候，或是高兴的时候，文友相聚的时候，都喜欢到史河岸上走一走，看天，看地，看夕阳，看或涨或亏的河水，看或裸或露的河床。站在河堤上往前看，是自己的童年，那时水还很清，很有诗意；再往前看，是民国时候的码头，航运兴旺，四杰和他们的文字立在码头。河流总会给人很多东西，黄圣凤心里头装着一条河的诗意与变迁，行走在河岸，行走在文学的路上。史河的前方是淮河，淮河的前方是大海……

徐贵祥：安徽六安人，1959年12月出生，国防大学军事文化学院文艺创演系主任，中国作家协会副主席，中国作家协会军事文学委员会主任。著有长篇小说《仰角》《历史的天空》《高地》《八月桂花遍地开》《明天战争》《特务连》《马上天下》《四面八方》等。获第7、9、11届全军文艺奖，第4、9、11届“五个一工程”奖，第6届茅盾文学奖。

目录

第三卷　且铭且记

第四卷　且梦且醒

第一卷　且思且念

爱一直生长，时光便没有长度。浏览一个人的一生，恰若翻阅一册诗经。

母亲·簸箕

一

简朴的院落，健朗的老太太，灰头巾，蓝布围裙，脸上的皱纹和簸箕的纹路交相辉映。夕阳照过来，谷子上铺满金黄，上上下下颠颠簸簸中，尘杂飞去，谷子变得粒粒分明。

到了皖西的乡村，“妇人簸谷图”随处可见，这是画家作品之外生活的杰作。但我家山墙上挂着的那只簸箕，对一帧帧姑娘、嫂子、大妈的“簸谷图”都只报以礼节性的笑，它只钟情于它的主人——我的母亲，一个粗手大脚的妇人。

簸箕是用竹篾编成的，用它簸掉谷物里的瘪子、壳子和杂草，也用它来晾晒土地的战利品：大豆、花生、辣椒、萝卜干。社会迈着匆匆的脚步一路向前，很多农具被遗落在进军的路上，跌进乡村记忆的夹缝里，但簸箕一颠一簸地走来，始终没有却步。随便走进一户老百姓的家，都可以看到它依然忙碌的身影。

乡下，男人们下地干活，出的是硬力气，他们根本看不上这些鸡零狗碎的家务活，簸箕是属于女人帮的。“簸”是一种动作，很讲究技巧。母亲把簸箕舞起来，像一个大型乐队的指挥：麦子或者谷子，借助手的力量飞起来、落下去，一起一伏，绝不会让一个音符跑到节拍的外面去。

母亲微微猫点腰，弯曲如蜜蜂要去啜饮花汁，双手握住簸箕的两边，运匀了气息开始簸动：左边一下、右边一下、前面一下、后面一下，双手力道不同，谷子在簸箕里起伏的方向就不一样。每簸动一下，谷物就顺着用力的方向，齐刷刷地抖动着翻上去。左手用力，谷子就在左边腾起，落在右边；右手用力，谷子就会在右边腾起，落在左边。像海浪、像瀑布、像顺着键盘滑下的音符，母亲的指挥棒指到哪里，哪里的音乐就飞起来。在优美的律动中，那些瘪稻子呀、碎石子呀、草梗呀就会很听话地列开队形，自觉地与丰盈饱实的队列划清界限。而更轻的尘土和碎叶，簸的过程中就知趣地从一个妥当的方向飞出去。

母亲和皖西乡下很多技艺高超的农妇一样，每个动作都优雅自如，每一拍都簸在节点上。她自如的臂膀和腰肢，节拍天成。在茅屋竹篱的乡舍，在绿草青青的篱边，在野花依依的院落，把自家的领地打造成舞台，自己无意中做了一个表演者：不徐不疾，沉着自信，绝无旁逸斜出的动作。无须彩排，无须伴奏，手一扬就是造型，腰一扭就是才艺，没有哪个艺术家可以把劳动的剧目演绎得如此精彩。

二

在皖西的乡村，有的是扶不起来的汉子，却很少见不能干的媳妇。

能干的媳妇是从能干的姑娘培养出来的，能干的姑娘往往有一个能干的娘。我母亲的娘是个严厉的“教授”，她不允许自己的女儿在一群小姑娘中不出众。于是，她亲自传经授道。姥姥教授开始示范：只见她左一下，右一下，左两下，右三下，不消十下二十下，簸箕里的场面就拉开了。

母亲没有想到她看起来不起眼的娘，竟然变戏法一样，瞬间把簸箕里的“各色人等”列开阵容。可是年幼的母亲，胳膊架不住簸箕。她学着姥姥的样子簸了几十下，但簸箕里的天空分不出三六九等，这让姥姥教授非常不高兴：现在架不住簸箕，将来怎么嫁得了人，谁个婆家要了媳妇是去吃白饭的？家务都做不来，还能当家立事？

姥姥声音不大，分量不轻。

母亲心里听见了，耳朵假装没听见。

她望着飘落的屑末尘杂发呆：那些东西怎么就乖乖地被簸箕“吐”出来了呢？

你瞅着，姥姥说，簸箕三面立起，一面大嘴敞开，这叫“窝深”“掌平”。窝深，不容易撒出簸箕里的家什；掌平，多余的杂物才能飞出来。

母亲又试几次，才吐了一点碎屑。姥姥帮她扶正簸箕：端平，端平！这簸箕呀，就跟你人一样，不可低头，也不能仰脖子。低头，谷物会掉出来；仰脖，杂物就簸不出去。

母亲牛劲上来了，还不信了，搞不定这笨笨的家伙？左邻大婶佝偻着腰能使簸箕，右舍阿婆拗着脖颈也能使簸箕，好手好脚的本姑娘就不行？没这道理。

这样不照的，丫头！你要把心实实地沉下来，才能把轻飘飘的东西簸出去。你现在不是簸箕没端平，你是心没有放平。

母亲白了姥姥一眼，低下头继续练兵。那时候，母亲是在私塾里已经念过几年书的女秀才了，她大脑里懂得的道理不少了，所以练着练着就练明白了：簸箕肯定会把废物吐干净的，因为稻子那么多，稻子又那么实诚，轻薄的碎末在簸箕里是站不住脚的。邪永远压不了正！再说了，簸一遍不照，两遍不照，那就多簸几遍呗，总会簸干净的，功到自然成。

这些道理，是在母亲的胳膊疼了一次又一次，腰酸了一天又一天，被姥姥大人训了一百零一次之后悟出来的。

许多年以后，母亲对我说：人这辈子，其实跟簸箕差不多，身子摆正了，心态放平了，就得心应手了，该去的自然去了，该留的自然留了。

好多人看到了村庄里飞舞如花的簸箕，却并不一定知晓能叫簸箕飞舞如花的理由。皖西大地上，每一个村庄，每一个院落，大约都经历过这种劳动技艺的传授、农耕文化的传承。

三

簸去尘杂，留下丰润，这是簸箕对谷物的选择；

簸去浮躁，留住坚韧，簸去偷懒，留住本领，这是姥姥对母亲的选择。

之后的日子里，簸箕在母亲的手里越来越乖，越来越驯服。到最后母亲不仅纯熟地掌握了簸的技术，而且动作中有了音乐般的节奏和韵律。姥姥成功地把母亲塑造成十乡九寨出了名的俏巴女孩，提亲的人就一拨一拨来，挡都挡不住咯。

母亲开始有心事了。她把摇动的心旌放在簸箕里，晃了很久，簸了很久，一直簸进梦里头。在梦里，一些面孔屑末般从簸箕里飞出去，飞出去，最后簸底亮出一汪晶莹。母亲终于把满簸的心事簸成了珍珠，有了珍珠，母亲手心里就有了宝。天亮的时候，母亲告诉姥姥，那三家提亲的，我选第一家。母亲的手装在裤兜里，手心里握着昨晚的梦，她相信那个曾经给过她一个憨笑的人，手心里一定也有一颗和他一样的珍珠。

母亲出嫁了。她从家境殷实的娘家带着好大一个牛皮箱子，外加被褥、脚盆和簸箕，嫁给了清贫的父亲。精致的牛皮箱子只能用泥浆土坯垒砌的台子支起来，母亲却笑。

选择，其实就是一个内心簸动的过程。母亲簸了好些天好些夜，给自己簸出了可以托付一生的男人。

母亲从来闲不住，她说她是个忙命，忙时一身劲，闲下来就害病。经年积劳让疼痛蛇毒一般盘踞在腰间，她却坐不住躺不下，菜地里草还没拔呢，小鸡还没喂食呢，俺大宝要吃糯米粑粑呢，母亲总有干不完的活。前脚把糯稻从满是阳光的簸箕中收起来，送到碾米房里去，后脚就得把水缸挑满，再把劈柴掇到灶屋去。汗珠从母亲额上冒出来，滴在泥土里，激起一缕一缕的烟尘，很细，袅袅的。

母亲相信，簸箕里有轻舞，更有飞扬，只要能把簸箕的春风秋雨舞起来，就不愁过不上丰裕饱满的生活；只要簸得动日子的勤与简，天地不会亏着一家老小的嘴巴和肚皮。

四

土里刨食的庄稼人，家家少不了簸箕。簸箕既和战斗于劳动一线的犁耙、锄头、铁锹等称兄道弟，又和工作在二线的篮子、水桶、笆斗等志同道合，它和谐地融于劳动生活的前沿和后方。

母亲也一样，既在一线耕地插秧当农夫，又在二线喂猪烧饭浆洗缝补当妻子和母亲。三间房、一个院、一方塘、一个男人、五个孩子、数只簸箕，这是母亲全部的内涵。

簸箕跟着母亲多年，每一根竹条都被磨得铮亮。它不仅见证了一个乡村母亲劳作的本领，还成了她亲密的伴。青蛇化作簸箕，白蛇化作母亲，二人不恋断桥恋乡村。白蛇的乡居生活，怎么离得开青蛇的倾情参与。

那年月，能填饱肚子就是不错人家了，老咸菜、酱豆子、萝卜干都是宝贝。

腊月天，家家户户腌腊菜。腌腊菜是体力活也是技术活。在刺骨的河水里洗腊菜，青翠的菜叶考验着红肿的手背；洗净晾干，簸箕支在长凳上，砧板放在簸箕里，挽起衣袖，菜刀飞舞，一切就是几十上百斤，菜刀考验着手腕；切完后撒上盐，洗衣服样一揉一搓，粗盐考验着掌心和指头。

等菜揉得湿漉漉水淋淋了，得一把一把按进坛子里，用擀面杖捣实。弓腿、侧步、弯腰、抡臂，劲要大，力要猛，往往把人累得龇牙咧嘴、气喘吁吁、满面通红。直捣得绿水直冒，再加菜丝，再捣再拄，直到绿水冒完，直到力气用尽。

菜要切得匀称，盐要撒得适中，还要揉得恰到好处，没有一颗慧心，没有一双巧手，没有很好的技术，是腌不出一坛好菜的。臭手只能腌出臭腊菜，这成了某些媳妇大妈们心口的一种疼。而母亲的老咸菜鲜亮诱人，不酸不臭，男人和孩子本来只吃一碗饭，冲着这香辣的咸菜，也得再加一碗半碗。前村大妈、后村老婶时不时来家讨一点回去，老咸菜联络着乡亲乡情。

就凭这，母亲觉得多少苦累也值！

她愿意把一簸箕一簸箕的阳光搬回家，也愿意把一簸箕一簸箕的阳光洒出去。有了阳光，黑暗就会躲开；有了阳光，大鬼小鬼就会躲开；有了阳光，疾病就会躲开；有了阳光，母亲的微笑常开不败！

假如生活是一张铺开的稿纸，母亲就是蘸着阳光在上面书写诗篇，写着一家人的欢喜酸甜。而簸箕，是母亲诗篇中饱满的句点，在简朴的日子里，标示出平平仄仄的节拍。

五

隔壁张大爷是竹编能手，早些年去世了，但张大爷编的簸箕，母亲一直在用。母亲还从张大爷那学会了给簸箕打补丁。巧手的裁缝，能在衣服的破洞上绣一朵花，让破洞成为一种装饰、一处景观。巧手的母亲对年复一年使用的簸箕充满了感情，她花了心思了。母亲把竹篾晒干，两面削平，用砂纸打磨光滑。在锅里放上水油，一直烧，一直烧，烧到油冒直烟。母亲用手拿着竹篾的两头，让竹篾从滚油中慢慢过一遍。过了高温的竹篾就成了紫红色，又软又韧，还有好看的光泽。母亲利用颜色的差异，用心地在破了的簸箕上补出一张“牛”形的脸面来。

有了牛脸，母亲的簸箕就抖起精神来了。它执着地认为：这是一枚象形文字，是一个个性签名，是一方主人的印章。簸箕得到了主人的资格认证，它认定自己只属于一个人。

明媚的秋夜，月亮在云朵里穿行，瓦砾下的蟋蟀和池塘里的蝈蝈低吟高歌，一唱一和。簸箕陪母亲坐在门前的树墩上，它听见母亲手下花生壳“哔哔啵啵”地响，还听见母亲在轻轻歌唱：

“不种谷麦没得粮，不种棉麻没衣裳。会当家的省吃穿，好吃懒做家败光，一年四季饿肚肠……”

簸箕也想唱，但它没有出声，它静静地望着自己的主人。

簸箕有一双眼睛，是的，每一只簸箕都有一双眼睛，不动声色地注视着寒来暑往、朝朝夕夕。簸箕绝不只是几根竹篾的简单排列，它带着一颗心来的。

月亮斜向了西面，把母亲的身影长长地投照在泥地上。簸箕突然发现主人原本挺拔的身躯竟有些弯曲了。

人总要老去，时光总要驰离，迟早有一天簸箕会和别的农具一起在庄稼院里被渐渐遗忘，最终落满尘埃。但有谁愿意站在时光的屋檐下，穿过风，穿过雨，穿过簸箕簸掉的石子和沙粒，去倾听古老农业身后那断尾的压抑？

簸箕站在母亲生命里，站在乡村原生态的生活里，站在故乡记忆的深处。

簸箕无语。簸箕看着一个人、一些村庄、一种文化，不可阻挡地向另一个方向走去。

六

母亲成为土地的一部分，簸箕向刀耕火种的黄昏转身。

簸箕被一根钉子沿肋骨挂住，安静于西山墙的一隅。待在墙上的簸箕据对自己境遇和周围环境的冷峻分析，清醒地发现生活真的变了。一个人怎么可以说走就走了呢？今年的腊菜还没有切呢，酱豆子还没有焐呢，萝卜干还有没晒呢！簸箕感觉突然丢掉了半条命。

半条命的簸箕挂在墙上，它赋闲了。赋闲了的簸箕多的是时间，多的是工夫，有闲情去思这想那：它想到母亲对稻米的虔诚，想到谷麦对土地的追随；它想到一个人的生命像太阳升了又落，却又像河水去了就不再回；它想到历史面目一直冷峻，而相思总有扯不尽的余音。

簸箕决定向所有美好的旧日时光致敬，因为时光赋予了它一个有爱、有智慧、有感应、有交流、有顿悟的曾经。

老了的簸箕，被一根钉子沿肋骨挂住，在西山墙的一隅。它并不巴望有人重新启用它，它变得非常温静。看看一样赋闲了的针线篮、笸箩、水桶和笆斗们，它笑了一笑。簸箕想，也许有一天，所有的它们都会和主人一样，慢慢消失在村庄的记忆里。

簸箕无语，簸箕淡定。

簸箕想念一个人，想念一种生活。

母亲淡出了红尘，簸箕成为定格的风景。

让兄弟姐妹都开花

圣明不是救世主，也不是神仙皇帝，他只是拉拔几个弟弟妹妹，让一棵亲情之树上的每一个枝丫都拥有温暖幸福的生活，都开出健康平安的花。

当初母亲把他取名“圣明”的时候，也并没有心指向神圣和光明，普通人家的孩子，名字叫什么都只是一个名字而已。我哥平凡的人生之路也一定是无关圣明，但是他的心里，永远装着父母和弟弟妹妹，他想用日月般的光辉温暖每一个亲人，他以最寻常的生活土壤，为一个家注入营养，圣明哥哥的梦就是每一个手足都充满友爱温情，一大家子其乐融融。

圣明出生于20世纪50年代初，七八岁时赶上粮食关，吃过糠、咽过菜、啃过树皮，他有比高玉宝还苦难的童年。在那些个荒年，能逃出一条小命，他说，已属万幸。正长身体的年月，饥饿像魔鬼一样死死缠住他；在对书本如饥似渴的年华又赶上“文革”……混乱的校园没有地儿安放一张平静的书桌。圣明哥哥常为自己中学时代没有学到更多的知识而扼腕叹息。17岁又响应毛主席的伟大号召，上山下乡当了知青，把自己甩进了一个鸟不拉屎的地方。小小年纪放下书包拿起镰刀锄头犁铧，日子像脚下的钉子，走一步疼一步。多少个夜晚，圣明哥哥坐在田埂上，对着大片的田野，对着此起彼伏的蛙声，茫然地睁大眼睛，眼睛里却空无一物。几年以后，知青陆续回城，那些不思上进吊儿郎当的都先回了城，因为圣明老实肯干、听话、不惹是生非，村干部宁愿让那些痞子混混先离开，落得个干净利朗。

终于轮到圣明招工回城了，他被分配到离家几十公里的一个供销社上班。好歹算是有工作了，月月能见到钱了，有饭吃了，哥的脑子里没有想自己怎样，只想着如何帮助母亲，帮助一家人。家，是那样一个贫寒的家，父亲经年在异地谋生，极少回来。母亲一个人拉扯着五个孩子，在那个一穷二白的岁月，日子之艰难可想而知。圣明哥哥懂得母亲的艰辛，一闲下来，他脑子里浮现的总是母亲奔波忙碌的身影和弟弟妹妹们苦巴巴的脸。能节余一点一滴的东西去孝敬母亲，哥哥都感觉特别欣慰。

大妹妹也是知青，回城好多年找不到工作，圣明想方设法在工作地的一所中学给妹妹找了一个代课教师的工作，带妹妹生活了好几年，直到大妹妹有了正式职业；大弟弟高中毕业在家赋闲，哥又把大弟弄到自己身边，在一个粮站给他谋到一份勤杂工的工作。大弟挣钱自己装着，衣食住行开销哥哥给料理，直到大弟找到工作离开。二弟初中毕业，青春年少，贪玩闹事，是母亲的一个心病，圣明哥又把二弟带到身边生活，后来送到部队参军，成为一名光荣的武警战士。当部队寄来弟弟的军功章时，圣明哥那么灿烂地笑了，笑容映红了门前的月季花，他知道自己可以向母亲有个交代了。

这时候，母亲病重，肝癌晚期。母亲一生劳累，苦不堪言，身体的巨额透支使得她挺不住了，才五十几岁就病入膏肓。身为长子，圣明因为不能救治母亲的生命，心都碎了。他手忙脚乱地带母亲投医问药，最终还是医治无效。母亲弥留之际拉住圣明的手不放，直到圣明哥哥说："妈，你放心，一家老少我会给照顾得好好的，有我呢!"母亲把最小女儿的手交给圣明长兄，才放心地闭上眼睛。

小妹还在上学，哥说："妹，你只管念书，只要你肯干，上到什么时候，哥给供到什么时候。"

供销社越来越不景气了，有些地方供销社已经开始倒闭。哥身上有那么重的负担，自己一家人要生活，还有一群弟弟妹妹要支助，这样耗着怎么行，他必须努力挣钱。这时候正好是中国改革开放大踏步的时候，经济放开，全国各地私营企业风起云涌。圣明决定从单位里出来单干，自己做起了生意。他在河口镇一个桥头租了房子，开了一家百货批发商店。托好时代的福，哥哥的二次创业很成功，哥哥诚信经营，为人忠厚，赢得了很多顾客，生意兴隆。哥哥嫂子都是勤劳能吃苦的人，起早贪黑地忙，家境在他们辛勤的苦干中越来越好。哥哥的日子跟着整个社会发展的节拍，一起迈向了新的世纪。

哥与父亲、与弟弟妹妹分享着自己的劳动成果，他说："我的就是你们的，只要哥在，你们每家每户缺什么少什么要置办什么，都不要藏着掖着，只管说，有哥呢！”

弟弟妹妹们陆续成了家，父亲年纪也大了。哥把父亲接过去同住，每年春节，是圣明哥哥最忙碌也最喜笑颜开的日子。圣明最大的梦想就是一家人永远开开心心在一起。兄弟姐妹几家人都聚在哥哥的家里，大大小小20口。吃饭的时候，有桌上坐的，有地上蹲的；晚上睡觉有床上睡的，有打地铺的；闲余时间有看电视的，有堆在一处聊天的，整个一天下大同。哥哥嫂子把大家生活都料理得好好的。

在咱们家，春节的气氛最浓了，老少欢聚，开开心心，热热闹闹，过着最传统最风味醇厚的春节。大家都团聚在老大圣明的周围。圣明说：“父母是根，哥哥是干，弟弟妹妹是枝枝丫丫，咱们要让每一个树丫都生长得俏俏巴巴。”果然，我们一家人就像一棵根深叶茂的大树，虽然谈不上富贵，但每一根枝都茁壮润泽，每一个杈上都开满了幸福的笑脸。

2004年，父亲走完了他76岁的人生历程。多少个家庭，父母不在了，儿女就散了。就像鱼肚子里的鱼子，甩出去，孵成小鱼，各自散去。而我圣明哥哥却凝聚着大家，让大家攒聚在一起互相取暖。虽然每一个手足各有小家，但在我圣明老大的眼睛里，咱们都是一家人。

长兄为父，哥哥担当起父亲的责任，在圣明大哥的心中，弟弟是手心，妹妹是手背，手心手背都连着他的血肉。哥说：“妹呀，你打一个喷嚏，我就感冒了。”哥说：“弟呀，你指尖破一块皮，我心头就开一个洞。”手足情深，血脉相连。

为了兄弟姐妹能更亲密地聚在一处，哥哥放弃了在河口镇很好的百货批发生意，回到了故乡叶集。这是哥哥自上山下乡之后，几十年来第一次真正回家乡生活。放弃了一个生意，哥哥面临着新的创业，之后做了几样生意都不景气，哥哥一度陷入巨大的困顿。

经过长时间的市场调查，圣明做出一个决定，申办一个液化气充气站。为了做成这个事情，他拿出所有的积蓄，卖掉了赖以栖身的房屋。建站的过程比他当初想象的要难得多，投资也比预期要大得多，这里的故事可以写一部长篇小说了，此处略去。圣明哥哥经过了三年炼狱般的生活，最后终于涅槃。现在哥哥的液化气生意做得非常好，人是辛苦了点，但是收入很稳定，家里的状况也越来越好。

圣明哥哥建这个液化气站的时候征地十几亩，圣明梦想将来弟弟妹妹们都年纪大了，退休了，都来这里居住。哥哥梦想着凭劳动多挣一些钱，多盖几间房子，什么时候弟弟妹妹想来这里住，就来这里住。哥说："你们都各自好好生活，好好工作，我这地方宽敞，你们什么时候愿意过来，就来我这里生活。"哥的梦想是兄弟姐妹一家亲，即使年老，也渴望像童年一样，一家人住在一起。

哥哥的梦想里全是爱，全是亲情，全是道义和责任。

在弟弟妹妹的心里，圣明哥哥就是爹娘，有难处有问题找哥哥解决，有欢喜有丰收与哥哥分享。小妹妹满怀深情，写了一首诗歌——《写给哥哥》，表达了弟弟妹妹们对哥哥的深情和祝愿：

哥
别总那么拼命
你看你的脸　越来越黑
哥　别总那么累着
你瞧你的血压　总降不下

哥
母亲去了　你当母亲
父亲走了　你做父亲
一尺一的独木桥过完
又走三尺三的羊肠小径
你的脚踩下去
路都感觉到疼

哥
油盐都够吃了
粮食和蔬菜已充足
别总那么拼命
歇下来　看看吧
花一朵一朵地开了
果子正在变甜

哥哥在网上读到这首诗的时候，眼睛模糊了。圣明哥哥说："我没做什么，我只是爱你们！手足之情要珍惜，咱们这辈子做了兄妹，谁敢保证下辈子还是呢?”哥哥说，“咱们都过好了，都幸福了，父母在天上会微笑。我最喜欢看俺爸俺妈笑了。”

一个普普通通的圣明，一个普普通通的名字，一个普普通通的哥哥，一份普普通通的梦想，一份普普通通的爱！

“安得广厦千万间，大庇天下寒士俱欢颜”那是古代寒士的梦，圣明哥不是读书人，他不去做那样的梦；“人生自古谁无死，留取丹心照汗青”这是英雄的梦，圣明哥不是英雄，他也做不来那样的梦；“捐躯赴国难，视死忽如归”这是战乱时代志士的梦，圣明哥没有出生在那样的时代，他不可能无端生出那样的梦想。圣明所做的事情琐碎而零星，所以，我的圣明哥哥他也许永远挂不上“轰轰烈烈”“惊天动地”“可歌可泣”这些崇高的字眼；圣明名字叫“圣明”，他也许永远和令人仰视的“圣明”沾不上边。但是，我们家有一个叫“圣明”的哥哥，父母多么欣慰，兄妹们多么幸福！人间多了一个叫“圣明”的好人，人间就多了一份温暖和感动！

这个世界，如果更多一些“圣明的梦”，天下岂不是更加绚烂而和谐！

时光是一盘磨

豆腐店已经如此破败，破败得如一幅褪色的卷轴画，破败得犹如我母亲的命。

母亲系着围裙，穿着雨鞋，拎着大桶，穿梭于大锅、石磨、晃架、轧台之间，时光漫过她的头顶。母亲的脸犹如退潮的海滩，上面散落的是头发、皱纹和疲倦。母亲眉眼黯淡，一股烟熏火燎的气息弥散在额前。

三十年后，我站在这片废墟上重拾豆腐店的江山，眼睛从蒿草乱石间掠过，望向时光的那一头……

一

从母亲的发梢拂过的，是20世纪六七十年代的风。那年月，没有稻花香，也没有柳丝长，只有一片灰色的世界和母亲灰不溜丢的身影。母亲必须拼命干活，才能勉强维持一家人的生活。

豆腐厂是街道办的一家食品厂，磨豆腐、卖豆产品一条龙。尽管广播大喇叭里铿将有力地唱着《咱们工人有力量》，但是豆腐店里的工人根本谈不上有啥力量，十几名员工为了生存，上班下班，日复一日，干又脏又累的活。母亲夹在男人堆里，地地道道一条女汉子。

那是用年画装饰家居的年代，年画上的人物造型代表着时尚。短头发的女子，脖子上搭一条白毛巾，衣袖挽起，或挑或担，或手握大锹，或开着拖拉机的造型，是最潮流也最革命的。那时候美女一律浓眉大眼，面色红润，肤色健康，永远的笑模样。年画给人的强烈印象是：社会主义国家一片祥和，欣欣向荣，人民生活无限美好。而我的母亲跟年画上的人不一样：鬓发一把往后窝成一个髻，三十来岁走在街上就被人叫老奶奶。母亲似乎从来没有年轻过。

母亲永远扎着长围裙，围裙湿了干，干了湿，裱一层厚厚的豆浆，油油地泛着黑光。母亲永远穿一双胶皮鞋，不管天阴还是天晴，不管冬天还是夏天，母亲脚下永远“咕吱咕吱”响着水声，母亲十个脚趾永远夹着黑泥。

母亲用一双黑手刨食，喂养五个孩子，母亲不嫌自己黑，孩子们也不嫌母亲黑，父亲更不嫌母亲黑，因为父亲比母亲还要黑。

父亲在一个遥远的煤矿当工人，不仅手是黑的，脸是黑的，连眼睑嘴唇都是黑的。挖煤人从矿井下冒上来的时候，除了顶上的矿灯是亮的，哪哪都是黑的。井坑的不远处有一个水池，傍晚时分，一只只黑蛙“扑通扑通”跳进去，洗澡池很大，像个游泳池，但里面的水一直是黑夜的颜色。

父亲很少回来。长年在外会不会想念妻儿呢，这个没听他说过。父亲为数不多地带一点钱和馒头回来，余下的就是母亲劳累的白昼和孤独的漫漫长夜。母亲对他的牵挂和担忧，不放在嘴上，只放在一只旱烟管里。寂静的夜，常见母亲靠在黑暗里，看不清她的脸，只看见烟葫芦一闪一闪。我在这微弱的闪烁中，又无声地睡去，也不曾追问过母亲为什么和烟葫芦那么亲。

母亲独立支撑，做豆腐店里的男人活，挣那一月几块钱的工资。每回发了钱，母亲都小心地把一元两元的大票子锁进箱子里，把毛票和分币揣在兜里零花。每一分钱上都浸透着汗水，她必须毫厘用在刀刃上。全家的生活压在母亲肩头，她得把牙齿咬进骨头里，不然撑不住。

十字街菜市场。2分钱一个的鸡蛋卧在竹筐里，蛋望望母亲，母亲望望蛋，犹豫再三，还是转身走远。一毛多一斤的猪肉，更是奢侈品，不到年下，家里的铁锅是见不到肉的。最难的年成，除夕夜也见不到半点荤腥，母亲只得许给孩子一个来年有肉的诺言。

母亲拉着我，穿梭在街道间。案子上零卖的西瓜，红瓤黄瓤诱惑我。我眼里长钉，腿下起黏，迈不动腿了。母亲扯我胳膊几次，我也没挪窝。母亲摸摸我的头，迟疑一会，递过去2分钱。

一牙西瓜从案子上拿起来，交到母亲手里，母亲交到我手里，我双手接过，像一个隆重仪式。许多年以后，我站在领奖台上，接过一个一个获奖证书的时候，竟也是这样的程序。而那时，只一牙西瓜而已。

贫穷，让最普通的食物镀上可供膜拜的光晕。

二

豆子一进豆腐厂的门，它的命运就交出去了。我的母亲这班人，从来掌握不了自己的命运，却在这里掌控着大豆的命运。购进的豆，哪些放在缸里，哪些堆在地上；哪些先拿来磨浆，哪些待在仓里候命；哪些捏成挑皮子，哪些做成豆腐；哪些压成豆皮，哪些制成豆干；豆干是切成大块，还是切成小块；挑皮子是现捏现卖，还是晒成干品，都由工人们说了算。有道是：

豆腐店里磨春秋，磨完青豆磨黄豆。
一朝使得变身法，敢叫脱胎换骨头。

豆腐店后面是个大院子，院中有口水井，水井往侧面一拐，又是一道院子，这是豆腐店的主体建筑——豆腐坊。坊间很大，门宽屋高，想来该是哪个商贾富户曾经的宅邸，有气派的朱红木柱和讲究的天顶，只是已经灰暗陈旧，唇枯齿黄，不堪入目。豆腐坊一年四季热气腾腾、湿气扑面，再好的东西往里一放，要不了多久就黑不溜秋。坊间分南北两个生产小组，石磨、大锅、晃架、大缸、轧盘，罗列其间。

店里雇用瞎子推磨。一根横杆拦在腰间，人往前走，磨就跟着转。饱满圆润的大豆从磨眼里推进去，像推进永不回头的时光。上磨下磨的咬合，是广袤的牙齿，豆从磨裙边粉身碎骨地淌出来，成为望不见前生、望不到来世的豆糜。

我盯着瞎子叔看。瞎子叔瘪下去的眼睛里，有没有一个掉下去就出不来的深潭？那里头的黑暗是什么样子？瞎子叔的眼皮子底下一直骨骨碌碌动，像有一个找不到奶头的孩子在闹。我又长时间望他的脚，一前一后迈出的步伐永远一般大，永远沿着一条看不见的线，没有起点，也没有终点，或者说起点连着终点，没有尽头。

瞎子叔就这样转着圈圈，像展开一篇读不懂的寓言。墙外的披厦子是瞎子叔住的地方，磨完了豆子，瞎子叔摸回住处，洗洗脸洗洗手，坐在床沿，他是个爱干净的人。员工们一旦闲下来，会聚过来磨云（闲聊）。瞎子叔会算命，母亲叫他给我算过，瞎子叔说这丫头爱生气，爱哭，说母亲老了能享丫头的福。母亲就很开心，兴奋地跟人转述。

有一次我问瞎子叔："我长大后的事，真能算出来么?"瞎子叔停了半晌，幽幽地说："我围着这磨盘，就是转一辈子，还在原地。你长大了能走很远。""能远到北京么?"瞎子叔笑了一下："可以，天安门就在你家门口。"

瞎子叔的话语，合着浓郁的豆香、青石板边未名小草的摇曳，加上柴草焚烧的气息，一直温暖着我的童年。

三

有时候，员工们也扯些笑话，开心得前仰后合。

店员管老头，憨大性直，为人爽朗，日里夜里酒不离左右。他那宽松的大褂襟里，常揣着酒葫芦，干活的时候酒瘾上来，他以弯腰系鞋带为遮掩，背过身去，一吸溜，一口酒就啜在嘴里，等他系好鞋带直起身来，粗心人看不出他已经偷酒下肚，这大概也算得上一绝门功夫。

赵老头和管老头是老伙计，他眼睛一眯缝，笑料就挑在舌头尖上。他清咳两声，打扫打扫嗓子，深深抽一口旱烟管，鼻孔喷出两道白雾。他说："我给大家斗一段?"大家都说："斗一段，斗一段!"

叶集后街，小河沿上住着管老头一家，一直没儿子，一直盼。天可怜见，老了老了，架上还真结了"秋葫芦"，半百的老婆生个老憨子。管老头嗜酒如命，老憨子到了会打酒的年纪，就使唤老憨子给他打酒。

一日小晌午，叫过儿子，支派他到小河西边陈淋子镇供销社打酒去，据说陈淋子的酒不兑水。路很远，儿子又不敢说不去，哭丧着脸出门。孩他娘撵到院子外："儿子，别听你那酒老子的。陈淋子这么远，你小胳膊小腿啥时候能跑到?老憨子，听我的，就在前街哨门口打，打完酒到你二大爷家稻草堆子上睡一觉，挨到时间才回来。"

老憨子聪明，知道怎么做了，出门三步两步跑到哨门口，打好了酒转屋后头草堆子里晒太阳去了。睡到时间差不多了，呼哧呼哧跑进门："爹，爹，酒打回来了!……这么远……累死我了!"他上气不接下气，装得那叫一个像!

儿子把酒递给管老头，管老头奖励他一撮花生米，说："乖，疼儿子就是比疼狗强，俺老憨子中用了!"打开盖，斟了满满一杯，先小酌一口，嘴里咂摸咂摸，连声叫好："哎呀，陈淋子酒真不一样，入口壮，过喉香!

香啊，几天后打嗝还香的！”

“那叫屁！”老赵头说，大家一阵哄笑。

管老头也跟着笑。笑是笑，吃了亏得捞回来。他假装按烟袋锅子，心里在踅摸怎么对付赵老头，他想燃把火，烧到老赵头上去。

“赵，听说你喜欢光屁股睡觉，是真的么？”

“嘿嘿……哪有，穿着兜肚呢！”老赵明显底气不足。

众人哄笑。

“那……要是夜里头，你家遭了贼，你咋办？先抓贼，还是先套裤子呢？”

有人起哄：“听说，那天，你光着腚跑上大街了？”

坐在柴火堆上的管老头不紧不慢地磕掉烟灰，说：“这个我一本到底，大伙儿想听么？”

大伙儿哪有不想听的！

“南街有一赵老头，喜欢裸睡，”管老头是念过几年私塾的，别看他整日光着脑门子、敞着褂襟子，肚子里是有一些墨水的，所以，他开了个拽文的头，“那是个月夜，老赵家中来了毛贼，门被拨得吧嗒吧嗒响，老婆惊醒，不敢动，朝他大腿揪了一把。老赵一疼，骂道：‘要死么？’”

“有贼！”

“老赵一听有贼，立刻翻身下床。贼一溜烟跑了，赵老头一边喊一边跟后头猛追。追了半里路了，才发现自己还光着屁股呢！”

哈哈哈，空气中震荡着夸张的笑。

“我的个娘也，赵老头转身就往回跑，谁知道一回头，更裂（方言：坏事）！后面跟着一群人呢！哪来这么多人呢？”

“他那么大声地叫唤，街坊邻居谁不出来帮个忙呢？”众人帮着解释。

“要命的是，竟然还有大姑娘小媳妇……”

管老头绘声绘色，大伙儿东倒西歪。这一通笑，一旁的嫩豆腐直打战，大家恨不得一阵子笑死。

四

热闹完了，该干活干活。

母亲拎着大桶，到水井边打水。一朵野花从井边的石头缝里冒出来，黄黄的，嫩嫩的，在阳光下展露一抹招人疼惜的色彩。母亲放下井绳，撩起围裙，蹲了下去。左脚上破了的胶鞋咧开嘴，说不清是笑，还是惊诧。母亲端详着这朵花，这在她从不打盹的工作中是个大大的例外。

一直以为母亲是离花朵很远的人，她粗布衣服上僵死的颜色和线条、焦黄的皮肤、零散的头发，跟花朵一点也不沾边。在母亲身上，从来望不到春天。而这天，母亲竟然为一朵花停下脚步，眉眼那么安详。

我跑过去看，并且伸出张牙舞爪的手。母亲被我这突如其来的动作惊得一愣，随后拍拍围裙站起来，说："摘了好，摘了也好。一会他们来，一脚也是稀巴烂。"母亲清楚，豆腐店里的爷们娘们没有谁在乎一朵花。

晃单四端固定在十字形的木质晃架上，豆糜在晃单里晃，母亲把井水不断朝里兑，搅拌，豆汁从晃单底部流进底缸。

豆腐坊有硕大的锅灶，生豆汁舀出来，倒进并排的两个大锅。灶洞很大，大到可以把一捆柴火直接填进去。母亲填柴，巨大的火龙"呼呼"吐着信子往另一头奔去。火龙以为穿越长长的锅洞，翻越幽深的烟囱，就可以升天了，却在升天之前就耗尽了火力，只把一些黑色的余烬和不满的怒气送入天空。

把火的力量留在灶洞内部，煮开巨型大锅里的豆浆，这是锅灶的使命；给锅灶添火，补充源源不断的能量，这是母亲的使命。在我小得走路还不太稳的时候，母亲用粗布绳子把我系在灶洞不远的大柱子上。从这个角度，可以看到灶洞里火龙奔腾的整个身躯，看到母亲被火光映照得彤红的脸和手，看到母亲脑后的发髻。逆着光看去，母亲一缕散发搭在额头，她的手红且通透，爪子一样五指张开，抓住荆棘刺丛，断续往锅洞里塞。我寻思，那手上一定有很多小口子，也有钻进肉里的刺。但这些对于母亲，是生命中微不足道的、可以忽略不计的疼痛。

我日复一日地被拴在锅洞前，锅底的熊熊烈火以及它滚滚的姿态深深刻进眼眸，在我生命的初路上清晰而透彻。

生豆浆加热时产生丰富的泡沫，封住了锅口，闷住了热气。所以豆浆烧滚以后，会齐齐地往上涨，如果不及时打掉泡沫，浆汁就会从锅口披挂着往下淌。烧锅的人得长两双眼睛，看着锅下，还得照应着锅上。

一次，母亲忙去给豆浆打泡沫去了，王一过来帮忙填火。王一眼神不好，他把我的一件围兜也填进了锅洞里。围兜是搭在一捆柴火上的，我看着他连柴带衣一起塞进了火膛。

母亲到处找那件衣服，急得红了眼，那是花了一尺布票和几毛钱买回来，累了半夜，一针一线缝起来的呀！母亲百思不得其解，自己亲手放的东西，怎么无端就蒸发了呢？那时，我还没有懂事到能把这事解释给母亲听，直到长大了才说出来。

五

我和小哥在豆腐店长大，浆汁的气息熏染了我们每一个细胞。生产豆腐的整个过程不经意间都刻进了记忆。豆浆、豆脑、豆腐、豆干、豆皮儿、豆腐渣、豆腐网，无一样不熟络；豆子的里里外外，生前身后，没有哪一个角落逃脱过我们黑溜溜的眼睛，豆子变身的每一个环节都了然于心。

豆腐店里有很多技术活，但工人们从来没有把这些活计当成技术活，他们业务已经熟练到随心所欲，手到擒来。陈大伯擅长点卤，滚烫的豆浆倒进瓦缸里，陈大伯用配制好的卤水点进去，不一会，豆浆就成了滑嫩的豆腐脑。

陈大伯很和蔼，我和小哥喜欢靠近他。陈大伯点卤的时候，我们俩就扒在缸沿上看，他也不赶我们走，只提醒我们“烫啊，小心”。我们那时的身高，站在缸沿边只露出半个脑袋，将将可以看清缸里发生的一切。陈大伯把卤水慢慢往豆浆里倒，边倒边用一个长柄大勺在底部搅荡，约莫差不多的时候，大勺升到缸面，一下一下划拉，像是在划动一艘艘隐身的小船。每划拉一次，浆面都旋出漂亮的水涡，那水涡带着尾巴，非常好看。等观察到豆浆渐渐有了浓度、有黏稠感的时候，陈大伯会说声“好了”，停止动作，盖上缸盖。不知不觉，我俩竟也学会观察浓度了，在陈大伯还没张口说“好了”之前，我就情不自禁地说出“好了”，声调像极了陈大伯。陈大伯惊讶，眼皮一挑，说：“咿呀喂！孙妹，你的两个小精豆子出师了！”

十分钟以后，豆浆变成了豆腐脑，缸盖掀开了，一股热气腾上来，陈大伯站在向北的窗子下，开始压制豆腐豆皮了。一瓢一瓢舀出来，嫩嫩滑滑的，似玉又胜过美玉，这是粗犷的豆腐厂里最婉约的那一部分！

偶尔，我和小哥能喝上一瓢豆腐脑。妈妈从围裙里翻出一个皱皱的纸包，里面包着一小撮红糖，抖进葫芦瓢里，晃匀，给我们喝。我和小哥轮流把头埋进瓢里“咕咚咕咚”一阵子，然后满足地抬头，腮帮上两道瓢沿压出的红痕，自下而上，把笑意一直送到眉梢。

豆浆豆脑属于集体财产，妈妈是不能经常弄给孩子喝的，只时不常久地舀一点出来，母亲严格地控制着次数。只在意会到别人的目光很友善的时候，才舀上半瓢，慰藉一下俩孩子的肚皮，也慰藉一个母亲疼爱儿女的心。

六

郑英是个文文静静的女人，身体孱弱，重活吃不住。郑英比我母亲年轻，长得也好看，在豆腐坊里，她是个真女人。

郑英经常迟到，干的多是些轻活，比如捏挑皮子、铲锅网子、缝缝晃单等。像打水、拎浆这样的重活，她就要心眼子躲闪偷懒，母亲也不跟她计较，她是能把自己苦到肚子里的人。

郑英也有让人刮目相看的时候。

豆腐店柴火房很大，柴火堆至房顶。我和小哥无事就在柴火堆里混。站到柴火垛上，发觉自己顶天立地，手摸得着房梁，甚至可把梁当凳子坐。柴堆里还可寻“宝”，松枝上有时能找到米粒大小的白白的蜜糖，运气好的时候栗柴枝上还有栗球，四周长满刺，我们小心地捧到院中央，找块硬地，举半块砖头砸，指甲大小的毛栗子滚出来，褐色透亮；一次要是能砸出十几个，就是大丰收，高兴得像过年一样。

而柴堆的危险，是出了状况后才知道的。

哥哥掉到柴火缝里去了，柴积如山，掉在哪个缝隙里一时也捞不出来。眼看天要黑了，天黑了可就麻烦了，煤油灯是不准进柴房的，水火无情，着了火是要人命的。妈妈在柴堆上大声喊着“大宝，大宝”。大宝答应的声音隐隐约约，像幽深的沟壑里冒出的袅袅水汽。

“往外搬柴火吧!”在人们手足无措的时候，郑英大声说，“不搬出柴火，捞不出孩子的!”这一句提醒了大家。是呀，把柴火搬出来，大宝不就露出来了嘛!

大家一起动手，一捆一捆地扛。这些人，有平时跟母亲相宜的，也有背后嘀嘀咕咕的，此时都不说二话，扛活吧！柴堆一点点矮下来，院子里的新柴堆一点点长大。月牙从天边露出来，星星一颗颗亮起来。大家摸黑干，一边干一边互相喊话提醒，怕黑暗中你碰了我、我撞了你。

这是从未有过的战斗，平时偷懒的，平时拈轻怕重的，此时都不懈怠，直到大宝蜷缩的身子露出来。

手电筒的光柱照到大宝身上，母亲扑过去搂着就哭，大宝也哭。“哭啥呀，孩子吓着吓着就长大了!”陈大伯擦擦大宝脸上的泪，拂拭一下血痕，用从未有过的慈爱声音说：“大宝不怕！陈伯伯给你买好东西吃，你想吃啥呢!”

人们发现郑英倒在地上“呼哧呼哧”喘息，扯大锯一般，她哮喘病复发了。母亲扶起郑英，眼睛里有载不动的歉疚和感激。郑英说：“孙姐，我老病根子了，歇一歇……就缓过来了。”她微弱地笑一下，竟然比井沿边的黄花还好看。

七

豆腐店里的石磨早已经停止了旋转，但时光在继续，它一刻不停地碾磨着岁月。

母亲走了，陈大伯走了，郑英走了，老赵头、老管头也一个接着一个地走了……他们的一切辛酸苦辣被埋入地下，成为荒草丛中一座座低矮的坟茔。时光把他们碾磨成一抔泥土、一片云烟、一堆久远的故事。

时光磨残了光阴，磨旧了岁月，磨尽了生命，最后把豆腐店的砖瓦房舍磨成一片荒凉。断缺的残磨孤寂地躺在乱石间，杂草从磨眼中钻出来，从磨沿四周长出来，晚风缓缓地抚摸着斑驳的墙壁，旧日一切变得空虚而又遥远。

我站在豆腐店的废墟上，小心地捡拾残破的记忆。母亲曾经的生活在飘荡，空气中仿佛还能嗅到昔日的味道，但母亲已经走远，那些在记忆里摇摆的往事，也已经托付给繁茂的蒿草以及残垣断壁外渐行渐远的夕阳。

这一堆乱石，是不是厂房倒下的碎砖呢？或许有某一块，不经意间录下过店里的磨云拉呱、活计声杂？是否会在某一个雷电交加的时刻，把旧日的况味回放？

此时，我的眼前出现了幻影：

母亲把锅洞里红红的炭火扒出来，一手拿瓢，一手洒水。一阵白烟之后，通红的炭火变成焦黑的炭屑。母亲伸手趟一趟温度，稍凉之后，一捧一捧装进竹筐。

夕阳西下，暮色四起。母亲一手挎着竹筐，一手拉着孩子，孩子拉着另一个孩子，走出豆腐店的大门，身影慢慢消失在狭长的街道尽头……

父亲往事

那些年，夏天总和绿树相关，总和知了相关。知了在深邃的树冠里叫得起劲的时候，街道上就会传来“香蕉冰棒”“香蕉冰棒”的叫卖声。我们趿着凉鞋跑出门，递上五分钱，自行车后座上木箱子被打开，厚厚的棉垫一层层撩开，一股凉气扑面，冷且香。

冰棒诱人地冒着气，吮一口，淡淡的黄色就白掉一块。冰棒越吸越小，甜味越来越淡，最后手心里就只剩下一根木棒了。冰棒棍积攒在抽屉里，与糖纸、纸烟盒、玻璃弹子一处做邻居。

父亲从遥远的矿上回来。他一到家，我闲置已久的冰棒棍，便迎来盛世。在父亲手里，没有一根是派不上用场的。

一根棒，父亲用来写字，第一次看见横竖撇捺的文字敞亮地躺在泥地上，父亲说那是我的名字。

两根棒，父亲用来夹菜，午饭还没有开始呢，他就成功地帮我从菜盆里偷了嘴。那是母亲刚从大铁锅里盛起来的炒黄瓜，带着烫嘴的甜香。

三根棒，父亲用来做支架。他用皮筋从中间扎住，分开三只脚中间塞一个纸团，手向门外一指说，看那谁来了？我一扭脸的工夫，就多了一只绿莹莹的咸鸭蛋，稳稳落座在支架上，妥妥帖帖。

父亲就是那么神奇！他变鸭蛋的魔术让我向往了很多年，回味了很多年。父亲不在家的日子，我盼望自己也能变出一只流油的鸭蛋来，可是一次也没有成功。

四根棒，父亲用来做窗子，风进不来，雨进不来，阳光可以进来。

五根棒父亲用来摆五角星，说是潘冬子帽子上的那一枚，他还唱“红星闪闪放光彩，红星灿灿暖胸怀”，父亲的嗓子很好听！

我索性把小棒全都递给了父亲，看他还能玩出什么花样来。

父亲说，咱们做游戏吧！棒被高高举起，一把掼在地上。小棒或疏或密地撒开，父亲用一根来挑另一根，不许动了其他，动了就输。从此，掼小棒的游戏在我的童年里开了花。

父亲不在家的漫长夏日，三五成群的孩子，把自己攒的冰棒棍都拿出来，凑在一起掼。泥巴地上，孩子头围成一圈，一双双小手抓起又掼下，争争吵吵，玩得不亦乐乎，玩得忘乎所以。

时间是一条无止息的河，而今，父亲早已去了河的那岸，永远不再回来了。那些一起掼过小棒的伙伴，也随生活的洪流不知漂到何处。可是游戏中随口念出的歌谣，仿佛还在眼前，从来不曾走远。

小棒短，小棒长，掼小棒，请娘娘。
娘娘端来豆腐汤，汤里有个大月亮。
月亮圆，换油盐；油盐香，换生姜；
生姜辣，换犁耙；犁耙尖，尖上天；
……

一背这儿歌，往事就走近。人到中年以后，发现亲情越来越充满饱和色，很多年轻时忽视的、不经意的东西，会在血脉中越来越强劲地起伏。对父亲的怀念，像青藤一样爬上来。

似乎又和父亲玩起了游戏，一个人担起两个角色：左手父亲，右手自己。一个人坐在大床上，模拟两家对垒。“心”居中做裁判，不偏谁也不向着谁，比赛开始。

小棒掼下，对垒的阵势拉开。我先下手，享受父辈给我的优先权，出师顺利。在我准备挑起一根堆叠在一处的小棒时，垫底的那根颤抖了一下，虽然不显眼，可对垒从来不带耍赖的。父亲，你上场吧！

左手开始工作了。父亲果然厉害，接连挑起好几根交叉纠结的小棒。现在眼前剩下的是一团乱麻，错综复杂交织在一起，无论挑哪一根，都很难不动其余，不好办呐。

父亲说，该你了！他把难题交给我了。

突然，想起那个美丽的傍晚，父亲从矿上回来，之前他 8 个月没有进家门了。我连蹦带跳扑到父亲怀里，父亲一把把我举起来，一瞬间我长得好高！平时高不可攀的东西就在鼻子底下了。我看到屋檐下，一张晶莹剔透的蜘蛛网，那么精美，比我任何一件衣服的花纹都好看。一些小虫子小蚊子粘在上面，翅膀忽闪忽闪的呢。

“伯，我能挑开这些蜘蛛丝吗？”父亲说，无论挑动哪一根，蛛网都会动，蜘蛛都会跑掉。“那怎么办啊？”父亲说，只有一个位置，蜘蛛不会跑掉。“哪？”小棒直接顶住蜘蛛的背，它就俘虏了。

眼前，一堆错综复杂的小棒像蜘蛛网一样。

父亲说：“这事很缠手，你动了，你就失败了，但你一根都不动，你也就一根也得不到。”

“怎么办，怎么办呢？”

只有一个办法。

“什么办法？”

全面开花，挑它个底朝天！

不，我幼稚的狡黠告诉我，不能这样，这样一挑，无论散开多少，都是送给对手的礼物。父亲一眼看穿我的疑虑。他说：“你也可以耍花招，轻挑一毫毫，一切都不会变化，把球踢给对方。”

我狡猾地斜他一眼。他说：这样做看起来很聪明，但不仁义。

父亲拿起一根棒，一扬手，哗啦，一堆散开。我平白拣到一支又一支，收获满满。

又是一个夏天了，知了在门口高大的洋槐树上不停地嘶鸣，叫声新鲜而又苍老。父亲回杨山煤矿上班去了，父亲走后的白昼，漫长而无聊。小棒棒又多了一些，可总是玩不尽兴。不久，姐姐要送东西到矿上去，我也闹着要去，姐姐不答应。不答应我就哭，给她哭烦了，也就妥协了。姐姐用红头绳给我扎了羊角辫，我们乘上西去的客车，奔向遥远的矿山。

矿上的一切，那么新奇。水泥柱冲到天上，矿井深到地心里。工人从井下上来，除了眼睛是亮的，牙齿是白的，浑身上下都是黑的。大马路也是黑的，走在上面，脚步能蹚起微微的浪。四周全是山，像绵长的手臂，把煤矿揽在自己的怀抱里。

看到的都是陌生人，一样的蓝色工服，一样的矿灯，几乎一个模样，我拽着姐姐的衣襟一刻不肯放手。姐姐是成心治我，见我寸步不离，她使了个金蝉脱壳之计，把随身携带的一个花布包丢在我眼皮子底下，自己回家了。我抱着花布包哭，一直哭，父亲收工回来的时候，我已经哭得疲惫，伏在桌子一角睡着了，红头绳歪在半边。

父亲心疼地抱起我，小心翼翼送到床上。刚一离手，哭声又起，像干涸的小溪再一次迎来春天的雨水。父亲调动房间里千姿百态的东西，钢圈啦、垫片啦、灯泡啦、电线啦、洋钉啦、螺丝帽啦，一样一样拿给我玩，都无济于事。最后，父亲用一块夹着白糖的锅巴哄好了我，酥脆和香甜成功地拦截了我的哭声。

父亲给我梳头，扎小辫显然没有他擅长的机械维修那么得心应手，他的大手放在我稀薄的头发上那么不适称。红头绳不太听话，一次次在他的手指间滑脱。

干脆，父亲直接拿橡皮筋捆住我四处奔逃的发丝，红头绳也就解放了。解放了的红头绳摇身一变，成为父亲的道具。他结住绳子两端，套在掌上，三翻两转，竟翻出缤纷的花样来。那扎不好小辫的笨拙的手，瞬间神气活现，左勾右挑，前舒后放，穿梭去来，轻捷自由。一根普普通通的绳子，在父亲手里，突然就有了思想，有了灵感，有了生命，有了信马由缰的喧腾。

我很快忘却姐姐的“遗弃”，笑模笑样地看父亲翻花：绳圈理好，套左手大拇指与小指上，右手拉下掌中一根，再拉下跑回掌中的一根，大拇指食指扣入，抽动，反转，左掌剩一根直线绳了，右手拉下……

哇，降落伞，一只降落伞稳稳停在父亲掌中！

我跟着学，这样翻，那样翻：“为什么我翻的降落伞不好看呢？”

父亲掰着手指头教我五指的配合：“瞧，五个指头，老大看老二，老二看老三，你帮他，他帮你，合作好了，就好看了。”

父亲从抽屉里摸出一只圆珠笔，叫我闭上眼睛，在我每个指头上画画。

一睁眼，呀，一排五个小人！

“他们都是伞兵吧，现在就要跳伞吗？”我兴奋得手舞足蹈，五个伞兵也摇头晃脑，喜不自胜！

父亲把绳子套在双手虎口，比画着，这样，这样……两手分开，中指各松掉一根线，轻轻一拽。看，一个圆圆的圈儿，立在几道绳索之间，活脱脱一个红太阳！

我一招一式地模拟，父亲耐心地教我观察线条，在纵横交错中找到要操作的一根，做到纹丝不乱。

成功了！我抛给父亲一个邀功的媚眼，父亲心领神会，立刻送上赞美："我老黄的闺女，就一个聪明！"说这话时，他脸上有一抹动人的光辉。

这个夏天，父亲不仅教会我单人翻绳，也教会我双人翻。父亲上班不在家的时候，我就和邻居胡姨家的小燕子，还有张叔叔家的小四子一起翻。

我们翻被单，翻面条，翻摇篮，翻鸡爪子……可小燕子常常翻散了绳子，"翻散花，好下雨"，谁散了绳谁就输了天。小燕子不讲理，自己笨还赖我，还扯断了我的红头绳，我哭着跑出去找父亲。

那时正是下班高峰，很多人从厂子里出来。我远远看见了父亲，他正向我走来。我扑过去，穿过一片"腿"的丛林，一把抱住他。可等我仰起脸，望着高高在上的面孔，却是一个陌生人。明明是父亲，为什么变了呢，莫不是会变的孙猴子？我惊慌地松开手，父亲两步三步跨上前，对那人笑笑说："这我闺女，她认错人了。"

我羞赧地低下脑袋，还没有来得及把小燕子的无赖说出来，他已经抱着我来到一个洗澡池边。这是一个露天的大池子，好大，人在各处冒泡。"黑青蛙"咕咚咕咚跳下去，满池泛起漆黑的颜色。父亲把我放在池子边坐着，也跳进去洗。结果我没坐稳，掉了下去。水是温热的，但实在太黑了，我手臂在池里翻腾，像一截嫩藕浮动。我哇啦哇啦挣扎，拼命逃离那能把白人洗成黑人的池子。

这后来成为母亲最诟病的一件事，她不止一次责怪父亲："说你什么好，啊？那么脏的臭池子，臭汗、臭脚丫子、臭皮肤病，啥么东西没有？你能叫孩子掉进去，小女孩啊！你到底是父亲，还是日本鬼子？"

黑澡池的记忆非常深刻，也非常恐怖。掉下去的时候，来不及哭，待父亲把我从池中捞出来，我的泪珠才串串落下。我是一个爱哭的女孩，凡事皆拿哭作为武器，哭着哭着，也就长大了。

一个人的一生非常短暂，印象中，父亲那样年轻，无所不能，而转瞬他已走得很远。母亲和父亲的相继去世，是我心头最乱的一把小棒，许多年过去，怎么都挑不开，理不顺；也是我心中最难翻的绳花，怎么努力都是散，想不下雨都不行。

父亲在游戏中说过的话，儿时并不真正懂得，但在后来的岁月里，往事一拨拨泛起，便渐渐回味出某些道理。父亲朴素的智慧，给我带来许多人生的教益。游戏中的机变和法则，一直留存在骨子里，在一生的道路上不断打开，给平凡的生命着上某些令人心动的色泽。

又是一个绿意充盈的夏天，树枝上响着永不失传的蝉鸣。回忆，淡淡而清晰。似乎父亲又坐在对面，我隐隐触到了他的手，手上保存着光阴之外的温度，捏着小棒和红头绳，掌心里珍重地托着我浓浓的童趣、密密的童心。

哥　娘

哥娘既不是哥，也不是娘，哥娘是姐姐，英子的姐姐。

英子出生的时候，姐姐贞子已经18岁。娘生下了英子，一看又是个女孩，就想弄死算了，娘不想见爹的死鸹脸。一心盼个儿子，盼来盼去，来投胎的还是个丫头片子，娘不知道上辈子作了什么孽。娘生不出儿子，她爹就有充分的理由在外吃喝嫖赌，讲都讲不得。一讲他，他就一句话抵到墙根下："没儿子，要田要地有什么用?"

娘用被子捂住婴儿的嘴，胳膊肘顶住，眼一闭心一横，两分钟就万事大吉了。贞子一把扯过娘的胳膊，伸手抱起妹妹："娘，你傻啦？说弄死就弄死？你都糟蹋了几个了，娘，真不知道怎么说你了！"

"贞子，不是我心狠，你爹没心没肺啊，我留，他也不会留下啊……前年生下的那丫头，他转脸就扔到尿桶里去了。还不如我闷死她，死得干净些！"娘说完放声大哭，"我这啥命啊，生不出一个带把的，人家窝里淘一个还留不住，屎尿泡子抱回来，一口口给喂大了，竟不知死到哪去了。"

"别说那些没用的，你不喂我喂，你不养我养！"

贞子是个倔强的姑娘，长得个子高，骨节大，啥都能干。贞子是家里的老大，她出生的时候，奶奶还在世，最疼这个长孙女。奶奶是填房来的，戏子出身，很得宠。那时家境殷实，奶奶对贞子百依百顺，送她到私塾上学，什么好吃的好玩的都给贞子留着。可是爷爷奶奶去世以后，爹贪玩不管家，只知道吃喝嫖赌，和一帮乡下的混混们混，赌博输急了眼，房屋也卖，田产也卖，家里越来越穷。娘总是一副受气小媳妇的模样，不敢多说一句。

贞子抱着妹妹英子，在弯曲的小路边站着，遇到怀中有奶孩子的大嫂婶子，贞子就凑上去搭讪，请人家给奶几口。这个执意要养大妹妹的大辫子的姑娘，感动了很多人。淳朴的乡下人，都乐意帮个忙，喂几口，英子吃着百家奶渐渐长大。

贞子出嫁了，嫁到几十里外的另一个村子。家，已经被爹败得差不多了。时不时会有人闯进来，端一条板凳走了，端一张桌子走了，连装米的缸、装水的桶都一件一件被掳走，最后房子也抵给了赢家，爹输得一身精光。接着又赶上荒年，田地没有收成，娘在贫病中悲愤地死去。不久，爹也在困顿饥饿中一病不起，折腾了半个月，合上了眼睛。埋葬了爹，娘家已经一无所有，只剩下妹妹英子，贞子拉着英子回了家。

英子喊贞子哥，英子喊贞子娘。

有一年，英子生病了，几天几夜，高烧不退，烧得直冒胡话。

“老哥，为什么把好饭好菜都藏起来，为什么不给我吃呢？我饿得慌！”英子躺在床上，闭着眼睛，高一句低一句地喊叫。

“英子啊，说些啥啊，你糊涂了！”

英子挣扎着，摇着脑袋：“啊？刚才明明看到我娘端一大碗白米干饭进来，怎么给藏了？怎么不给我？”

贞子把凉手巾敷在英子的额头，英子一把撕扯掉，呛着眼睛，头往后拗着，拗着。

“一大碗！是大米饭，白白的大米饭！饭头上一堆红烧肉，好红好红的红烧肉，堆得像小山包，肥得流油。快给我端来，我要，我要！”

贞子搂过英子的头，靠在自己膝盖上：“英，等你病好了，老哥给你买肉来吃，啊，英子……”

“我现在就要！娘已经给我端来了，又藏起来了，你们偷吃了，好大的肉块子，夹在筷子上直打战！”

“妹，你这样可怎么好啊！肉，哪来的肉呢？一家人已经几个月不知道肉是啥味了啊！妹，萝卜缨子、灰灰菜都难找啊，糠也吃，树皮也吃，吃得大宝子他们拉不下屎，是你帮我一起给他们一点一点抠啊，抠啊！”贞子越说越伤心，无数的苦都随着泪水一贯而下，她抱着英子的头，泣不成声。

“英啊，你快点退烧吧，你的病不好，老哥拿什么给你治啊？妹啊，娘都死了多少年了，骨头都找不到了啊！英啊，爹娘都管不着你啦，只有老哥在，老哥也没啥好东西待承你，你要挺过来，你要好好地活啊，哥喂大你好不容易的呀！”贞子的泪，顺着英子的脸和胳膊往下淌，英子渐渐安静下来。贞子守着妹妹，一天，两天，三天，英子终于退烧了。

退了烧的英子很安静，她极其虚弱，歪过头看着哥娘：“老哥，我好饿！”贞子的眼泪一下子又涌了上来。她说：“英，你等一会儿，哥去给你弄点吃的来。”

贞子走出去，揭开锅，空空如也，摸摸米缸，如也空空。贞子多么希望给妹妹弄一点带米的饭食吃吃。贞子在屋子里走来走去，转了一个又一个圈，不知道该怎么办。

虽说都穷，但是左邻右舍跟贞子家比好那么一点。贞子实在没办法的时候，也会跟周围的人家转借一点钱粮，人们总是没有好脸色。哥娘在受到目觑的时候就发誓：一家老小就是饿死，也不再上门跟人家借东西了。自己太穷，人家担心你还不起，人家也要活命，谁有多余的粮食借给你呢！

前庄子的赵大妈还好，偶尔贞子上门，支支吾吾要借点啥，赵大妈总不会让贞子说出的话掉在地上，多多少少都会借一点。贞子不止一次对儿女们说：“你赵大妈是个好人，你们将来长大了，出息了，一定要报答她。”

今天，贞子又一次想到了赵大妈，无论如何得借两把米，给英子熬点粥，英子从死里回来，捡了一条命，好几天没吃没喝了，怎么着也得有一点米进她的肚子啊！

贞子来到赵大妈家，把情况讲了讲，赵大妈二话没说，舀了一碗大米倒在贞子的盆子里，贞子看到，赵大妈的米缸见底了。

贞子熬了稀饭，边喂边哭，英子边吃边哭：“老哥俺娘，是英子不好，英子知道俺家没有米，是英子不该这么饿！”

……

母亲的娥子

母亲的娥子飞走了，从母亲的手心里飞走的，再也没有回来。

当年还是大家庭生活，老太爷当家，一家老少 26 口，一口锅上吃饭。一日饭后，妯娌几个都呕吐，老大媳妇儿吐得最厉害。找医生瞧了瞧，说是食物中毒。中了什么毒呢？大家疑惑是吃了自己上山采的蘑菇。母亲吃得少，也吐，吐的程度轻，就没有去医院，扛扛也就过去了。可是等那几个都已经好了，母亲还在吐。又找医生看了看，医生说是怀孕了！

一听怀孕，母亲头都大了。养大五个孩子，已经脱了几层皮，如今 43 了，再养个小的，还不闹腾死？母亲心里的愁，有院子里的洋槐树那么大。妯娌们就劝：48 还养个叫么喳呢，你就留着吧。母亲说：毛都焐不干。

那时也不兴人流，不留着又能咋办呢？娃长肚子里就算长肚里了，什么时候呱呱坠地什么时候算是卸了包袱，别的也没办法想。

看母亲那烦躁劲，大家以为娃一落地，指不定就给扔了，就像当年我姥姥生了我姨，下地就要弄死，要不是我母亲大包齐揽给留下来，哪有我姨的小命了。

终于十月怀胎，母亲生了，是个女孩。哪知道母亲不仅不舍得扔掉，还像得了宝贝，一天到晚疼不够！

母亲把妹妹捧在手里，眼睛里放光。母亲夸妹妹的时候，似乎姐姐和我都不是女儿了，不是心头肉了：“瞅瞅我的老囡哟，多好看呐。这小脸，呶——”母亲把那个“呶”拖得很长，“圆嘟嘟的，好像一只红苹果——”母亲夸她小女儿，毫不吝啬溢美之词。

这个女儿是个捞秧子瓜，母亲给她取名“娥子”。娥子确实长得美，圆脸、大眼睛、浓密的黑发，这很符合母亲的审美标准。母亲是长脸，姐姐和我也是长脸，四十多岁终于生了一个圆脸粉腮的囡，像画家终于画出一幅得意的作品，母亲很有自豪感。

姐姐是个火脾气，一看母亲那样就来气："什么圆脸长脸的，我不好看，以后别指望我给你带孩子，你的小苹果你自己带，叫我抱她，我的长脸可传染！"姐姐是辣椒，说起话来总呛人。她经常跟母亲斗嘴，姐姐说："以前带贤子凤子挨了多少打，以后带娥子，摔着碰着哪儿了，还不剥了我的皮？"

可是，这个惹母亲疼的漂亮娥子，却是一个病秧子。吃奶吃着就翻了白眼，黑眼球呛到天上去了。母亲慌了手脚，抱起就往医院跑。医生戴上眼镜，挂上听筒，又是听心，又是听肺，问这问那，最终也没查出什么毛病。

娥子说坏就坏，一时还会笑，一时就口吐白沫，翻了白眼。母亲十个魂被吓掉九个半。十个月里，母亲的路就是从家到医院的路，母亲的心一惊一乍，没有个平静的时候。亏得医院就在咱住的那条街上，不算远，不然母亲早就跑断了腿，脚底茧子该磨得三尺厚。

有一天，大概是天黑以后不久，母亲抱着娥子，"哇呜哇呜"大哭着从医院回来了。娥子死了。

我和我的小哥正做游戏，"盘脚盘，盘脚盘，看谁的脚盘得圆……"听到母亲在外间大声地哭。那时我还不知"死"为何物，心里并没有悲哀，在哭声里继续玩。

有人七嘴八舌在劝：

妹子，别太伤心了，再伤心娥子也回不来了。

嫂子，娥子只有十个月的阳寿。她走了，就再也不会翻白眼了，她享福去了。

婶子，娥子不是你的孩子，她是阎王爷弄来哄你的，叫她去吧！

母亲的嗓子哑了："她是我的心啊——现在就剩下半个了——"抖动的声浪像五马分尸的烂布。

妹子，该走的留也留不住！这十个月过的啥日子，快把你拖垮了，还有几个娃靠你呢！

嫂子，你上辈子欠她的，治了十个月的病，已经还给她了，还哭她干啥？

三伯从门外进来，他要母亲把孩子交给他，好给扔到乱坟岗去。

母亲不放手。

外屋又杂乱地劝，劝了半夜，三伯才从母亲手里接过孩子，消失在夜色中……

娥子死了以后，一家人都怕。

黑天，房中没人，娥子睡的小摇车自己在那晃荡。我哥的同学不信，怎么可能！那天晚上，我哥把同学带回家住，小车底朝天放在屋中间。到了半夜，轮子竟滴溜溜地转。可把同学吓坏了，天一亮撒腿就跑。

“是娥子不愿意走，她舍不得这个家啊！”母亲说，“我对不起她，没有把她治好，她那么可爱……脸圆得像一只苹果……”

医生说，娥子病在脑子里，是娘胎里带的。母亲想起毒蘑菇的事，一次一次诅咒蘑菇。母亲骂自己混蛋，为什么要取名“娥子”呢？“娥子”就是“蛾子”，见到光就扑，扑了光就死呀。蛾子能有几天的寿命啊！母亲是读过私塾的，她肚子里有文化。有文化的母亲相信发了黄的书里的那些东西，她更相信民间稀奇古怪的传说。母亲对娥子很有负罪感：“我给了她命，却没给她养大，罪过！”

大家都不再提娥子了，母亲的心是玻璃脆，一碰就碎。

天一擦黑，母亲就不敢进屋了。全家就我一个不怕，那时我五六岁。夏天，坐在院子里纳凉，母亲的旱烟管忘在屋里了。母亲说：“老囡，进屋给我烟袋拿来！”我就歪趔歪趔走进黑暗里，摸索着把烟袋拿出来。

母亲会很长时间望着我，不知道我的长脸是不是又勾起她对圆脸的想念，只是母亲很久不再提娥子了。

又过了两三年。一次，母亲拉着我去镇外的老郭家去做衣服。走到一个岔路口，我疑惑老郭家是在路左边，母亲却牵我走上了右边的岔路。我俩走到尽头，面前是一个山丘，一片杂七杂八的树，好多废纸烂木，这是乱坟岗。

母亲猛拍一下自己的额头：“坏了，我娘俩走错路了，我怎么迷到这条道上了？”急急拉我往回走。

那个乱坟岗，就是三伯抛掉娥子的地方。

许多年，她一直忘不掉，有一块骨肉在那里。

奔九的婆婆老成娃

婆婆今年82岁，是个幸福的老太太。两儿两女四个孝顺孩子，是老人一生最大的成就。他们对老太太哄着顺着，公公对她也是百依百顺，不知不觉，就让婆婆老成一个任性的孩子。

如果她指着太阳说是黑的，大家都跟着说是黑的；如果她指着石头说是黄金，全家都说是黄金。人老了，让老人家高兴就行，居家生活没什么原则问题，是黑是白有什么关系，只要老太太心情愉快，儿女们怎么着都行。孝顺孝顺，孝就是顺！不缺吃不少穿的，需要的不就是快乐么？顺着老人的心意，给老人一个好脸色，给老人一些好声气，让老人感到温馨顺气，就是大孝！

后来，婆婆只能坐在轮椅上，吃喝拉撒全靠家人和保姆。

"张张嘴，哦，张大点，咱们吃饭了，啊？"给婆婆喂饭就像喂一个婴儿，饭碗下包着毛巾，因为吃得慢，喂着喂着就凉了。如果热了烫了，就吹吹凉再喂，每口孩子们必用嘴唇试试热度再往她口里送。一会又看见老人家皱眉了，忙不迭地问："是尿了吗？来，咱们抱上床躺下，看看潮了没有哦！"每次换掉尿不湿，都必用温开水洗净蘸干下身，以保清爽，不让尿碱渍伤皮肤。即使不再能说话了，不再能行动，从来不出门，也每天把她头发梳得光光溜溜，脸洗得干干净净，擦上雪花膏，咱们老太太可是个讲究的老太太！

忽然想起多年前张凯丽和严顺开演的一个小品——《爱父如爱子》，细心照顾老人，与照顾一个孩子是完全一样的。生命是个轮回的过程，从出生到死亡是画一个圆圈，开始是孩子，到长大到老，最后回到孩子。小时候，父母教孩子说话，扶孩子走路，一把屎一把尿拉扯大；老了，儿女教父母说话，扶父母走路，喂饭、换尿布，上下两代人在不同的时间做着同样的事情，这就是人类脱胎于动物又不同于禽兽的地方。

婆婆在 75 岁以后，经历了两次重大症候。一次是晾衣服滑到，髀骨骨折；一次是在校园里行走被学生撞到，手臂和大腿三处粉碎性骨折。人们都以为这把年纪了，怕是一辈子也站不起来了。在家人精心的治疗和看护下，婆婆没有倒下，两次在分别躺了几个月之后，又能够扔掉拐杖，行动如初了，而且连一个褥疮都没生过，没有人不说是奇迹。

婆婆经常慢慢踱到校园里，坐在花台沿和一些老头老太太聊天。她走路很轻很缓，听不到脚步声。一次，在一个拐角处她无意中听到了大家的议论。一个老太太说："老了老了，孩子还交不掉。烧呀洗呀，还得伺候他们，给他们弄吃弄喝，累得老胳膊老腿搁哪哪疼，啥时候才能清静!"另一个老太太接上了："你想享福呀，那你托生老朱奶呀，你看人家，不愁吃不愁喝，啥事不要干，保姆伺候着，还想凶谁凶谁，俺们哪有那个命!"婆婆听了回来得意了一阵子，感觉自己的确有福，心里美起来，但没过多久又犯起老毛病，对谁都挑鼻子挑眼。我家先生对我说："去劝劝老太太吧，只管拣好话说，只要哄得老太太高兴，能多吃几口饭、多笑几声，说什么都照!"

领了先生的任务，我就开始去劝了，我说："您老人家多有福呀，您看周围有多少老太太有病身体不好还得忙，忙这又忙那，有的还受气，好多人都在羡慕您呢！小孩没一个跟您怄气找您麻烦的，时时过来偎着您，家里什么也不缺，冰箱一年四季满满的，每个季节都添新衣服，您不愁没吃没穿的，只愁东西吃不完，衣服穿不尽。瞅瞅，女儿又给您买新鞋了吧，买的都是优等品，又好看又舒服。哎哟喂，这身棉袄棉裤，小碎花的，真好吔，一看就是个漂亮老太太。"我吐沫星子乱飞，只为博婆婆一笑。果然，她听了很开心。我又继续奋斗："像您这样有福的老太太，全国能有几个？人家大领导大干部退休有工资有福利的，也没有您快活呀！您是最最幸福的老太太啦！以后别再生气了，冠心病不能生气的，再说有啥值得您气的呀，您是自己跟自己过不去呀!"后来保姆徐大姐告诉我，说我那天讲的话老太太较真了，跟徐大姐唠叨过多次："嗯？凤子说我是全国最享福的人，我能跟毛主席比呀？我能比毛主席还享福吗?"我听后狂晕！

婆婆是河南人，15 岁讨饭来到安徽，就像一粒种子，一阵风吹来此地，就在此生根开花结果了。婆婆没上过一天学，她是真正的文盲，10个阿拉伯数字都不认识一个，连个电话也拨不好，但这不影响她成为一个幸福的老太太。

婆婆会喝酒，会抽烟，年轻的时候吃饭可以没菜，但顿顿不可以少了酒；喝酒不用酒杯，白酒倒在饭碗里，就着青辣椒，一个人喝，喝完酒盛上饭三扒两口完了干活去；干活间隙，坐下来抽支烟，很享受的样子。婆婆很能干但脾气不好，尤其是上了年纪以后，人家说什么她堵什么。公公说“人无千日好，花无百日红”，她立马堵上：“那花就得红一百天呀，多一天少一天碍你什么事?”保姆说：“哎呀，冷藏室里的饺子饧掉了!”她立马不愿意：“包的饺子都给饧了，你是来帮忙还是干啥的?”小孙子拿着遥控调节目，调了这个调那个，她就不乐意了：“俺就看这个台好，你天天嘴咕嘟子不说话，只会调来调去瞎捣鼓。”一家老少都是她随时攻击的靶子。

奔九的人了，还能像孩子一样使小性子，完全不需要收敛自己、委屈自己，这是人生怎样一种幸福！耄耋之年了，从来不必受别人一句话，想对谁撒气就对谁撒，没有人跟她计较，一家人永远无原则地迁就她、爱她、照顾她，这是人生怎样的一种幸福！

女婿打来洗脚水，蹲在她面前，给她洗脚，给她按摩，每一寸肌肤每一个脚丫子都用手揉洗干净，一边洗一边兑上热水，一边跟她轻声细语地聊，句句都是安慰人心的贴己话，即使家里有事翻了天，老太太面前的那方天空永远是和风款款，阳光灿烂，这是怎样的一种幸福！

女儿给她穿衣，每个动作都轻柔，每个褶皱都理顺，花棉袄软软活活，花鞋子精致好看，穿好后扶到太阳底下。婆婆舒舒服服坐在藤椅上，看着孩子们一个一个在身边来来去去，有一搭无一搭地说着话，这是怎样一种幸福！

幸福更在于她永远心安理得地承受，不需要客气，不需要领情，没有任何负担地接受孩子们永远的爱与奉献，心里平平静静，舒舒坦坦，这是人生多大的幸福！很多老人整天心里惦记着孩子，接受一点孝敬就怕孩子累着，怕孩子耽误工作，有顾虑，有牵挂，有不忍。而我们家老太太呀，从来没有这些顾念，她受用一切都认为理所当然，在她自己来说是一种幸福，对孩子来说，也是一种莫大的幸福呀！孝敬父母，天理人伦，孝心被接受，莫大的快慰！

婆婆于今年农历二月初三走了，走的时候非常安静，当时，两个女儿正在给她擦洗身子，她就靠在女儿怀里落下了最后一口气。

就在落气前十分钟，我还拉着她的手，问她是否能看见我，老人家点点头。我又对着秒表给她号脉，计算着心跳的频率，完全没有感到最后的迹象。老人就这样静静地远走，没有挣扎，没有受罪，安安静静。

当婆婆走完了人生的旅途，撒手离开这个世界，一家人在悲痛之余又无比欣慰。婆婆从来不知道什么叫银婚、金婚、钻石婚，只是在一年一年平凡的日子中，与公公共同生活了六十七载，一起携手走到耄耋之年，用行动把婚姻打造成一颗不老的钻石。老人家在世的时候，一家老少为她做了应该做的一切，相信老人家一定是带着微笑、满足、幸福和快慰走向天国的。

血　　脉

对着作业本上的“父亲”两个字端详很久，我不知道“父亲”为何物，至少，在我上小学低年级的时候，我还没有把“父亲”和家里的某一个人对上号。

小时候，家里只有妈妈、哥哥和姐姐，从来没有一个叫“父亲”的人。记不得那年我有几岁，只知道母亲上街的时候，吩咐我看门。我在门口玩，一个人走过来，二话没说抬脚就想进门。哪有这么容易，我冲到门口，手脚展开，将他拦住，嘴里硬邦邦地吐出三个字：“不许进！”

他是那么高大，我站在门墩上还要仰起脸才能看他。他弯下腰和我说话，以为我会很听话，没料到我态度非常坚决。妈妈叫我看门，不认识的人不准进！别看我小，我会做事了。妈妈对左邻右舍的婶子大妈们是这样夸我的：“养个老囡，就是比养一条狗强。”

僵持了一会儿，隔壁的三妈走过来，一边掰我的胳膊一边教育我：“叫他进去吧，他是你伯，他不是外人……”我似乎有一点明白“伯”的意思，突然羞赧起来，松了手，泄了气。

伯从黄背包里掏出一只馒头，放到我手里。我才知道“伯”不同于其他的伯伯。他们家吃东西的时候，看见我会迅速扭过脸去，像疾风刮翻的树叶。而“伯”却把那么好的馒头给我吃，又白又大，又暄又软，很像妈妈的乳房，摸上去，手指头都享福。看来，“伯”是个不一样的人。

我并没有把“伯”和“父亲”画上等号，那时，这两个词在我的字库里没有建立一丝一毫的联系。所以，当我学会了写“父亲”两个字的时候，感觉那么陌生，陌生得犹如听别人说“苹果”“橘子”这样的词，都是我没有见过的东西，跟实物对不上号。

伯在河南固始县的一个矿上当工人，一年半载甚至更长时间才回来一次，我哪里认得他。我在他的面前躲躲闪闪，像一只不敢接近生人的猫。但伯却对我不疏远，他抱我，把我举过头顶，吓得我又叫又笑。伯用额头顶我的胸口，又用胡茬子扎我的脸，我清楚地闻到了他口中一种奇怪的味道，这味道很不令人喜欢。待到与伯熟悉了之后，他长久地不回来，我又有点怀想那个味道，那是父亲的味道。

有一次，老师叫填一张表，我指着“父亲”一栏问老师：这个怎么填？老师说：填父亲的名字。我说：父亲是什么？老师说：父亲就是爸爸。我说：我没有爸爸。老师愣了一会：上次你脚烂了，背你来的那个人是谁？那是俺伯。老师说：伯就是爸爸。

奇怪，“爸爸”这么好听的一个词，为什么我要叫“伯”？我甚至有了责怪妈妈的意思。后来我长大了，懂得了“伯”与我的血脉相连。尽管他回家次数很少，尽管我母亲忙急了的时候在我们面前数落他，我们依然爱他、等他、盼他。血脉是什么，就是明明对这个人有怨言，心里还止不住牵挂。

晚上洗脚的时候，我发现伯的一只脚真难看。脚背到小腿都是乌紫的，几个脚趾勾在一起，狰狞得像鬼。妈妈却说，别嫌这脚难看，厉害着呢，你们哪个娃的脚都不如他。

母亲掀开生活的一角，让我们从那里看到昔年的春风。

伯年少时，风姿潇洒，身手敏捷，尤其是踢毽子的功夫，远近闻名。大家看他踢一场毽子，就像看一场表演。鸡毛毽子在伯的腿脚间奔腾跳跃，上下翻飞，到最后，精彩已不在技艺本身，而妙在围观，现场热烈程度能叫一条街拥堵。母亲是在路过的时候，挤进人群观看的。她看到最高潮的一脚：毽子飞到云端，伯一个腾跃，使个空翻，稳稳落地，右脚一伸，毽子刚好落下来，停在脚尖上。毽子像个听话的孩子，娘一招手，就老老实实坐到娘的脚背上。

母亲看得激动不已，那一刻，她就设想要为这双不寻常的脚，做很多很多的鞋。后来果有人提亲，母亲嫁给了伯。

多年后，这双脚，被艰苦的生活给毁了。那大概是一九五几年，伯已经有了几个孩子，踢毽子不能当饭吃，不能再整日在大街上混，他跟邻人进山扛树。

我们叶集小镇三面环山，往南几十里就是金寨县，金寨山区林木茂盛。日子难以为继的家庭，没有好的营生，只得进山扛树回来卖。一趟挣不了多少钱，但有总比没有好。伯踢毽子、玩龙灯一流，干体力活真的不行。他在雪地里走了很久，趔趄着，浑身冒汗。到天黑还没走到家，又饿又困，就靠在人家屋檐下休息，一会睡着了。结果醒来的时候，一身的热汗冷却，脚和鞋子冻在一起了。

等伯终于回来进了家门，已经腿脚不灵。母亲把他的脚用温水泡化，坐进被窝，把伯双脚放进自己怀里，用体温去焐。终于脚有了知觉，可是其中一只因为严重冻伤，血管已经不能复原，脚上乌紫的颜色再也变不过来。

祸不单行，后来伯进煤矿当工人，又被一只锈铁钉穿透了脚掌。那时候医疗条件很差，治疗也不及时，伯的脚留下了残疾，从此就有点瘸。

伯的脚像菜园里即将僵死的菜叶子，失去了生机，走起路来不再像一阵风。伯从矿上回来，母亲把很久没舍得吃的咸鸭蛋煮熟，一人分一个。我的鸭蛋吃光了，伯说，可以给我变一个出来，我立即笑颜如花，催促快变。他手一指房门，看那谁来了？我扭脸的工夫，他一扬手从后脖颈处捏出一只淡青色的鸭蛋来。我的欣喜是伯的糖，我有了快乐的咸鸭蛋，他感觉无比的甜。血脉是什么？血脉就是爱到心里头，爱到骨子里，爱得一颗平凡的心充满智慧。

伯终于回来了，不用再到那遥远的煤矿上班了。伯是提前退休的，因为受伤的腿。伯 50 岁，才算真正过上一家团圆的生活。然而，母亲的身体已经严重透支，病根已经埋下。母亲的最后几年，是伯陪着度过的，母亲很开心。到了 20 世纪 80 年代初，改革开放的春风吹到了叶集小镇，伯和母亲可以做点小生意了，日子一天天好起来，老大老二老三都先后有了工作，母亲的眉头舒展开来。只是，好日子没有太久，母亲就病倒了，肝癌，查出来的时候就已经是晚期。母亲撒手离开了伯，年仅 55 岁。

母亲的早逝让儿女们非常悲痛，心里多少有一些怨言，责怪伯年轻时没有尽到养家的责任，让母亲遭罪，严重亏空了身体，患上恶疾。要是早年能在家和母亲一起扛生活，一起养育孩子，母亲有一只肩膀可以靠靠，日子就不会苦到骨髓里，就不会过早走完了生命的旅程。母亲的匆匆离去，成了全家不能言说的痛！

没有听伯说过怎么思念母亲，但是有一次我进门的时候，发现伯把箱子底存放了多年的母亲遗像拿出来，正慢慢擦拭。看我来，他一句话没说，又把相片放回到箱子里。伯衣食无忧，无事和邻居大爷大婶们打打小牌，唯一的缺憾就是没有了母亲，他有点孤单。儿女们没有因为心里对伯有责怪就懈怠了孝顺，经常回来看他，伯晚年生活很幸福。血脉是什么？血脉就是微词可以保留，真爱永不打折扣。

母亲不知道，在她走后的岁月里，中国的面貌发生了翻天覆地的变化，不仅没有人再挨饿，而且奔了小康。社会日新月异，老百姓的生活就像坐了飞机，蒸蒸日上。看到伯和儿女们活得幸福，母亲在天堂一定常含笑意。

不知什么时候开始，我文字里的“伯”已经变成了“父亲”，称呼“父亲”很顺口，码字也很顺手。父亲于2004年冬天离开了我们，在母亲去世20年之后，父亲安安静静地追寻她的足迹去了。

父亲母亲身后，长长的思念盘绕，儿女们脉搏中涌动的春潮，是他们的热血在奔跑！

一些爱长在骨头里

每次去看老姨，心总是很疼，很疼！

一个好么好生的人变成一个废人，中间只隔着短短的距离。智力的陷落，就那么轻而疾，像风中飞走的一片叶子。

而我们无计可施，像站在礁石上，眼睁睁地看着恶浪卷走手中不慎跌落的一枚珍珠，无可奈何。医生也无可奈何，他们摊开一双手，空空荡荡，没有还魂草。天也一副冷漠的样子，额头上没有一丝温度。老天不给人成仙之路，又能从哪里找到入口呢?

几年前，一个深夜，老姨从床上起来，摸到门口，拉开门栓，一头栽倒。家人发现的时候，已是清晨，老姨躺在门槛外，全身冰凉，不省人事。

半夜开门，什么理由，家人不知道。要解手的话，床边是放着尿桶的。她一贯是忌惮黑暗的，夜色那么浓重，她出去干什么，难道黑暗中有人喊她，有一双手召唤她？老姨已无法讲述。

她总是天一擦黑就关门的。

民间传言，走夜路的时候，感觉后面有人，千万别回头。人的两肩亮着两盏灯，随风摇曳，这是正气，恶物不敢靠近，倘若一回头，灯就灭了。夜里要是听到有人喊自己名字，千万不可应答，一应答，魂魄就被摄走了。

老姨深谙这个故事，所以深夜开门，是件十分蹊跷的事。这一开门，好了，老姨掀开了落向深渊的那一页，从此走错了星球，再也没有跨回春天的门槛。

老姨在医院病床上醒过来的时候，头脑还是清醒的，问她话，能微弱地答，声音很渺茫，但思维走在正确的路上。医生诊断为脑部血管轻微破裂，能养好，不久就能恢复正常。但医生说，那个出血点再一次破裂可能性很大。再破裂，问题就大了，不如做个手术，绝除后患。

静脉注射，药物流过血管，流到脑部，病灶位置加固了城防，以后一劳永逸了。手术完了，医生说，二十几天就能痊愈。

明明已经打了花苞，开放只是时间问题，却越走越凉。医生有时真的靠不住，就像春天也靠不住一样，温暖与寒凉，不是一码齐齐，按序排列。满怀期待的二十几天，如饥似渴，一路烟尘，老姨不仅没有痊愈，还不会说话了，能动的那条腿也不能动了，本来的那点清醒也走失了。老姨像一枚断了线的风筝，从此没有前世，也没有今生。

漫长的理疗和护理，漫长的等待与期冀。天上那颗失去引力的星，在末世滑行……智力滑落，记忆滑落，尊严感与羞耻心滑落，黑夜与白昼滑落……无天无日，谁能改天换地？老姨成了废人一个。

每次我们去看她，心都很疼。我们与她的对话，只停留在问她这是谁，那是谁……老姨木然的眼睛，偶尔闪过一丝思考的痕迹，嘴里冒出一个含混的名字，大多是乱码。有的时候，似乎脑子灵光一闪，说出一句半句逻辑正常的话来，只一瞬，又陷入无边的糨糊。

老姨命运多舛，一生苦难，70 年的生命火车，几度驶过生死。

女人的身体，无限宽阔，男男女女，无不是女人所生。整个世界，不尽的奔腾与发展，不尽的色彩和欲望，原初，无不是女性腹部降落的。

可是，新生的女娃子，总不招人待见，老姨一落地就面临死亡。她父亲眼睛看不清书上的字，看不清水里的鱼虾，却对新生儿的生殖器一瞥就明。他已经亲手执行了三个女婴的“死刑”，嗓子眼里塞上棉花，死得快，而且面皮完好。老姨一落地，姥姥就呼天号地，恨命！试图用被子把她捂死。那时候，我的母亲——老姨的大姐——已经长到 18 岁，一把抢过来，你不喂我喂，你不要我要！姐姐抱着妹妹，乞百家奶为食，要不然，老姨早已经喂了乱尸岗上野狗了。

十几岁，又逢粮食关，饥饿是一条巨蟒，紧紧缠绕，死结。肚子里生出恶鬼，咬遍脏腑。到处都是饥民，野菜吃光，树皮吃光，板凳腿如果能啃都给啃光。到哪里寻觅果腹的东西呢，饿得头昏眼花，饿得双腿发飘，饿得神志恍惚，饿得胡话连篇，饿得出现幻觉。半夜醒来大喊，白米饭来了，红烧肉来了。老姨能够从粮食关逃出条小命来，已经算是造化了。

该嫁人的年纪了，谁有饭吃嫁给谁。吃饭，成为选择男人唯一的标准，没有二。年纪大那就大吧，个儿矮那就矮吧，样子丑那就丑吧，都不是理由，理由是不要饿死。

许多年后，老姨的女儿咋呼道："俺大（方言：娘）那时候怎么就嫁给俺伯（方言：父亲）了，怎么看上他?!"

岁月一直往前走，风里扑腾，雨里扑腾，老姨总算把日子挣出点头绪。孩子们大了，时代好了，日子像嚼甘蔗，一节比一节甜了。买养老保险那年，她斟酌了许久，一下子要拿几万块实在是个大数目，但是她说："我还是得买，万一还能再活 20 年呢?"到了 60 岁，保险金开始领了，她说："我也像有工作的了，到月就拿钱了!"说这话的时候，她的眼睛里满是光彩。

日子没有担忧了，不必拼死拼活了，儿女成家了，子孙满堂了，老姨生活见光见亮了。可是，一跤摔倒，把她重新摔进了黑夜，生命的年轮，乱石穿空，再也没有日出，没有了天明。

昨天，是老姨的孙女小青出嫁的日子，我们结伴到乡下添箱。添箱是皖西风俗，给出嫁的女儿往箱子里添置东西，准备嫁妆。孙女坐在床上，一脸新嫁娘的喜悦，亲戚邻里，面带喜色，老姨一脸的迟钝和木然，白茫茫大地真干净，她活在局外。

我们与她说话，她知道或是不知道，而我们知道。她是生命里重要的人，靠在她的周围，温暖，也伤感。我们敞开情感，老姨却不往里面走。

但是，有一个人，一直在，在老姨一片洪荒的世界里，一百次问她，一百次答不错。

这个人是她老姐，她一生最爱也最敬的人。老姐挽留了她一条命，乞奶把她养大，老姐出嫁，也一直把她带在身边，怜她，疼她，给了她苦难岁月里无数的春风。

"孙承珍是谁呀?"——"老姐。"

"你老姐叫什么?"——"孙承珍。"

老姐是长在她骨头里头的。自己的儿女都已经不认得了，姐还在。姐是她心中不灭的灯火。

不知怎么想起童年的歌谣来，我引她往下说，一句一顿，一句一提醒……时光在这一刻特别安宁，窗棂上，一些阳光聚集，一片碎纸随风晃动。

我推一推老姨凸起的前额，想把她推回记忆的海里……幼年的路上，有许多花朵，许多童音，许多故事，期待捡拾，她隐约有感吗？

她依然迟钝，木然。但，她的嘴巴里，断续冒出一句一句，像一段忽而清醒的梦。

小板凳歪歪，里面菊花开开。

开几朵？——开三朵。我们问一句，她答一句。

都给谁啊？——姑娘一朵……我一朵……

还有呢？——留一朵，给鹦哥。

鹦哥怎么样？——鹦哥……会说话……

说什么？——哇里呜里哇，送给老婆家。

一瞬间，无数的往昔走入现实，我找到一肚子歌谣的源头。我一直以为，我的那些烂熟于心的歌谣，来自儿时小伙伴们的口口相传，现在我发现，歌谣的根在老姨这里。我常常说，我的歌谣做梦都不会念错，原来，它们是长在骨头里的。

几年了，老姨未说过几句完整的话。而这一刻，枯竭的心灵，竟然有歌谣淌出来，像枯井淌出了新鲜的甘泉。

尤其想不到的是，我们记忆中缺失的部分，她居然给补回来了。老姨像考古学家，不经意补齐了古老瓷器上久已残损的碎片。

小板凳，摞摞，里面坐个大哥；

大哥出去买菜，里面坐个奶奶；

奶奶出来烧香，里面坐个姑娘；

姑娘出来梳头，里面坐个马猴；

马猴出来蹦蹦，里面坐个臭虫；

臭虫出来爬爬，里面坐个娃娃；

娃娃要吃面疙瘩……

我的记忆到这个地方卡了，没路了。而我痴呆的老姨，在这里，水继续流。她缓缓地，低低地，机械地，声色不动地，字字清楚地，往前方流淌：

娃娃“咕哇咕哇”要吃面疙瘩……

面疙瘩有水，要吃牛腿；

牛腿有血，要啃老爹；

老爹告状，告到和尚；

和尚念经，念到观音……

我的兴奋啊，血管里所有的血加速奔跑，像黑人在田径场上。

这些歌谣一定是老姨的母亲，母亲的母亲，一代一代传下来的，是与骨肉长在一起的！我可怜的老姨，儿女都不认得的老姨，不知饥饱不知屎尿的老姨，记忆河床一片空白的老姨，脑袋瓜子混沌一片的老姨，对世事全然不知的老姨，居然歌谣依然，若经年的废墟吐出摇曳的花朵，怎不令人热血沸腾，感慨万千！

五月的阳光透进来，痴呆的老姨光辉灿烂。

世界离她而去，苦难没有了，鲜花也没有了，她脑子里的沟沟回回堆满血淤，只有她姐姐的名字还在骨头缝里，只有残存的儿歌还在废墟上，叶败枝残，劲风独立。

有些东西是长在骨头里的，当血肉耗尽，精气熬干，身体像僵在风中的一截老树桩，枯坐一百年，木心里仍有散不去的香。一缕香，就这么匍匐在生命帝国的黄昏。

一个人的骨头好长，长得住得下祖先。

所以，人生很多事情，我们问完了天，问完了地，问遍了山河之后，还得问一问骨头！

第二卷　且行且吟

行在路上，掬一抔怀想，所有册页载得动，或载不动的，都在水一方。

此地妙高

一

从叶集向西十几公里，便进入另一种境界：山势俊美，林木葱茏，竹海森森。车子在树影夹道的山路上盘桓，一抹一带风景，一弯一片天空，一拐一重气候，一转一个世界，一行五人似乎陷入天道轮回。灵魂醒着时，世界是活动的；思想恹恹欲睡时，世界就平静下来。此时，我们徘徊在清醒与睡眠之间，任九华山的绿色无休无止地在天地间忽明忽暗。

老张感慨道："良辰美景奈何天，赏心乐事谁家院。"

"子雨你错了，"我说，"这十四个字，先给你打对号后给你打叉！'良辰美景''赏心乐事'对了，加分；'奈何天'叉掉，今儿个怎么是奈何天呢，分明晴空朗朗正气昭昭，扣分你没讲的吧？至于'谁家院'么……嗯……算对吧，这里确实可以看作咱叶集人的后院呢。"我说完一扭脸，见老穆正目光深邃地注视着远方，不住地大摇其头，啧啧赞叹："离叶集这么近，居然有这么一个群山差互、绿荫如海的地方，太妙了！"

二

一走进妙高禅寺，老张的感觉"哗"就上来了，嚷嚷要在这里住一个月，写一部好作品。大家立马应和："可以可以。不过嘛，一个月后我们来接你的时候，一定是头发鸡窝，胡子草丛，两眼绿光，周围三公里内农户家的鸡鸭全部偷光。"大家皆说如此，异口同声。你不得不服，一部电影要是深入人心，会如此抢白人的思维。

登上九华极顶，一把巨大的朱砂茶壶立在半空，上书“妙高茗茶”四字，老张偏说这是“茶茗高妙”。“作家的思维就是与众不同啊，这样读倒是另有一番深意。”老张又排出“茗高妙茶”“高妙茶茗”等几种组合。“嘿，我不才夸你一句吗，你还来劲了？这些字是你手里的火柴盒呀，想怎么拆怎么拆？是你手里的棋子，想放哪放哪？”

老张越发嘚瑟了：“天下一盘棋，棋子自来去。来也别欢喜，去也勿留意。世事云迁转，人生叹轮回。连人生都是轮回的，这妙、高、茶、茗几个字，你说怎么就不能拆分轮回呢？”

“哎呀喂，我算服了你了！”我拍着巨型茶壶边上一块滚瓜溜圆的石头说：“在佛门之地，石头站久了，也能通灵，我看你的脑袋瓜子跟它有一拼。”

三

极目远山，雾霭中一带白色。子雨说，那是路；静说，那应该不是路；艳说，那绝对不是路，是云影；等到老穆从茶园观景走过来，只瞄一眼，一秒钟的事，就说那是河，理由是阳光下河流反光，所以远在天边这里还能看得见。

远方是什么，是个未知数。就像人生，回首来路，永远烟雾迷蒙；展望未来，永远扑朔迷离。你知道你明天要走一条什么样的路吗，你知道你选择的征程哪一段上会出现岔道，哪条岔道平坦，哪条岔道泥泞，你苦苦追寻的生活最终通向哪一处胜境？漫漫人生，只能在一个未知路途中快走或缓行，绝顶聪明的人类，对很多事情喜欢指手画脚，独独面对“远方”，底气不足，无能为力。

我们面前是茶园，一望无际的茶园之外是远山，远山之外是路、是河、是云，还是幻影？是无法解开的谜。无法验证，当然，也没有必要去验证，我们大家开心地行走，天是天，路是路，我们是我们，对远处七嘴八舌的猜测，是生活溪流里快乐的浪花，有此浪花串串，得矣乐矣，其他的就不必深究了！我们是生活的“行者”，生活的真谛在于虚化目标，挽住过程，OK？

四

走进妙高寺，穿过高大的牌楼，迎面一棵树很打眼：英姿飒爽，奕奕迎风，就像站在这里迎来送往的英俊后生。这就是与一般景区不一样的地方，一棵树挺立在台阶中央，没有被砍伐掉，而是随景就情，不仅不影响观瞻，不影响行路，反而是一道别样的风景，美在其中。

常常见到行道树，斯文地立在道路的两边，中规中矩，不越雷池半步。它们或来自深山，或来自苗圃，或来自某个塘埂或村落，辗转辛苦，移栽于此，安分守己地站在被他人安排好的位置上，看似极有秩序，内里流动的却是树的流离失所，苦痛不安。

树有没有心？有，万物有灵！前段时间，网上流行一种实验：把同样两只苹果放在同样的两只玻璃杯中，每天分别对两只苹果说话。结果，接受赞美、感谢、爱恋等美好词语的那只苹果能很长时间保持水分和光泽；而每天被责骂、诅咒、憎恨的那只苹果，很快就萎缩腐烂。据说这个实验从国外而来，是科学家们通过大量受体，严格监视，严密论证得出结论的。在这个越来越人性化的社会，人与世界精神灵魂交融的需求越来越强烈，天人合一、物我感应的种子一直在人类的灵魂中蠢蠢欲动。苹果能体会到外物对它的喜怒爱憎，万类万物皆可感应，这棵站在台阶中央的树，该是多么幸运地体会到人类对它的尊重。

这样一棵树，不知道是什么时候落下的一粒种子，也不知是风吹来的，还是鸟儿衔来的，落在这里，得天地造化，生根了，发芽了。它求索的根须一点点寻找泥土，深深扎进去，吮吸土地的乳汁，一天天长大，从此属于这里。这里，是它生命的源。

对生命最大的爱莫过于让其根生于属于自己的泥土，对生命最崇高的敬意莫过于让它平静安宁。庙宇的设计和建造者没有把这棵树挖走，没有打搅它平静安逸的生活，而是给了它脚下这片土地。于是，我们看到，这棵树，与佛共存。日日，佛坐在绿叶上，树叶绿得清心透亮；夜夜，佛卧在树心中，枝干招摇得随心惬意。细细听听吧，那散碎而亲切的沙沙声，正是树在窃窃地笑！

五

坐在侧殿的台阶上，微风缓缓，发丝飘飘。来，留张影吧。老张在前，老穆、静子、艳子在后，以老张为主画面，后三人自然成了背景，老张说，要把我的深沉拍出来。OK，你看，多有深度，多有内涵，要是再笑得大一点，整个一弥陀佛呀!

老张说:“身在佛家净地，想不成佛都难。你看那是什么?”老张手一指，大家看到一只百足虫正手脚奔腾，穿越小路。

奇怪呀，有人指它看它，百足虫似有所感，它停住手脚，仿佛水上龙舟，哨声一响，百桨骤停。莫非它听懂了人语?

这样一个夏日的午后，妙高寺这样一个石阶边，一只百足虫正好路过这里，一群文友远道而来，一点不早，一点不迟，正好坐在这里。十道目光齐齐聚在一条虫子的身上，这是佛让“人”与“虫”结的善缘吗?在这一刻，百足虫一点也不令人恶心，而在百足虫眼睛里，“人”也不再可怕，所以它愿意停住划过路面的“桨”，把一份信任的目光投向我们，五秒钟的对视，是前世多少年修炼得来的呢?

我的眼神里突然萌芽很多怜惜，这样一条小命，要是在平日里，在嘈杂的大街或小巷，在夜晚乘凉的竹床边，见到了，想都不会想，就一脚踏过去，碾成肉泥。此一时彼一时也，现在坐在妙高寺大雄宝殿之外，佛已经把对一条渺小生命的敬重，无声无息地灌输在我们的血液里，这一刻，再丑陋的生命，我们都心存敬畏。

我们与百足虫做了短暂的交流之后，虫子悠然远去，安安静静。我们尾随它而走的目光也安安静静，温良而祥和。

六

前方就是大雄宝殿，老穆大赞宝殿修建得有个性、有气场。的确，很多旅游区花重金修建的庙宇，名声赫赫，一旦真去那里，往往很失望。而这座圣殿，古朴典雅，不夸饰，不张扬，却有一种令人安宁的气度，有一种让人渴望朝拜的力量。

老穆是民俗家，多年在民俗宗教局工作，看得多，听得多，走得多，他很专业地说，对菩萨的尊重不在于叩首烧香，最好的表达是绕神像三周。听了他的话，我们绕像而走，走得很慢，边走边瞻仰高高的佛像，从塑身的各个角度望过去，像佛在自动旋转，我们似乎看到了佛主的一生。

释迦牟尼生母摩耶夫人，因梦见一人乘象扑入怀中而受孕，释迦牟尼刚下地就能行走，南北各行七步，一手指天，一手指地说:“天上地下，唯我独尊。”之后在尼连禅河边一棵菩提树下修炼，盘腿打坐七七四十九天，在启明星出现的时候，大彻大悟。他悟出造成世间苦难的原因，明白了脱离苦海的四谛圣法，随后向大众宣传自己悟到的“真理”，于是各地皆为他塑造金身，供奉朝拜。

绕佛挪移的过程，就是与佛交心的过程，也是内心净化的过程，我们听到了释迦牟尼说的“佛是已经觉悟的众生，众生是尚未觉悟的佛”，原来佛性人人具备。只是，凡人如吾族，此生并不忧自己是否能觉悟成佛，忧的是如何修身养德，提振正气。绕佛三圈，就像走了一个世纪，浮躁的灵魂就像撒进明矾的水，渐渐清透明澈。佛像四周的土地，堆满我们的脚印，也堆满我们的虔诚。

老穆说，敬佛在心不在口，佛前烧香和在任何一个地方烧香都是一样的，对于贫穷困厄之人，哪怕就是在自家屋角旮旯里对佛默念，佛都能听见。佛祖无处不在，无所不晓，他以普度众生为业，凡心只要有佛，佛就在你身边。

此时，我们的脚迈在大雄宝殿，与佛踩在同一片泥土上，心的频率与佛一致。我听到了佛的娓娓细语，看到了佛的微笑。佛的目光温柔地滑下，我们沐浴在神光之中，心与天地共振，意与万物共鸣。

七

老远的，老穆站在地藏王殿门口，招手让我们过去。

我们过去了，老穆像跟我们引荐地藏王似的，介绍起地藏王的雄心和功德：“地藏王发誓度尽一切苦厄，他说，地狱不空，誓不成佛。”这样啊，那我们赶快下拜！

拜佛是需要用功的，心不静不拜佛。双膝跪于蒲团，挺直脊背，双手合十，闭上双眼，口中默念。双手摊开，掌心向上，弯腰，叩首，立起，如此三番，是为三拜。在老穆的指导下，我们成了正宗的佛教徒，谦恭诚恳，心无杂想，神不散乱，仪态安详；此时，世界走远，万籁俱寂，处众无畏，天人护持。佛可以透视人的精神，就像电脑读盘一样，如果你是为了福报增加，拜佛就是福报增加；如果你是为了忏悔业障，拜佛就能忏悔业障；如果你渴望平静安宁、悠然自得的生活，那么拜佛吧，一切便豁然开朗，云淡风轻。

离开蒲团，我站在大殿高大的朱红廊柱下，望着敲木鱼、口中念念有词的和尚，似有所悟。

佛是凡夫成佛，我们亦是凡夫，在佛性上人和佛是平等的：你能成佛，众生也可以。在众生眼里，佛是佛，而佛眼看凡夫，皆是诸佛如来。因此，凡人在拜佛时，其实是借佛这个形象，来督促自己见贤思齐，通过对这个形象的尊敬来引发自己内心的虔诚与恭敬。恭敬虔诚时，凡心是开放的、柔软的、没有傲慢的。因之，拜佛是通过这种礼拜的方式无形地降伏内在的慢心。

凡尘生活中，你们给我磕头，是我需要吗？给我磕头，我不会因此长得更美更帅，也不会因此加官晋爵，增财添富。对我来说，并不需要你的礼拜。而对你们来说，见到我，给我顶礼的时候，内心可以升起恭敬和虔诚的心，这对你们自身有益，这是一种修养。

不知道是不是如我所悟，佛祖想通过礼拜的方式，让世人明白诸如此类的入世为人的道理。

八

烧了香，拜了佛，抽了签，我们坐在寺院里，和风微微，四面安宁，这才是禅寺应有的感觉，想想那些人头攒动的祠庙，看似香火极旺，实则糟蹋了佛门净地。

安安静静地坐在这里，突然感觉想笑，因为想起午餐时席上的对话。

敬酒的时候，老张说："不要喊我老师，老师、专家、大师，都不要随便喊，这些人骗子居多。"喊老师那是尊敬，不准喊，得，那就喊你"大师兄"吧！喊大师兄的时候，我的面前挂了一个牌子，上写"二师弟"三个字。我摸摸脸，长出了长嘴、大耳朵；摸摸肚子，皮肉肥硕。就差没打"你挑着担，我牵着马"的字幕了。真的不想当猪八戒，又老又丑，还要天天挑担子，累得慌。

现在不一样了，刚刚拜完佛嘛，坐在寺院一角，轻风拂面，树影婆娑，眼前的一切陡然变得和谐美好起来，想到八戒，觉得不那么糟啊，也不那么有碍观瞻啊。佛给了我一个方法，一切看众生的"性"，不要看他的"相"。有情众生有佛性，无情众生有法性，看人看物应在"性"上下功夫，"相"只是表象。

那日，唐僧对八戒说："此后你就是我佛弟子，须断了七情六欲，戒了五荤三素，不然，为师也救不了你！”唐僧拿了帽子戴在他头上，“入我佛门须得有个法号，因为你屡次犯禁，就赐你法号八戒吧！”八戒低眉敛目，口里念念有词，在唐僧的诵经声中，猪八戒感觉到体内真气激荡，许久以来委顿竟如清风拂过秋水，一片澄明！

《涅槃经》里面记载，世尊当年在世，毁谤他的人很多，但最终成佛。八戒这个人有个优点：你骂他，他不生气；你陷害他，他没有报复的念头，这就是德行，是一般人做不到的。八戒的善良、憨厚、吃苦耐劳，也是一般人做不到的。

佛能度人的灵魂，八戒本性中浑浊的一面被超度，清正透彻的一面被弘扬，终成正果。八戒的猪“相”终变得如此可爱，八戒的“性”，更比他的“相”还要可爱百倍！

不再把猪八戒当猪，悟到他浑浊外形下的一片澄明，这趟真没白来。

九

从妙高寺出来的时候，天色渐晚，凉风送爽。庙门外的平台上，近看是竹林，远观是竹海，山与天相连。以对面山峰的视角，我们一定是站在云深处，一定飘如仙人。正门下方666级台阶，连着天上人间。

人生的妙境在哪里？人生有没有连着天上人间的666级台阶？有的，真的有。不信去读读台湾当代作家李乐薇的散文《我的空中花园》。

李乐薇的“666级阶梯”，一边傍山，一边面临稻浪起伏的绿海和高高的山坡。出外，小屋是他快乐的起点；归来，小屋他是幸福的终点。往返于快乐与幸福之间，带几分雀跃，只觉得身轻如飞，山路自动后退，一跳一跳就跳过了俗世烦扰。这山路不就是人间通往天堂的幸福阶梯吗？人生的妙境正缘于一颗博大安宁的心！

曾经，我一度被李乐薇带进心灵胜景，他用绘画的笔法，诗一般的文字，把一座平平常常的山上一幢普普通通的小屋，描绘成精美绝伦的精神圣地。我也徜徉在那眉黛似的远山、苍翠欲滴的山林，彳亍在虚无缥缈的小屋里。身在袖珍型的小屋，陶醉于无限大的“领空”，天地相连的“无形围墙”中栽种着名叫“云”或“霞”的花朵，此时，一切对自然的爱，对美好生活的向往，对独立人格的推崇，均有了载体。

多少人为生烦恼，财色权念念不忘，即使眼前有666级阶梯，也看不见。李乐薇看见了，因为他有洁净的灵魂，“我的空中楼阁”，其实是超世拔俗的“心灵楼阁”，是心目中的一方净土，精神上的一隅天堂。

有一颗向善之心，灵魂守一份净土，台阶就是有形的，随时可以登临；假若心中只有贪婪和攫取，恶念丛生，就不会有琴键一般玄妙的阶梯供你登临幸福。

爱情、亲情、友情，事业、理想、追求，莫不如此。

十

下山了，可司机找不到了。在这山坳里，司机能到哪里去呀？我们琢磨开了：阿毛的悲剧，那是肯定没有；他自己下山去了，也绝无可能；在车里睡着了？也不对啊，老穆打了十几个电话，睡得再沉也该吵醒了。唯一的可能，是被山里的仙女迷住了！是的，越想越对，司机一定是被仙女给勾跑了！

老穆向山下找寻无果，又转而上山找寻，终于找到：原来勾住司机的不是仙女，是尼姑！他正和尼姑聊得起劲呢！大家惑而不解，跟仙女幽会不赖，怎么跟尼姑聊得热火朝天呢？哦，懂了懂了，此地妙高嘛，不同凡俗，和尼姑派上亲戚都可能哦！

我很是感激司机，因为他的失踪，我有了一段最美的时光。沿着山路往下走，路边的枝枝杈杈上，蜻蜓飞舞，红的、灰白的、赭黄的，有的展翅飞翔，有的停在草尖。我放下手里的遮阳伞和相机，蹑手蹑脚靠近它，屏住呼吸，把欲望的手伸向它——

眼前展开一幅久违的画面：一个小女孩，在村庄的篱笆边，书包扔在路边的草丛里，正蹑手蹑脚向草尖上的一只蜻蜓靠近，靠近……突然手一动，快速捏住蜻蜓的翅膀，蜻蜓在女孩的手里扑腾几下，就被女孩反剪着翅膀，紧紧捏住，动弹不得了。

在这样一个优美的夏日黄昏，在这样一个宁静和谐的山路边，万千个日夜一笔勾销，生命返璞归真，逆归到童年，一种纯真的喜悦弥漫心田。

蜻蜓的翅膀薄而透明，捏住它就像捏住一份轻盈飘忽的心事。那是一些与童年、少年有关的往昔，那是关乎纯净美好的童真。无数小精灵从佛的手心飞出来，拍打着翅膀上上下下，这些精灵可以变大，可以缩小，小到在我发丝上攀爬，从我的毛孔里渗透进肌肤，从我的呼吸里跨进魂魄。

佛最容易在儿童的身体里安家，那些贞如仙子的孩子，满心满身全是佛的光芒。

当坐上汽车下山的时候，我放飞了手里的三只蜻蜓：飞去吧，这是你们的家，我不把你们带到异乡，快去吧，别找不到回家的路。你们让我重温了童年，谢谢，你们自由了！

我佛慈悲，一切生物，佛皆视之如子，放你生去，即是救佛一子，诸佛欢喜，天下太平。蜻蜓啊，盼你善心相感，代代传递，生生不息，来世还做个善良的虫子吧！

十一

佛，是如何普度众生的？其实很简单，就是光照你、沐浴你、洗涤你，让你悟道，度你脱离尘俗、脱离苦海，还你轻松快意，还你人间正道，妙高寺皆可给你，来吧，此地妙高。

一路行吟

最美的风景永远在前方，最动人的心跳永远在路上。

——题记

走在毛坦厂的老街上

我在毛坦厂老街上的一声叹息，老街的石条、青砖、板门、瓦楞以及封火山、马头墙、天井院都听到了，整个毛坦厂都听到了。这条1320米的长街，我走了一天，而时光走了600年，并且还会久久地在此盘旋。

在毛坦厂明清老街，你可以低着头走，因为涌进大脑的万千思绪有着沉沉的分量；你也可以昂着头走，因为古老历史和崭新时代所交织的风，迎面拂上脸来。踟蹰于悠悠街巷，你无法不思考，也无法不“放入”——把自己放入古建筑魔一般的眼神里。

轻轻推开一扇门，确切地说，是一扇门为你敞开。门是古旧的板门，已褪去原木的颜色，上面沉淀了恒久的日子，日子里的尘埃和积垢糊住了树木精心撰写的年轮，而门上的春联却很鲜艳，配合着屋檐垂下的灯笼，给一个个普通的门楣描上了喜色。对联长长地拉开阵势，大抒其怀：“低头思念老伴，孤单难熬春秋”，这思念可够深切的；“天下皆春色，吾门独素风”，这也足够个性。明清老街人不喜欢买现成的春联，他们宁愿巴巴地自己拟出联来，请人现场书写，费很多工夫，也不要陈词滥调，千篇一律。他们要的是，言从己出，耳目一新。春联贴在春节的胸膛上，预示着一年的祥瑞，也彰显着主人的情怀。

一个小女孩坐在木凳上，木凳子挨着木桌子，木桌子上方是四角雕花的供桌，沿供桌的墙上是一副中堂。中堂上画着千山万水，这是与我们隔着许多时光的山水，周身弥漫着古老的气息，一进屋就能觉察到，像经世的农妇，抓一把陈年的谷子，鼻子底下一嗅，就闻到了年月的味道。

小女孩却是鲜亮亮的，衣服和发式都很新，像初开的花朵。要是100年前，我以同样的姿势推开这户人家的门，也许一抬头，看到的是二进阁楼里探出的蛾眉和鬓角，一张美丽小姐的容颜，羞答答一隐而去，而家主忙着迎出来，作揖寒暄，让座倒茶。

一代一代人在时光中倏然老去，坐在木凳上小女孩的奶奶、祖奶奶、曾祖奶奶，曾经也是某户人家绣楼里不谙世事的小姑娘，家里来了陌生人，会惊慌得顾不上套上绣花鞋，风吹落叶般跑开，羞答答地一回首，头上的金钗滑落，也不知道该不该弯腰拾起。坐在木凳上目光晶莹、蓓蕾一般的小姑娘，不久的将来，也将会是某户人家的媳妇、母亲、奶奶、祖奶奶，也会枯槁地坐在天井里，一天天目送阳光东升西落。岁月就是这样流淌着，流淌着，流去就再也不回来。毛坦厂老街古朴而沧桑的房屋还在，房子里曾经的他、她、他们，早已经回归大地，骨殖成泥。

最喜欢晨曦初露的时候，一个人走在老街。两边的木头门紧闭，一屋子一屋子的温馨关在门后，一屋子一屋子的故事秘而不宣。虽然，鸟雀已经开始唱歌，虽然，夜风穿过漫长的黑路，已经开启了光明的行走，但大多数的木头门尚未开启，老街守口如瓶，老街缄默不语。高跟鞋踏在石板上，现代的脚踏响古老的回声，节奏或急或缓，随着心情。久居的老街坊，躺在床上，凭着脚步的平平仄仄，就能知道行人走到了什么位置，离自己的窗口有多远，在哪一家的门口驻足过、停顿过，一切了然于心。如果是熟人，还可以听出是哪个人的脚步，那个人的心情如何。

所以，住在阁楼上的少妇们，丈夫远游，经年不归，突然在某一个清晨或者黄昏，哒哒的马蹄由远及近，她们就知道是亲人回来了，一般不会猜错，至于欣喜地撩开窗帘，却发现走来的不是归人，只是过客，倒不是听不准，只是思念过深，她们愿意相信每一阵远来的马蹄，都是迫不急待的归音。

也喜欢在静静的夜里行走，最好是有月光的夜，圆的或弯的月亮挂在头顶，月光投下的洁白，与房屋匍匐而下的黑影，交相辉映。一条街都睡着了，哦不，还有几家门缝里漏着光。很久很久以前，有打更人夜出敲更，一个人行在长街，用“梆梆”的棒槌敲击出安定人心的节奏。夜晚，可能会有越墙的情人，待更声走远，继续他寻情的探索，也会有丫鬟秘而不宣地打开侧门，引郎入室；夜晚，可能会有贪心的蟊贼，不从别人那里取点财物就手痒得很，整个身体被手牵进月光，眼睛贴着窗棂往里瞅，再趴在院墙上，踮起脚跟探头看，看到一件好物，看进眼睛里拔不出来。倘若看到的是人家卧室里的春光，更是激动得几乎忘了身份。

白天，老街记下无数人的脚步，夜黑头，同样有无数的脚步被刻进老街的石头。夜晚的脚步，色彩更加丰富，内容更为多样，情节更为复杂。

吴小姐被张二郎勾着手，潜出家院，准备他乡奔逃时，脚步杂沓而惊慌；红军子夜开会，敌人尾随而至，枪声贼头贼脑；革命者机智地转移，脚步神出鬼没；在一次武装暴动的前夜，各小组分头行动，脚步踩住鹅卵石，不动不摇，谨慎而凝重。还有那磨刀的大爷、剃头的老伯、收鸭毛的汉子、走街串巷的货郎……昼出夜归，一身风霜一身尘，脚步拖沓而疲惫……

老街还在，那些曾经走过的人呢，或寿终正寝，或遭病罹祸，或牺牲于民族大义，都成为历史的陈迹，而房屋还在，房椽还在，窗棂还在，那些倾听过足音的木板门还在，方形的门墩还在，记录过脚印的青石板还在，鹅卵石还在……

涂公馆，是毛坦厂明清老街上最有代表性的建筑。它的主人，姓涂名宗瀛号朗轩，1812 年冬出生于东河口的花石嘴村。花石嘴这个小小村落，当初倒没有想到自己的这片土地，能够生出一个响当当的仕人。涂宗瀛在衣衫褴褛、雪地草履、步行百里拜会某官被拒之门外之时，自己也没想到最后能够官至兵部尚书、湖广总督。

涂宗瀛发迹后在二道巷建筑宅第，人称涂氏大公馆，在毛坦厂老街建筑“光禄大夫第”，人称小公馆，在毛坦厂南部建筑“涂光录公祠”，人称涂氏家庙，都为明清时期典型的徽派建筑，没想到涂大尚书一嘚瑟，成就了今天皖西古文化一道非常亮丽的风景线。

这些建筑所用之石，全是从江南某地运来的上等石料，如今房屋、社宇、石碑、石坊、石门、石井、石龙、石凤、石圣旨，比比皆是，其数量之多，规模之大，艺术之精，令人叹为观止。在这一幢幢精美的建筑里，涂氏一家，老爷太太儿子媳妇主仆婢妾，不知道发生过多少明争暗斗、悲欢离合的故事。

近代革命战争时期，涂氏祠堂成为张家店战役指挥部，这里挂起了斧头镰刀的旗帜，吹响了革命的号角。

而今涂公何处，只留空宅几座。涂氏家宅的内瓤早已经刮剔干净，涂氏祠堂还陈列着刘邓大军千里挺进大别山的诸多照片和实物，革命的语音仍在这里回荡。

涂公祠近处有著名的毛坦厂中学，一个中国现代中学教育理想的梦工厂。校园里几万学子，周边租住着数万的陪读家长，汇成一条大河，河中奔腾着教育的伟业。另一边呢，是历史。历史沉静了，像安然的湖底，湖底沉淀着无数生命的思考。

很多往昔成为历史，很多现在正变成往昔。安静的毛坦厂明清老街，青石条上深深的辙印，明明白白写着岁月的痕迹，一切似乎过去，似乎荡然无存，但一切都还在，只要你用心解读。阁楼上，还留存着美人的眼神和脂粉气息；涂公馆、涂公祠的每一寸土壤、每一扇门楣、每一根廊柱、每一片脊瓦上，都散落着涂氏家族的风神和韵致；毛坦厂的山山水水间，仍然响着革命的歌谣、盘旋着英雄们的热血，这一片青山绿水红土地，坦荡荡呈现着中国革命的英勇与豪迈。

行走在毛坦厂老街，心中泛起的是百转千回的怀想。老街还留着，老街还活着。虽然，一些人，一些事，已经走远，红颜不存，涂公不再，无数的战士已经埋进土地。但，太阳没有走远，月亮也没有走远，北斗、猎人、仙人座统统没有走远，它们用照耀过古人的那片光辉，照耀着今人。古往今来从未改变，天和地从未改变。这一片天地，清风朗朗，日月昭昭。千秋功德，总会以一种妥当的方式，返照在宇宙之中。

所以，毛坦厂老街，实际上是岁月存在的一种方式。

一间普通的民房也好，精美奢华的涂公馆也好，整个毛坦厂老街也好，都是光阴和岁月的一种存在方式。

楹联中的家风

西递青石的街巷不语，温婉的小河不语，雕花的门窗不语，斑驳的砖墙不语，风中摇动的老树不语……我也不语，而我的眼神四处奔走，贪赏皖南这朴素淡雅、韵味有致的古老村落，坐实我千里之外奔赴而来的虔诚。

走进一户家门，再走进一户家门，说不尽富丽的宅院、别致的花园、纷呈的亭台楼阁、精美的木雕石雕、绚丽的壁画彩绘，每一处转角，都掩着意味深长的故事，每一道砖缝，都镌刻着悠远的历史。

更有那厅堂上的楹联，古朴而熠熠生辉，让我深深陷入。这是一场华丽的视觉盛宴，从宋朝吹过来的轻风，从明清透出来的月光，一时间全跳进眼睛里，浮在心旌间，荡漾在千年的时空里。这些楹联，或言读书，或言农耕，或言修德，或言齐家，内容各不相同，却无一不工，无一不巧，无一不饱含人生经验、处世哲学和主人的精神品格，一副副触及灵魂，一句句憾人心扉。

我在楹联间久久逡巡，细细品味，一字一句默念，我想把其中的道理念到骨头里。念着念着，我得出一个结论，西递之所以成为西递，西递之所以有那么多的达官显贵功成名就，有那么多的巨商大贾财富立家，有能力建设这一片富丽雅致而又有文化存量的美丽村落，得力于他们的诗书执礼，得力于他们的积善修德，得力于他们的惟俭惟勤，得力于他们的孝悌传家。并且，他们把这一切作为传家宝，交给他们的后世子孙，演绎成一种良好的家风，代代传承。

这些好家风就浓缩在楹联之中，浓缩在尺幅之间，像经世的陈酿，历久弥香。

楹联可以说是天下最短小的文章，但也是天下最简洁、最讲究、最小而精萃的文章。小中有大苍穹，小中有大境界，小中有大学问，小中有大宏图，小小的入口，深藏着宏大，如果你读懂了西递的楹联，也就读懂了西递。

“千经万典孝义为先，天上人间方便第一”，告诉子孙孝悌乃人伦根本，无孝便不成德行；“几百年人家无非积善，第一等好事只是读书”，告诉子孙行善积德才能百年传家，读书学问乃为人生头条；“事临头三思为妙，怒上心一忍最高”，告诉子孙做人切记鲁莽，做事且得忍让；“寿本乎仁乐生于智，勤能补拙俭可养廉”，告诉子孙修身、仁智、勤廉乃为人之厚道、处事之良法……

楹联是祖先的大千世界。祖先心中藏着千言万语，楹联是其中最紧要的那几句。

这些良言，未呈递于高高的庙堂，而供奉在自家的香案之上，先给自己阅，再与后人览，楹联之中装着的德操和信念，在时光中不断发酵，不断提纯，遂成为传世的家风。

家风，是一个家庭的处世规则、规矩、方圆，是一个家庭的风气、风格、风尚，是一个家庭的生活方式和文化氛围，顺着血缘的脉络，铺陈为一个个家族的传统。天下之本在国，国之本在家，家之本在于每一个人的德行和素养。人是家庭的元素，家是社会的细胞，好家风能够兴盛家道、美满人生，坏家风难免殃及子孙、贻害社会。西递楹联上的孝悌、读书、行善、忍让、勤俭……字迹或会模糊，但好家风却如化雨的春风，护着家、护着国，承续着华夏民族的美好基因。

家风是祖先的眼睛，看着一个家，看着自己的子孙行走的步履，看着他们的未来；家风是指路的明灯，照耀着一代代后人的灵魂，照耀着他们在这个人间的蓝图和梦想；家风是孝悌传家的课堂，高高悬挂在一个厅堂最核心的位置，无声地讲习，无声地教诲。家风书写在西递户户尊崇的楹联之上，千年的村落，千年的风霜，千年明亮。

当我沿着石板路，走进村中大街“旷古斋”的时候，正值傍晚，夕阳从天井那边射过来，照在书桌上。

一位老者铺开宣纸，忝毫濡墨，落笔若有故事，俯仰顿挫之间，情思溢满。那滴下的一点墨，是怀抱中装不下的一缕深情；那贯笔直下的途中停顿，是突然想起了一件事，那件事狼烟四起，腾起的阴云曾停泊在头顶，遮蔽了阳光，但一阵风来，云开雾散，前进路上欢声再现；最后落笔的一顿一扬，精炼帅气，逸兴神止，心满意足。那俯仰之间透出的生动，那笔起笔落荡溢的精气神，时隔数年，犹在眼前。

自拟楹联，自书楹联，是西递人自古以来的传统，也是泱泱中华根深蒂固的民族性。那些书本上现成的联，看似完美，其实暮气沉沉，一派陈腐，波澜不兴，因为那是别人的。别人的气韵，不动心扉，不入血脉，他们不要，他们要的是属于自己的生命命题。

可以想象，西递人的这些院落，那一间间书房的主人，曾经都有过提笔在手的时候，楹联是胸中运转的乾坤，反复地斟酌，反复地酝酿，反复地润色。也许有一些时刻，他们一手执笔，一手按住纸边，久久未动，目光突然变得深不可测，许多东西在里面此起彼伏。而当万千心事万千感慨万千所得，终于酵成一副好联，便落笔成文，用一时半刻走完半生的路。

楹联是一扇窗口，是他们敞开的心扉，透出气韵，透出胸怀，透出品性；楹联是一面旗帜，让他们的道德理念、行为准则，迎风招展，昭示天下；楹联是一种表达，是他们作揖寒暄之外，在舌卷春风、笔吐莲花之外，另一种畅快淋漓的陈述。

“教子教孙须教义，栽桑栽茶胜栽花”，“守身如执玉，积德胜遗金”，“勿求珠玉富，但望子孙贤”，“忠厚留有余地步，和平常无限天机”，西递的前人留下了300多副意蕴深厚的楹联，不仅成为良好的家风家训，也成为徽州珍贵的文化景观，并为徽派建筑留下浓墨重彩的一笔。

久久流连在这些楹联之中，读之品之，越发爱之，并从楹联深处，慢慢品出了徽州人不动声色的骨气，品出了他们令人肃然起敬的魂魄。

而今，西递楹联站在新时代的风中，与21世纪家风的崇尚和导向相携相融，相互映衬，一脉同根，一并发展，成为安徽，乃至中华文化一道亮丽的风景线。

龙潭之恋

一

“雨后岚光浑似洗，晴开黛色倍添浓。”

是谁吟出这样的佳句？凭着对文辞妙语天生的敏感，我虽然身体很不舒服，还是撑着沉重的眼皮在问。

还有呢，再听这首：“芙蓉何崔巍，登临望翠微。拦光绕玉带，袖得彩云归。”

什么地方有这么美？

“芙蓉山，龙潭湖，很快就到了！”

此时，我不知为什么那么难受，感觉心都快落了。落日也在落，一定不是这样的感觉，因为落日那么美。可我心即将落下的这一刻，花木失色，天地灰暗。忽然老哥提醒：“你是不是低血糖啊？”

就像一线光明忽然透进来，突然明白这么难受就是因为低血糖。好长一段时间的奔波劳碌，没有好好休息，也没有好好吃饭，久未发作的低血糖，我竟然忘了。一杯糖水下肚，就在那一瞬，萎靡的草木开始抬头，渐渐缓过气儿来了，一切难受像天上的浮云，缓缓飘逝在风中。正好这个时候，龙潭湖到了，我以一种重生的快感，融入龙潭湖的秀美。

悠长的大堤，以环抱的姿势拥着万顷碧波。对面是两座山峰，芙蓉山，西大山。之前文友吟诵的诗歌，就是古人描写芙蓉山的。芙蓉山，草木葳蕤，四季如春，漫山遍野芙蓉花开，不仅让清代诗人龚心遂、丁国佩流连忘返，也吸引了古蓼大地众多的游客。立于龙潭湖畔，远远一望，山峰好像是丹青手蘸上青翠的颜料精雕细描而成，因得“芙蓉蘸翠”之名，乃古蓼八景之一。

西大山也叫安阳山，山的那边是河南，山的这边是安徽。西大山与芙蓉山像手牵手的一对情侣，站在龙潭湖的岸边。而龙潭湖，也因为大山的高峻，显得格外的温柔，像依人的小鸟，静静伏在山峦下，温馨而迷人。

山水相依，山水相连，山水心手相牵。只要大山顶上起云发雾，袅袅蒸腾，就一定会大雨来临，龙潭湖因大山的“雨信”，风来雨来都无所惧，那么气定神闲，即便是盛夏滂沱的大雨，它也从容不迫，敞开胸怀相迎，风暴一走，瞬间安宁。

龙潭湖的安静，是一种能够感染人的安静，只要你走近它，靠在它的岸边，就能够被它巨大的气场安抚。哪怕是心郁千结，腹压块垒，胸口装着数不过来的烦躁，只要在龙潭湖的长堤上走一走，吹一吹山风，看一看湖光，便云消雾散，融入无边的淡定。像我，刚从几乎晕倒的低血糖中逃出来，也瞬间风平浪静，五脏安然。

我对龙潭之美早有耳闻，龙潭湖畔是我几位好友的家乡，他们的言语中有龙潭的骄傲，他们的文字里有龙潭的灵魂，他们的身上有被龙潭厚实土地和灵秀山水所浸润的淳朴与才气。还有一个忘年交的老先生，一辈子在这片土地上，一边耕作，一边教书育人。他把优美的文化、优秀的品德、高尚的人格一一授给了满园桃李，也传递给自己的孩子们。这块土地在我心中，那么值得敬重。

但是，当我的脚步踏上龙潭大堤的时候，依然惊诧，龙潭比我想象的还要美。

8月的风并不显得那么炎热，湖水给了夏天一把清凉的扇子，日头也知趣地在一朵云的衣襟后面藏住。一艘冲浪的小船，尖尖的头部拨开雪白的水花，向远处驰去，拽着我们的视线，远远地拉出去。在辽阔的视野中，人的心胸顿时博大。面对龙潭湖，心中没有尘嚣，没有浮躁，没有疙瘩，没有忧愁与烦恼，在龙潭湖的面前，人是澄澈透明的。

一个写诗的妹妹走过来，递给我一枚戒指，一枚用狗尾草编织的戒指，绒绒的，柔柔的。她说：“送你一枚戒指，来生一定等我。”我瞬间被她的温情击中，望着她的眼睛说：“在什么地方等，你定哦。”她说：“就在这里，龙潭湖畔，遍地狗尾草的地方。不忘今世，相约来生。”

同行的男士扑哧一声笑了，对诗人说：“你们家那么多黄金，送人狗尾巴戒指！”我也笑了，说：“当有了真爱的时候，黄金算什么，狗尾巴草足矣！在这个世界上，只有卑微的想法，从来没有卑微的爱情。”

人总有一瞬间的打动，龙潭湖的美丽让我的诗人妹妹瞬间有了浪漫的情愫，我也因为她的狗尾草之爱，心房里蓄了一份额外的柔媚。我知道，龙潭湖就是天地之间一颗柔媚的明珠，心里装着大千世界，装着日月星辰，装着飞翔的小鸟和摇曳的花草，也装着人间大爱。它雨季蓄水，旱季灌溉，它把风调雨顺、五谷丰登的祈愿，顺着纵横交错的河道，灌进龙潭镇十几万亩土地，灌进每个角落的田园，滋养数万勤劳的人民。

龙潭湖是一个心旌摇曳的湖，也是一个脚踏实地的湖。

车子驰下河堤，公路两岸田园广袤，我们一下子就融入绿色深处。四野望不到边的水田，稻子黄绿夹杂，即将成熟，农家丰收在望。稻子在沉思秋色，稻子在酝酿营养，稻子的体香弥漫的天空下，这是一个多么美好的季节！汽车走在田埂上，不是骑马，不是骑牛，也不是骑自行车，田野的浩大，足以让汽车看起来像一只移动的火柴盒子，钢骨和轮胎在田园里，一点都不显得突兀。

这大片的良田，得益于芙蓉山、安阳山的守护，得益于龙潭湖的灌溉。龙潭，以一条龙的宏愿，眷顾山水，眷顾田园。龙潭水库连着无数的毛细血管，每一根血管里流动的，都是庄稼们成长的乳汁，每一股奔腾的欢笑，都是农民们幸福的源泉。

突然感觉自己与龙潭，有着一份心性相通的缠绵。

田野一端，有一户农家，房屋低矮，瓦舍简陋。房顶上晒着芝麻秸，山墙外摊着玉米棒，老两口在门前筛大米，堂屋里几位闲人打扑克。乡村生活，日子平凡而闲适，简单而碎微，被大片的稻田包围着，过惯了这样的日子，也许他们闻不到田禾的清香，但我们从他们身上，却可以闻到浓浓的乡土气、暖暖的稼禾情。

这一刻，突然深深理解了“采风”的真意：采大河之风，采水库之风，采山野之风，采田禾之风，采岁月之风，采古今之风。一路走来，所有扑入视野的，所有涌入胸怀的，所有触碰指间的，所有沾染衣襟的，都是生生不息的淮河之风。

此中有真意，欲辨已忘言。

二

又一次来到龙潭，正是春天。去年的那枚戒指，用狗尾草编的那枚，已经送去心的一个位置陈列，新的狗尾草拱地而出，正青春年少。大地一片葱茏，各种名目的草类，争先恐后挤在阳光下，分享共同的春天。一些性子急的蒲公英，已早早地举出了白色的绒球，借助风的力量，把未来送向远方。

白蒿浩浩荡荡，遍地皆是，它是民俗“三月三”节的明星食品。这一季，女人们亮出烹调绝活，经过捶捣、盘揉、贴烙，把蒿子筋骨中的香气，留在一种米粉做的粑粑之中，色香味美，仿佛咬一口就咬住一缕春风。

所以，几个女士蹲下来，不顾衣裙折皱地蹲下，做起了《诗经中》的采蘩女。“于以采蘩，于沼于沚”，“蘩”就是这种正面绿、背面雪的白蒿，最爱长在湖泽水畔，几千年性情不改。几个人忙不迭地采蒿，忘记了问一下另一种名叫“薇”的植物，是否受到了冷落。“采薇采薇，薇亦柔止”，“薇”在《诗经》里大名鼎鼎的，到民间看，就是一种普通的野豆苗。3000 年来，有多少“薇”在春天里占尽了风头，还有苜蓿，还有蒌蒿……似乎龙潭湖把半部《诗经》翻开，铺在岸上。放眼望去，一堤诗画，满坡风情！

《圣经》说，上帝在第三天造了大海、陆地和植物。我想，上帝在造植物的时候，“大树”是精工制作，而“草”则是纵情一抹。一种心情的铺开，其实就是那么简单，轻轻地一抹，一挥手，都撒出去了，一蹴而就。所以，“草”尤其写意，越站在远处，韵味越浓。

夕阳，这个时候恰到好处地斜向一边，在芙蓉山顶上半尺的高度，把影子倒映在湖水之中。一点一竖，笔断意连。这宏伟的意象，是太阳与湖水的对话，是神来之笔，何其震撼！难怪古蓼大地成就那么多的艺术家，笔墨因陈于天，意蕴贯穿于地。

但龙潭湖是安静的，并未因为它的美而陷入喧嚣。我两度来此，竟没有听湖畔的山、拦水的坝和相邻的田野说过一句话，水上的涟漪闪闪烁烁，像是在谈话的样子，却也是无声的。也未见渔歌和帆影，一片湖水安然于尘世之外。

三月的柳条缤纷，三月的桃红梨白，三月的蜂飞蝶舞，龙潭湖都不知道吗？知道，但那是它们的事情，龙潭湖坐拥青天白云，心无旁骛。

忽水面起一处动荡，溅一片水花。那是一条鱼跳跃了一下，它用力冲进阳光，旋即打道回府，是急着要去告诉水下的同伴，自己所见到的苍穹吗？看不见的地方，并不意味着空白，湖底有一个大千世界，无数的生命涵咏在龙潭湖的腹腔，龙潭湖丰富而深刻。

莫去考证龙潭湖为什么叫"龙潭湖"，一定有人说它里头有龙，或者曾经有龙，那些神奇的梦幻，那些窃窃的呓语，那些深藏着的玄机，就让它永远藏在湖底好了，我们的视角只做湖面的表达。在这样一个傍晚，我们与湖对视：我们看被霞光染红的湖面，湖面看我们被风吹散的头发。

有时候，就那么相视一笑，就接收了心性相通的密码。人与自然的融通，不经意，却必须经心。人身没有不经心脏而流动的血液，所有不惊肺腑的悸动，都长不成切骨入髓的真情。

庄子的目光穿天透地，老子的思绪沟古通今，哪一种"大道"不来自敲骨吸髓的萃取？人必须把自己置于自然之中，靠近自然才慢慢靠近本质。湖与人一样，它长久地观照苍天大地，日月星辰，才蓄满了智慧。

行于龙潭湖岸，随手抓一缕风，都能嗅到净浑化浊的味道。别小觑了湖畔生长的每一株春草，它们沐风浴雨，都是经过荡涤的，掐一些嫩芽带走吧！看这些采蘩、采薇、采苜蓿的诗人们，手里已经捧不下：把帽子摘下来装，把外衣脱下来兜，一个孩子竟直接掀起衫子，帮妈妈裹住野珍，漏出一大截漂亮的肚皮。男士们也拍足了照片，揣着沉甸甸的相机和手机，踏着晚韵而归。大家手里捧一部分，心里装一部分，带龙潭湖回家。

其实，我们每一个人心里都有一潭湖，我们一辈子在湖水中打捞，在湖岸上采摘。最终能收获多少，这就看一个人的道行了。

阿拉善的微笑

一下飞机，冬的气息就迎面扑来，我一身飘飘的夏季衣裙，美感不足以抵挡雪花。一个身穿抓绒运动服的小伙子，脖子缩在领子里，看着我笑，我也对他笑。走过去，转过脸，他还看着我笑，我又对他笑。他笑我这身衣服，一出候机楼就得哭，我笑我看懂了他的笑。他不知道，我的箱子里揣着羽绒服。他也不知道，我在来阿拉善之前，长久地关注这里的天气。做饭的时候，洗衣的时候，拖地的时候，一想起来，就拿手机查查阿拉善的阴晴，精细到每一刻钟点的温差。我把阿拉善整个装在了肚子里，自然明白阿拉善每一寸肌肤的温度。

我是在北方突然从深秋转变为寒冬的日子来到阿拉善的，来的时候，大路上、原野上、房顶上，一片白；我是在合肥气温还停留在30摄氏度的那个下午，越过近4000里路，走进阿拉善的，那一夜，零下4摄氏度；我是穿着半截袖褂子、齐膝盖的小裙子，以夏天的姿态，出现在阿拉善的。但是，我却没有感觉到一丝的寒冷，阿拉善以它别样的温暖和特有的微笑，迎接我的到来，迎接一群千里万里、迢迢奔赴的追寻者和朝圣者的到来。

10号清晨，驱车广宗寺，带着初来乍到的惊喜，带着一个南方人对北方大地一切的敏感和好奇心，一路行一路拍照。我的相机咔嚓咔嚓，突然我发现，上一张照片和下一张照片不一样了，大大的不一样。上一张太阳藏在云层里，贺兰山烟雨迷蒙，笼罩在一片深云浅雾之中。而下一张，蓝天丽日，云朵洁白，阳光灿烂。而这一变化，是在一秒钟之内完成的。一点都不夸张，就是瞬间，突然一下，相机里明亮了。我惊诧的目光从镜头上移开，前后左右端详，原来，广宗寺到了。

一到广宗寺，天就晴了，响亮的晴。几乎怀疑仓央嘉措出生的时候，天空同时出现的那七个太阳，此刻都聚集到广宗寺来了。阳光射下来，明媚而温情，斯斯文文的，充满着爱。山峰、庙宇、错落的树、迎风飘舞的经幡，都沐浴在一片灿烂之中。本地人都感叹很久没见过这样的景致了：天上有云，山上有雪，雪下有树，树下有草，草还绿绿的。风，不带一丝凌厉；空气，不含半点尘埃，整个广宗寺像是包裹在一块空灵的水晶里。

太阳，在水晶中央微笑。

天，蓝得清透，蓝得空旷，蓝得深邃，蓝得诱惑人心。情不自禁地，把眼神悠长地投进去，把灵魂深深地融入，胸口的一缕气，幽幽地沉入丹田。此时，天地间只有两个字：安宁。

这蓝，一定是仓央嘉措的眼睛吧，纯净地看着大地，看着众生，缄默处藏着不尽的真言。

白云飘在上面，一丝一缕，一簇一团，那是仓央嘉措的心经吧，生命中飘过的无数情绪，都写在蓝天上，昭告天下。

“从布达拉山顶上，圣心所化光辉照四方，我身化作一贤者，到藏地北方再北方……”他长期苦行持戒而形成的氤氲香气，从来都没有散过，一直飘在天空。如果你懂他，你就会明白；如果你爱他，你就能领会。

在广宗寺，蓝天的微笑，一目了然。

贺兰山顶上的白雪，映衬着蓝天，格外的白。白得醒目，白得耀眼，白得兢兢业业。有阳光的抚慰，白雪如此安详。仓央嘉措的舍利塔安静地矗立在殿堂中央，是莲花的心脏。此时，仓央嘉措永不远走的灵魂，一定也在赏鉴着金色朝阳下的皑皑白雪。

他终生只爱一种的颜色，那就是洁白。这是他的追求，他的信仰，他心头的一点痣，他鬓角的一缕魂。

“白色睡莲的光辉，照耀整个世界”，仓央嘉措用这样的诗句赞美白色，赞美莲花。10月10日的广宗寺，每一个山头都顶着白，8个花瓣簇拥成一朵盛大的莲花。禅定在庙宇正堂的仓央嘉措一抬手，拂开四面蛰伏的阴云，广宗寺的上空，瞬间丽日祥云，光芒照彻。

仓央嘉措的一点喜悦，仓央嘉措300年不变的灵性，这一刻都捧了出来。他的微笑，也从广宗寺的灵塔渗透出来，毫无芥蒂地放在阳光下，放在头顶的一片深蓝之中，放在贺兰山千里冰雪之上。

无论是阳光的微笑，还是蓝天的微笑、白雪的微笑，都是仓央嘉措的微笑。

六世喇嘛端坐于法座之上，看着来自全国各地的诗人和研究者，带着敬慕，带着虔诚，追寻大师的步履，在朝圣的路上踏出清晰的足印。

贺兰山的一山一石一草一树，贺兰山久经风霜的岩画，以不同的姿态、不同的色彩、不同的心灵轨迹，陈述着历史，陈诉着沧桑，陈述着佛的训示。

广宗寺用阳光说话，用蓝天说话，用白雪说话，告诉人们：仓央嘉措在这里，三百年日升月落，风霜雨雪，前尘后事，全都在这里。

进入宝殿的时候，喇嘛手托蓝色的哈达，给我们戴在项上。我们也以最虔诚的姿态，俯身承受，合十感恩。一个年老的喇嘛，面带微笑，一直持续地微笑着。印象中，穿出家衣服的僧侣们都是不笑的，表情木然，神态严肃，一心礼佛，诸因不动。面容平宁得如经春经秋的树叶，只有年轮，没有悲喜。广宗寺老喇嘛的微笑，是又一道阳光，照耀着仓央嘉措后半生栖身的这一片大地。

从广宗寺离开的时候，刚转过山岩，周云就合上了阳光，天就阴了。

是佛尊因全国各地仓央嘉措迷们的到来，特地打开了一段美好的时光？我想，一定是的！

这佛尊布下的祥瑞，不是人人都能受用的，只有具备数世善业的人方能得赐。

想到这，不禁微笑，不禁深深感恩！

三月，我不到怀宁去

海子把自己25岁的青春之躯铺在铁轨上，让滚滚的车轮碾压。是什么烦恼事让他如此决绝，让他有这么大的勇气，用肉身去搏钢铁，谁又能知道呢？

海子四肢伏地，要让自己开花。果然开出一朵，这花开得娇艳无比，开得惊心动魄，开得血肉模糊。

海子走后，这片开过花的土地会如何？会像父母亲的麦田一样长出不老的诗句来吗？会像德令哈的夜一样长出令人动容的思念来吗？会像面朝大海一样春暖花开吗？

今春不到怀宁去，我确定。我不想看海子的那一方土地，更不想看海子墓。只想在3月26号这个日子，放牧田园，看千顷绿草，望万亩桃花，看能否在浅草绯红深处打捞一点什么。不是不喜欢海子，我只是不想沉痛。

而海子一定是痛了，痛得不轻。三月草长他不管，三月莺飞他不看，他去卧铁轨。多么好的季节，满世界都是勃勃向上的生命力量，他却剑走偏锋，像他的诗歌一样，在平凡处尽显陡峭。

海子躺在枕木上，把自己铺好，像铺一张床单，掸一掸，四角展平。轮子还没有到来，这一刻，一秒钟比得过一世深长，他有足够的时间思想。他会想些什么呢？

他想故乡的麦田。麦田里有他的父亲母亲，也许此刻母亲正抚着起伏的麦浪，嗅一嗅麦香，把身影俯向大地；也许父亲正抽着旱烟管，对着广袤的田野大骂海子：这个吃粮不问事的家伙，啥时候才能回来看看，心里头还有这个家吗！

他想他的诗歌。此刻，看天上的白云，他不需要抬头。他就那么舒舒服服地躺着看，白云安详，他安详。白云内心的动荡看不见，他心头的动荡也看不见。天空无比大，比在北京城里看到的天空要大得多。

他想，来生做一个什么呢？做北大的高才生，还是再做诗人，或者什么都不做，像父母一样，做个农民。

他还想到忘川、奈何桥、孟婆。无论谁，总有一天属于肉体的一切，将被时间之土掩埋。每一个人都会离去，是一去不返，还是配上一个新的肉体再次回来？如果配上新的肉体，灵魂不在前生后世中牵牵绊绊，缠连不清吗？他想，即便有轮回，灵魂也绝不是一条直线，必须挥一把利刀，把灵魂一斩两截。孟婆汤就是一把刀，斩断前生后世，利落，决绝，无情，刀壁上一毫血不挂！海子要的就是一把利刀，太多太多的纠结，太多太多的扯不清，一刀了断，来吧！

海子一定听到了铁轨枕木之下，夯实的基座深处泥土的震动，那是对他的呼唤吗？

面前的天空如此空阔，空阔背后是无边的虚无，是无论怎样的求学和增知都穿不透的虚无，是无论怎样浩瀚的心都填不满的虚无。海子努力过，他想用“天生我材必有用”的诗句蛊惑自己，但无论如何蛊惑，填补空洞都是无望的，他感觉自己一直在往泥泞里陷。

没有空气，没有声响，没有暖流，也没有陪伴。一切那么可怕，海子面朝大海，没有找到春暖花开的路，海子在德令哈深情呼唤，也没有找到通向那个姐姐的路；海子在故乡无边的麦浪上奔跑，没有找到像他诗情一样饱满的谷粒；在一切形而上的世界里始终没有找到形而下的阶梯。

他累了，他想睡。他就睡在了铁轨上。火车轮子由远而近传来大地的消息，这律动令他惊喜，海子听到了泥土的呼唤，他认定地心深处有自己的家园。

此时，五体投于地面，海子彻底放下了。那么多算不清的账，那么多过不去的坎，那么多拎不清的思绪，那么多揪不断的肠子，此时此刻，竟如大地上散落的沙子，没有一粒能够成为绊脚石。

此时，海子的脸上再也没有白天的撕裂，夜晚的狰狞。他于铁轨枕木之上，仰面向天，脸庞竟若夕阳余晖里一朵安详的云霞，松弛地把自己存放于自然的怀抱。

火车的声音越来越近，大地的震颤越来越明晰……一阵呼啸，哦不是，是一阵风刮过去吧？海子感觉有一双手拉住他，提携到高处。像是祖先伸来慈祥的手，接管儿孙的魂魄，牵儿孙入道，步入新的未来。海子回身一看，刚才躺着的地方，多出一朵嫣红的花。但，那已经与自己无关，现在，他是飘在半空的一朵云，通身舒适，他可以俯视人间，可以看自己的血肉。

像是上帝的一场漫不经心的安排，不惊险，无人围观。火车飞逝以后，四周一片安宁。车轮掳去海子沉闷的肉体，天空收留他如释重负的灵魂。

死亡，原来一点都不可怕，海子给自己编一出童话。他不愿意编入那些所谓深刻的道理，世界本没有什么道理可言。道理就是存在，你存在了就是道理。你换一种方式存在，依然是道理，只不过有被不被众人认同的问题。

海子一直试图做得更好，更被世界接纳，却一直孤独。无法与人沟通的时候，他只想用诗歌陈述朴素的情感，平凡的想法，却一直被孤立在一个个圈子之外。有的人认为他离尘世太远难以接近，有的人认为他野马桀骜不合世俗。海子想告诉所有的人，他的亲和之心，他的融入之心，他的呐喊声在心里非常响亮，外表却很寂静。持久的内外冲突、寒热不均，使他患上了顽疾。噢不，海子从来不认为自己有疾患，他认为自己一直走在一条通向和谐与幸福的追求之路上。

他有理想，有爱，有仁慈，有古道热肠，有一切的忠诚和热血。

他希望换一种方式活着，活得更自我，更自由，更具精神质量。他觉得这个世界的背面还有一个世界，那个世界更具天遂人愿的质地，有能让心灵更加向善向美的色泽，有更加精彩的诗句，有更容易走向大众的机缘。

另一个世界里，心灵展开不见一丝褶皱，没有藏污纳垢的旮旮旯旯，处处洁净，阳光不落；那里面朝大海，春暖花开。去那地方，上帝只收很廉价的门票，即捐弃肉体。至于怎么捐弃，上帝让信奉者自己选择。海子思考很久，他不想那么平平淡淡地捐弃，一辈子没有彻头彻尾地开怀过，他执意叫肉体开花。

海子的一缕魂魄，悠悠飘进白云。“从今生来，到来生去!”孟婆笑盈盈递来一碗热汤：“喝吧，甭管是腥是臭，是苦是辣，只要喝下去，所有的，一笔勾销!”海子下肚的哪里是一碗汤，明明是一把刀。刀锋之快，胜过闪电。孟婆拍拍疾风驰过的疤痕、腰斩前生后世的疤痕，像拍自家一条狗的屁股：去吧！瞬间，被清空所有的内存，只等到来世生去重装系统了。

海子淡淡地笑了，笑得隐秘，笑得幽幻，笑得神出鬼没，他笑着飞远。

三月，花开成海，诗意如流。

三月，我不去怀宁，小小的海子墓，装不下海子的心空和襟怀，海子不需要祭拜。海子墓不缺鲜花和诗行，纪念海子只需要一样：把他放在心里，把他的诗句放在心里，努力去懂他。

懂得，是对一个死者最高贵的祭奠。

我有一筐鄂尔多斯

一

刚踏上飞机，准备飞往鄂尔多斯的时候，我的内心是狂躁的、焦灼的、奔腾着滚滚热浪的。医院诊断书上“肾恶性肿瘤”几个字像一个巨大火炉，炙烤着我的五脏六腑。顶着41度的高温，辗转于上海与合肥的医院之间，陪哥哥看病，然后手术，然后看着本来身强力壮的哥哥，突然虚弱得连一口痰都吐不出来，我的心被压在了五行山下，二十多天顺不出一口悠长的气息。这个三伏盛夏，我被从内而外、从外而内的“火”烤得外黄内酥，撒一撮孜然就能当羊肉串。

那一天，我带着远方朋友的召唤飞往伊金霍洛的时候，是一步三回头的，心里顾念着合肥济民医院病床上的亲人。我以为，这个夏天，我再也没有一条清凉的路可走。

从鄂尔多斯机场一下飞机，我就被一团舒爽的空气包围，恍然间，觉得走进了春天。这不就是春天么？而机票上明明白白地写着“7月28日”。哦，真的不是春天，正值盛夏呢，一年中最炎热的季节！哦，这就是鄂尔多斯，这就是21度的夏天。

黄河是一条母亲河，鄂尔多斯更应该喊一声母亲。鄂尔多斯躺在黄河的臂弯里，三面环河，中国有几个地方，能够像鄂尔多斯这样被揽着护着？有几个地方，能够像鄂尔多斯，被大自然格外厚爱，给以21度的夏天？

在响沙湾景区，穿着厚厚的沙袜，套着齐肩的套袖，戴着大大的遮阳帽，还用围巾围住双颊，只露出鼻子和眼睛。照片发到网上，朋友们问得最多的一句是：这样，不热吗？不热，鄂尔多斯没有“炎热”一词，有的是纯净的蓝天、立体的云朵、不含尘埃的空气、澄澈透明的阳光！

行在鄂尔多斯，所有堵心堵肺的东西都一一掏了出来。这里有辽阔的视野，天和地连在一起，白云直接落在草地上。小草选择了一种最美的颜色立于天地之间，一踏上原野，草色便漫上脚背，漫进眼睛，漫入骨髓，漫透心灵。行走在鄂尔多斯，感觉整个身心都是绿色的。所有的雾霾散尽，所有的纠结抚平，所有的块垒化完，心房不再逼仄，不再拥挤，不再疙疙瘩瘩，心变得很大，怀抱无比广阔。

来鄂尔多斯之前，连日的沉痛，连日的奔波，我已经疲惫不堪。在合肥新桥机场的候机楼里，我几乎没有和同伴们说话，没有心情，也没有力量，我躲到僻静处，歪在椅子上就睡着了，梦里是凌乱的脚步，对垒的硝烟，沉重的喘息。

我以为，一千多公里的迢迢之路，我会更加倦怠，我会恹恹欲睡，我会打不起精神。但在鄂尔多斯的日子里，从成陵，到响沙湾，到苏泊罕……我竟一天天轻松、一天天畅快起来。接着，家乡传来哥哥病情好转、一切稳定的消息，突然感觉久久难以平复的心情，一下子那么服帖，那么安宁。

21度夏天，原来是一剂良药。

一个朋友有感于我的倾吐，突然感动，突然打开心门，悠悠地，给我讲述了他一直秘而不宣的故事。

很久很久以前，因为各种原因，他得了抑郁症。每天窝在自己的公寓里，左脑袋看书，右脑袋盘算着死亡的事情……在那个死亡临近的夏天，因为一个偶然的机会，他到了鄂尔多斯。初来的时候，他以为只是一个过渡，过过就走，回到读研究生的城市，或者回到家乡的省城去。

鄂尔多斯的阳光，是多好的阳光啊！可以透视，可以消毒，可以把一个人从头到脚、由外而内地照彻，可以把血液中所有的垃圾除尽，可以把脑袋里所有的阴影扫光，可以把灵魂深处旮旮旯旯刷洗得鲜鲜亮亮。

长夜里，隔壁的老额吉轻轻哼唱着那首古老的歌谣，像是母亲就在身边；清晨，阳光从东边的窗子里瀑布一样泻进来，草甸上的花朵，全部为他开放；玻璃门外，无边的原野，可以安放无边的胸怀，随风起舞的草叶，无声地拥抱大地，草尖上挂满奶香。

单位上的同事，纯朴而憨厚，他们有平和的笑容，有暖暖的话语，他们以真挚和坦诚，接纳这个外来者的融入。晚上，蒙古人醇厚的美酒，热情的歌声，在他的心底激荡，他不知不觉放开自己，与大家一起喝酒，一起唱歌，一起起舞，一起开怀地畅谈。到了周末，他一个人到远方去，到没有人的地方，无边的前方，无边的绿浪，他深沉地呼吸，享受无边的安详。

一个一个的日子，在不经意之间，抚慰了他坎坷不平的心灵，他缓缓地荡平了心胸，扯直了肠子。

他没有吃药，他知道任何药品都治不了抑郁，抑郁起源于内心，必须靠内在的力量疗救。而这种驱除抑郁的力量，他从鄂尔多斯的天空得到了，从鄂尔多斯的大地得到了，从鄂尔多斯的蒙古人和汉人身上得到了。几冬几夏之后，他已经蓄满光芒，抑郁不治而愈。

是鄂尔多斯以21度的清凉驻进了他的灵魂，让他崎岖的心态停在21度，让他焦灼不堪的灵魂回到21度。21度的夏天，名字叫仁慈，名字叫爱。

以一颗感恩的心，朋友永远定居在了鄂尔多斯。鄂尔多斯成为他的另一故乡，更是心灵的绿色栖息地。

他在这里安居乐业，娶妻生子，他的面容带着鄂尔多斯的宁静与从容，内心平和，波澜不惊。

鄂尔多斯原来是这样一个地方，它可以慰藉，可以疗伤，可温暖人心。

二

不止一次地梦见这样的画面：无边无际的原野，步履款款的白云，微风拂过，野花摇曳，牛羊悠闲，矫健的雄鹰疾驰而过，跑马的汉子策马扬鞭……

在苏泊罕大草原，裙裾随风而舞，绿意荡涤骨脉，一切梦中的风景都在现实中呈现。

天有多大，草原就有多大；草原多大，胸怀就有多大。一踏上无垠的苏泊罕，就有了打马奔腾的热望，因为，只有骏马，才能配得上草原的壮美，只有奔驰，才能对得起草原的辽阔。

在苏泊罕马场，我结缘了一匹栗毛马，也结缘一位牵马的蒙古额吉。

这是我第一次骑马，上马之前，先表示一下友好。轻轻拂一拂马背，马背真高啊，需要高高地举起胳膊，掌心才能拂拭它的鬃毛。马通人性，你爱它，它知道。我的温情马儿已经了然，当我踩住马镫，翻身而上的时候，它俯就顺承，显得那么小心翼翼。我双手紧紧攥住缰绳，战战兢兢，如履薄冰。蹬直腿，挺起胸，目光向远处看，驯马的额吉适时提醒我。在她淡定的训导下，很快，我就克服了最初的恐惧，绷紧的神经松弛下来，开始有余力欣赏风光了。

我看到草原的广袤，看到绿地与蓝天交接的地方低垂的云朵，看见静守在青草间白色的蒙古包，还看见策马驰过的姿态优美的牧马人。远方，阳光把白云的影子投在一个优雅的坡度上，慢慢移动，像一幅流动的水墨画，又像是云的灵魂坐在草的思想深处，一遍遍揣摩马蹄与野花的爱情。

坐在马背上看到的世界，不是站在地上看到的样子，马背上的民族，有着不一样的视角。放眼天外，四野空阔，似乎突然懂得了蒙古人的豪迈，蒙古人的气场；懂得了他们心胸的开阔，目光的广远；懂得了马头琴的情真意切，蒙古歌的婉转悠扬。生活在不一样的地方，过着不一样的日子，就会长成不一样的人。很多东西不通不透，如隔如膜，是因为不在现场，此时此刻，往现场那么一站，一切意会神知，无须万语千言。

在马背上一起一伏，无比畅快。那种新鲜的快感，像一群诗意的蝴蝶，围着我起舞。一朵白云飘过来，正好挡住头顶上的太阳。白云在走，地上阳光也在走，流水一般，匍匐前行。

驯马的额吉一拍马背："快，去追阳光!"马奔跑起来，头发飞向身后，丝巾迎风扬起，马儿以一个恰到好处的节奏，紧紧追随那一缕的光影。

打马追赶阳光，与白云一起奔跑，与阳光一起奔跑！这是草原上最美丽、最快乐、最骄傲、最接近天神的追逐!

蒙古民族就是一个追赶阳光的民族。

八百年前，他们带着自己的牛和羊，打马走进了这片绿色的世界。他们像青草一样扎下根来，在这片辽阔的疆域放牧打仗，繁衍生息，风雨里生，风雨中长，无论遇到什么样的天灾或者人祸，永不言弃，永不沉沦，他们永远向着前方奔跑，向着光明奔跑，向着幸福和快乐奔跑。

为了不让牛马失去草场，不让雄鹰失去天空，不让金鞍失去骏骑，不让羽箭失去雕弓，成吉思汗一生征战，一生追赶阳光，让和平普照草原，让草尖挂满乳香。

后世子孙们，遗传了他优秀的基因，护佑着苍天恩赐的大地，追逐着不老的太阳。

在暴风雪袭来的时候，小英雄以幼小的生命对抗恶劣的自然，在漫天的风雪中奔走呼号，三天三夜，雪不退，人不撤，保护了集体财产，让羊群追上了丢失的太阳。

荒漠化、沙化的土地上，一夜大风，扬起的沙尘比房子还高，门都打不开。伊旗、杭锦旗以及各旗无数的人们，背着沙柳徒步到沙漠腹地去，一干就是一整天，一干就是一整年，一干就是几十年，让沙漠变成绿洲，让植被追上了绿色的太阳。

驯马的额吉五年前被查出甲状腺癌，医生说手术风险非常大，很可能下不了手术台，手术还做么？额吉说："做呀，好了我还要驯马呢！"手术进行了 6 个小时，从脖子里取出 10 个肿瘤，最大的有拳头大。大嫂养了 3 个月，又重新走进了马场，一切如常，她没有被癌吓死，反而把癌症吓跑了，她战胜病魔，让生命追上了健康的太阳。

蒙古族是热爱歌唱的民族，他们放牧歌唱，他们用歌声解乏，用歌声放松，用歌声享受生活。

蒙古族是个快乐的民族，他们很知足，很容易满足，他们永远跟着前方的太阳走，把自己放进光明，把自己放进敞亮，把自己放进自由与丰美。

我在马背上理解了蒙古的某些特质，这比在书本上看一万遍都来得直接，来得具体，来得深刻。

三

响沙湾的沙子响不响？

不响。它已经沉默了亿万年。沙子不知道自己是上古哪个纪元的岩石风化而来的，不知道是几亿年的风雨把自己锻造成今天的模样。它只安然地躺着，仰望湛蓝的天空，仰望悠闲的白云，仰望无边的宇宙。

响沙湾的沙子响不响？

响，而且非常响亮！大家都听到了。沙子的响声，呼唤着人们从全国各地，从四面八方，千里迢迢而来，不远千里万里而来。

这是一片沉默的沙子，这是一片不言不语的沙子。也许，不言才是最强大的声音，不语才是最响亮的呐喊。

印象中，沙漠是令人恐怖的死亡之地。但是，到响沙湾来，你尽可以放心，这里有冲浪船，有小火车，有索道，有骆驼。无论机械的，还是血肉的，都是沙漠之“船”，都是可亲可爱的方舟，决不会迷向，决不会无路可走。

响沙湾是一片金色的海洋，这里有流动的“水”，也有起伏的波浪。一阵风过，一层扬沙，像一扇扇张开的翅膀，美丽而轻盈。沙子飞起，顺风滑行，可能落到很远的地方，也可能刚好落到你的脚下，无论怎样下落，均有最美的姿态，完全是“水”的模样。

无数细小的沙粒，每一粒都有脚，沙漠的脚靠风的扶植。风是沙粒最奢侈的伴侣，风让沙丘的脊梁或棱角分明，或光洁圆润。风无声地改变沙梁的形状，沙漠就是河流，风给它吹出无数精致而又美丽的浪纹。

沙漠，沙而不“漠”。它有思想，有热情，有坦白，有慈善，有悠远的爱，有博大的情怀。草，从沙梁的低洼处长出来，响沙湾总有星星点点的绿色陪伴。如果说，白云是蓝天的思绪，那么，绿草就是沙漠的思绪。沙漠借倔强的芨芨草、沙蒿、沙冬青、针矛、苁蓉等，思考宇宙与人生的重大课题。

在电视上，不止一次看到过蓝天下的驼队，一溜长蛇，是怎样一幅动人心魄的画面！而真正走上沙漠，真正骑一回骆驼，才会真正懂得沙子，懂得骆驼。

骆驼跪下。前蹄弯曲，跪下去，后蹄弯曲，跪下去，全身匍匐在地。它放低自己，让人去骑，它俯下身子，承载人，像承载一种责任。最能征服沙漠的动物，却最能低下高贵的头颅，最能伏下雄伟的身躯！

一种感动，一种感恩，倏然升起。

人的身下是步伐稳健的骆驼，骆驼的脚下是无边的沙子。沙子与蓝天、与白云、与风、与草、与大地、与夕阳，也与月亮和星星，保持着良好的沟通和交流。这是一片会思考的沙子，只有这样智慧的沙子，才配接受骆驼的跪拜。

坐在滑索上，凌空飞起，感觉像一只雄鹰，苍凉大漠中最矫健的雄鹰，飞跃大地，飞跃历史，飞跃古今，飞跃所有的美丽与沧桑！在天地之间穿梭，有尖叫，有呐喊，有心脏的起落，有胆气的考验，有精神和气度的升华！

滑索上的飞翔可以与雄鹰比美，雄鹰有多么高远，你就有多么高远，雄鹰有多么豪迈，你就有多么豪迈，雄鹰有多么凌厉，你就有多么凌厉……

沙漠的胸怀是裸露的，沙漠对天空大地坦诚相见，以一颗无比干净、通透、不含杂质的心，面对整个世界。

沙漠借滑索表达勇敢，借泳池表达对水的尊崇和热爱，借车子和骆驼表达泅渡的热望，借丰满多姿的民族演出表达淳朴和热情；沙漠借蓝天表达壮阔，借植物表达细腻，借风表达深刻；沙漠还借日月星辰表达友谊，人与人之间的友谊有时并不可靠，而沙漠与太阳月亮的友谊，亿万年不老。

沙漠，有太阳给予的赤诚，有月亮给予的冷静。太阳和月亮眼看着沙子从巨大的岩石风化成细小的颗粒，沙子也眼看着无数的星辰循着不变的轨迹，从地老走到天荒。沙子是能够永久保持天性的一种东西，这个世界，万事万物都趋于文明，走向时尚和摩登，只有沙子，亿万年依然保持洪荒的模样。无数的游人，就是冲着这亿万年不改的赤诚而来的。

傍晚，落日低垂，云霞绮丽，天地嫣然，江山灿烂。沙漠无垠，岁月无限。当一个人面前有望不到尽头的视野，心中就一定有望不到边的前方。

如果夜宿沙漠，就会离星星很近很近，无须“危楼高千尺”，便能够“手可摘星辰”，沙漠之心距宇宙不远。沙漠朴素，沙漠执着，沙漠淡定，只要你深深潜入，用心领会，就可以读懂万千。

当你虔诚地走进响沙湾，响沙湾真的会告诉你很多东西。

四

时间是可以穿越的，站在鄂尔多斯的街心广场，面对一大朵晶莹剔透、鲜活靓丽的马兰花的时候，我岁月的车轮挂上了倒挡，恍然回到了童年岁月。

那时候，一部名为《马兰花》的电影，痴迷了无数的国人。那朵神奇的马兰花，那朵能给勤劳善良的人带来幸福的马兰花，就像天上的北斗星，指引我确立了最初的人生观，使初谙世事的我，懂得了什么是善恶，什么是美丑，什么是正义。

此时，那把打开神仙之门的钥匙，就攥在我的手心，烂熟于心的口诀跃然而出：“马兰花，马兰花，风吹雨打都不怕，勤劳的人在说话，请你马上就开花！”谁知话一落音，雕塑后面就钻出一个人来。呀呀，神话世界里的马郎现身了？哦，是21世纪的“马郎”！他听到我的口诀，情不自禁地“冒”出来。

他说他是鄂托克前旗人，他的家乡，马兰花遍地都是，马兰花是他们童年不可缺少的伙伴，是他们快乐的源泉。每年四五月份，马兰花竞相开放，幽蓝的颜色装扮着茫茫戈壁，娇美的身姿摇曳着浩瀚草原。阳光铺满悠远的草甸，马兰散发迷人的清香，大草原上有珍珠般的羊，彩云般的马，古铜色的牛，还有蘑菇一般的蒙古包……

“马郎”讲述的时候，语气中满是抒情的味道，骄傲写在眼睛里，赞美洋溢在话语间。我说，这些场景，是我们的梦境呢！

他说，可不是么！儿时我们把花茎含在嘴里吹口哨，把叶脉折叠编成小马驹，女孩们把花朵插在头发里……牧羊的时候，抓几只小蚂蚁放在花蕊上，看它们惊慌失措，看它们慌不择路，看它们气急败坏，我们咯咯笑个不停。

那现在还常回去吗？工作在这边，父母也都来了，回去少了。但是，他欢喜地朝我一望，颇为激动地说：“我的家乡更美了，马兰花大草原，有一万亩花海呢！”

这天晚上，我做了一个美妙的梦：床前床后都是马兰花，地毯、天花板都不见了，广阔的天幕上，群星闪烁，大草原微风轻拂……远处一堆篝火，载歌载舞的蒙古牧民，歌声远远的，马头琴声隐隐的。一轮明月升上来，树木、花草、毡房，朦朦胧胧，是一幅淡淡的水墨画。

我躺在花海之中，躺在无边的旷野，躺在越来越深的夜色里，躺在万籁俱寂的星空下。感觉不到夜的寒冷，只有露珠儿打在头发上，湿漉漉的。马兰花张开喇叭，贪婪地吸吮着诱人的甘露，坚挺而碧绿的叶子越发俊秀，越发明媚了。

马兰花是有性格的，她喜欢荒蛮而神秘的日子。她没有把自己嫁到水草丰美的南方，南方毕竟有点逼仄，有点小气，经不住白云舒卷，经不住银河滔滔。马兰花选择了茫茫戈壁。戈壁那么开阔，那么宏达，那么心胸旷达！

在北方的大地上，不需要像白菜一样，把自己层层包裹，一道道立下城门；不需要像荠菜一样，守着小小的自己，生怕占了别人的地盘，挡了别人的阳光；不需要像苦瓜一样，心里蓄着世世代代的苦水，外皮还一副蟾蜍的模样。马兰花可以在北方的天空下恣意地生长，把自己出落成聪明、灵秀，并且满肚子都是感情的花千骨。

马兰花是有道行的。戈壁的脾气可不是说着玩的，安静的时候，像服帖的小羊，脾气一上来，风起云涌、飞沙走石，任你几吨重的家什，照样掀你几个跟斗，绝不幽默，绝不浪漫。戈壁真真是个暴君。而马兰花，是一位以静制动的大臣，有根深蒂固的权势，有深不可测的定力，而且充满智慧，它制止了一场又一场动乱，无须刀砍斧剁，无须弓矢剑戟，不动声色就能够平定天下。

马兰花是有信仰的。它信仰天，日日坐在草甸上，以无比欣赏的眼光看着瓦蓝的天空。天空的颜色为“蓝”，它便把自己的花瓣锻造成“蓝”的模样；它信仰地，虔诚地把根须扎入大地苍凉的腹腔，地是黄色的，它便把自己的花蕊调教成“黄”的模样。马兰花把天地奉为神灵，自己也就通了灵气，成为著名的“灵”花，只要对它许下心愿，立马梦想成真。马兰花相信，美丽是通行天下的门票，它把自己打扮得妙不可言，但同时又昭告天下，最美的东西不是面上那层皮，而是深藏的经脉骨骼中的品性。挺拔、坚韧、勇敢、自强、向上，都是圣洁的羽毛，可助家国安然，可助灵魂飞升。

马兰花最终成就了自己。它芬芳而透明，是神的怜惜；它梦幻而神秘，是神的洗礼；它不怕盐碱、不惧酷寒、不畏沙掩马踏，是神的真元。

马兰花灿烂地开放，是神的点化！

五

之前，康巴什这个名字，离我十万八千里，需要翻孙悟空的筋斗云才能到达。而现在，我站在它的土地上，头顶着康巴什的天，脚踩着康巴什的地，眼睛望着康巴什的一轮月亮。

8 月，这里没有一点嚣张的暑气，夜风轻轻触摸肌肤，滑滑的，凉凉的，精致如一首诗。

站在乌兰国际大酒店的22层，从一扇窗子里瞭望康巴什的夜空，想了很多。到底是什么使夜色获得永恒的生命，是什么让星空如此逍遥？思想，像岁月边缘剪下的边角料，散碎而多彩。半个月亮已经偏到一边去了，清辉却浓淡适宜地给每一个楼顶、每一棵草木以贴心的抚慰。

楼下，霓虹一万遍闪烁在街边，清晰而朦胧。光，在一分一秒的时间上游荡。辽远的视野，一片寂静，谁都不说话，世界不声不响。

步出酒店，融进鄂尔多斯的肌肤中，融进康巴什的梦里。我想，康巴什的梦，随便从哪里掰一块下来，都带着牛奶的甜香。牧人的牛羊，在遥远的草场，温顺地安睡，白云和夜色从它们的头顶飘过。一些人类看不到的内容，在它们的眼皮子底下，在泥土与青草的气息下，修炼。

不知道牛羊们睡过觉之后，可还曾记得，主人的蒙古包里婉转的马头琴声，余韵悠长的歌唱，可还记得欢乐的夜宴，可劲的狂欢？

一个又一个有月亮或者没月亮的夜晚，歌声陪牧民度过。蒙古包外面的牛和羊，要不是为了在肚子里安静地养奶，恐怕也情不由己，跟着唱起来，跳起来。

已经下半夜，康巴什安静得听得见露水下落的声音，昆虫已经沉入梦幻，尘埃已经落入大地，一切陷入酣眠。

而我却失眠了。这是一场优美的失眠，一场求之不得的失眠。过去，无数个失眠的夜里，焦躁，辗转反侧，心里百遍千遍地数羊，羊却不能带来酣睡。而这一夜，康巴什以它的美丽和丰富拯救了我，让我在有意无意之间，退守一下，把世界放在另一个维度，仔细端详一番：原来，人和世界，是可以“相看两不厌”的。

康巴什的夜，波涛不起，涟漪不生，静若湖水，净若湖水。如禅，安安稳稳打坐。康巴什的夜，内外澄澈，通体透明，仿佛被佛精心洗礼过。

一个朋友，康巴什的常住居民，她很自我，她很知足。本来是国家公务员，现在辞职在做律师。她说，原来的工作挺好，现在的工作也不错。她说，很多人不理解为什么辞职，其实很简单，就是过自己想要的生活。辞职，与工作得失无关，与钱多钱少无关，就是崇尚自由，喜欢自在，不贪不图，尊崇内心。

朋友的平和，深深感染了我。此时，也许，她正在梦乡，恬淡地呈现属于自己的自由自在。无数的康巴什人，在康巴什绿色的怀抱里，安放他们的舒适与安逸。

这是一个普普通通的夜晚，对康巴什来说，不年不节，平淡无奇。而对我来说，却是难忘的，欢愉的，回味悠长的。夜深不愿睡去，轻轻扣动康巴什的门，想探出更多更绵密悠长的味道来。

康巴什把一片绿夹在耳朵边，云淡风轻地，辽远地，躺在人们的视线里，它不稀罕热闹。

康巴什清淡得不含任何杂质。

鄂尔多斯清淡得不含任何杂质。

那一世的仓央

那一天，闭目在经殿的香雾中，蓦然听见你诵经中的真言……

当这低沉婉转的旋律，透过降央卓玛的嗓音，回旋在车子里，我迅速陷入一场旷世深情，仓央嘉措的旷世深情。眼前的山水田园日月星一片迷茫，看不到仪表盘，看不到前方的路，不得不将汽车停靠在公路一侧的空地，然后更深地陷入音乐里。

一个万人瞩目的圣人，一个众生朝拜的活佛，本该是参透人生玄机、无欲无求的，不对吗？在人们的意识中，仓央嘉措该坐在庄严的殿堂，给苦难的人以指点，给迷茫的心以开悟，让芸芸众生脱离苦海，可为什么他的诗歌，令人如此心醉、如此心碎、如此心疼？世上有无数的痴男怨女，欲火焚身，欢爱沉陷，谁见过转世灵童达赖喇嘛的缠绵悱恻、春心泛滥。

人这一辈子，可以美可以丑，可以富可以穷，可以高贵可以平庸，可以热烈可以低沉，就是不可以违背内心。一片树叶的理想就是挂在枝头，一株幽兰的心愿就是藏在深谷，就这么简单。你不可以叫它们像鱼儿一样游在水里，像鸟儿一样飞在天空，尽管有一万个理由可以陈述水的清澈透明、天的辽阔安详，你的追求不是它的理想。

世上有多少情爱纷纷扰扰，缘起缘灭，牵肠挂肚，聚散无常；世上有多少相恋万水千山，隔云隔雾，辗转反侧，念之断肠；世上有多少的善男信女，闭目祷告，长跪蒲团，祈求上苍。而您是一尊佛，爱过，也痛过，悲过，也喜过，到头来摇动经筒，却不为超度，只为指尖上与那个人重逢。是那位聪明美丽的意中人吗，曾与她耕作放牧，青梅竹马，终日相伴，恩爱至深？是谁牵你入主布达拉宫，是谁给你套上那么严苛的清规戒律？你本来就是一个情窦鸿蒙的少年，你想要的，只是尘世的爱情，只是凡间的厮守。而你懂吗，佛祖看上了你，你就不是一个俗世凡人了啊，你自己做不了主的。

南唐后主李煜的境遇与你有点像。如果李煜此生不做皇帝，就做一个词人，恋他的爱，赋他的词，不定就成了一个千古流芳的词家、一个畅快幸福的人。他的爱有所依托，他的特长有所发挥，他的钟情，妥妥帖帖地安放。何必“小楼昨夜又东风，故国不堪回首月明中”，何必“问君能有几多愁，恰似一江春水向东流”！

命运是个无法把握的东西，至少，有时候不全掌握在自己手里。

山路蜿蜒，台阶层递，站在山脚下，看山路神秘地钻入丛林。走上去，峰回路转，一转眼，又隐入丛林深处，山间小路不断跟人打着谜语。这是一条迷人的路，青草簇拥，青苔爬遍，一直爬到人的脚背，爬到人的脊梁，爬到人的骨髓。一步一跪，一步一匍匐，这漫长的跪拜，留下多少经文，留下多少虔诚，留下多少泪滴和血痕……

生命短暂，情爱长远，试问世间人，怎样在有限的时间里真正爱一回？答曰，用心体验，用心珍惜，用心贴着爱的温暖。东山上升起的皎洁月亮，村庄里未嫁少女的面容，无须抬头，深深叩首的时候，也能看得清清楚楚。眼睛，有时候是长在心里头的。

仓央嘉措说，世间事，除了生死，哪一件不是闲事。倘若所爱，超越生死呢？那么，这爱，是正事还是闲事？今生今世，走进最深的红尘，不就是为了与你相逢么？

深爱，却不能相见；深情，却不能相守。教规是横在前路不可逾越的山峰，人心是停在长空皎皎的明月。曾虑多情损梵行，入山又恐别倾城，问只问，世间安得两全法，不负如来不负卿！

如果可以爱，就不会那么辛苦地一世辗转；如果可以爱，就不需要转山转水转佛塔，只为途中与你一见。世界上最痛苦的事情，就是明明彼此相知，却只能异地而居。如此，诗满肺腑。世界上最动人心弦的情诗，往往是在“爱而不得”的境遇中写出来的。

佛说，婆娑世界，诸法无常，诸漏皆苦。世界是无常的，生死隔离之爱是痛苦的。而如此痛苦的爱情，仓央嘉措却写得那么奢侈，那么美，那么干净，那么百结愁肠，那么触动灵魂，那么深入人心。

柏拉图说：“如果爱，请深爱。不爱，就让暧昧走开。”仓央嘉措爱了，深爱了。那个，或者那些，有形的，或者臆想的爱人，都在他的文字里，在他的深情中，成为永恒！

青藏高原的蓝天下，梵音缭绕，经筒摇动的声响，一直回荡。青藏高原的日光，灼黑仓央嘉措的脸庞，却灼不黑它蓝色的诗行。那是苍鹰翱翔的不羁，那是烈马奔腾的本性，那是岁月流逝的苍凉，那是前世今生的找寻。

“住在布达拉宫，我是雪域之王；流浪在拉萨街头，我是世间最美的情郎。”枯燥无味的经书，锁不住心的偾张，朝云暮雨的政治，掩不住诗情画意的心肠。一种埋在骨子里的叛逆，一种与佛门格格不入的情怀，也许从他 5 岁开始，就注定一场悲剧的人生。本是佛祖至尊宝，怎是凡间多情人！如果命运容他选择，他一定选择做一个流浪街头的情郎，而捐弃雪域之王的辉煌殿堂。

仓央嘉措一生留下几十首情歌，流传度远远胜于无数诗人名家，仓央嘉措诗歌的“惊艳”，仓央嘉措诗歌的“哗然”，是他短暂一生留给这个世界的一盘珍馐，令人咂摸，令人不尽地回味。岁月有多久，品鉴就会有多久；时光有多长，回味就会有多长。

降央卓玛的歌声，在我的车子里雾岚一般盘旋，仓央嘉措的一瞬、一天、一月、一年、一世，也在我全身的细胞丛林里盘旋。忽然间领悟到时间的哲学：一瞬长于一世，一世短如一瞬。

据一些考古发现证实，仓央嘉措后期在内蒙古和安多藏区的往来中度过余生，并最终圆寂在内蒙古阿拉善汇宗寺。生命像烟云闪过，永远不朽的，是真情凝结的诗行。

抚摸一块远古的石头

夹杂在岩层中间的石头，从来不知道自己是来自一亿六千万年以前，也不清楚在海底沉睡了多久，只觉酣酣一梦，睁开眼就已是沧海桑田。

沉积岩没有计算过自己是啥时候开始隆起的，从深不可测的海底一直上升到了山的高度。海水亿万年挽留，依依不舍，舔舐掉岩层中松软的那一部分，坚挺的骨骼壁立而起，成为巨大的山峦。山峦带着深深浅浅、错错落落的洞穴，站成皖西大地上一道美丽的风景，我们把它叫作“大别山石窟”。

远看石窟，像天地打开的一本书，静静搁在大别山逶迤的山岭间，层层叠叠，里面似乎藏着许多不可揣测的奥妙。我们探寻的步伐像一串组章的杂文，情感充沛，夹叙夹议而来。深入窟体的木质台阶以“齐格隆咚”的喧响，给山岩传递着来访者的热情。

边走边看，看石窟的陡峭，看石窟的惊险，头昂得很高。脚下的路不干了，它嫌人们过于钟情岩壁而忽略了它们的存在，所以成心在脚下使绊子。一个趔趄差点摔倒，要不是前后有温暖的手伸过来，我也许就栽在木梯的嫌怨里。有人喊：看景不走路，走路不看景哦！是呀，我怎么就见色而忘了足下，赏景而没有踏实呢。好在皮鞋代为受过，破了一块皮，以示歉意。嗯，走好呀，奇景总是伴着险路！

进得窟中，哇呜……惊呼情不自禁。大家用深长的呼吸、惊诧的眼神和夸张的口型，在空气中画着一个个无形的，却又显而易见的惊叹号。

用什么语言来描述天地给人间造就的神奇呢！劈天化石？鬼斧神工？不，不，都太苍白了！词语距离景观给人心带来的震撼还差着万儿八千的火候，我们只得掩住张圆的嘴巴，不住地摇头。

亿万年光阴，以一座山的姿势端坐于此。日升月落，千古不变，将精华集萃，赋予大别山知性的岩石。此窟名曰敞岩，是大别山石窟群千姿百态的洞窟中最大的一个。窟形呈半敞开状态，岩顶斜面延伸，与山体形成迷人的夹角。洞里小乾坤，浩如大剧场。不饰雕琢，却揽星照月，古朴辉煌。岩顶宽阔，没有一根梁柱，却可稳固万年。自认为高明的人类，施以极限技术，想来也无法炮制吧。这就是自然，自然法力无边，人类又怎么可能凌驾于自然之上呢？

岩壁夹角的孔洞，睁着漆黑的大眼睛，望着一群不速之客，眼睛里似藏着无数玄秘。据说，洪秀全曾因失败逃亡至此，见石窟地势险要，易守难攻，便屯兵于此。在冷兵器时代，没有炮火的支援，仅靠刀枪长矛，清军很难攻破如此险峻的山洞。洪秀全据守于此，可埋锅做灶，可存储军粮，借石窟四季恒温，良居天然，最终得以脱困。

站在窟里往外看，山连山，水连水，树木葱郁，好一派大好山河！也许洪秀全正是面对此景，平复惊惶，重树信心，再起一腔豪情；也许洪秀全看懂了眼前的风景，生命知道了进退，有了平常心，可已经戴上贼寇的帽子，欲罢手而不能。历史已经说不清楚，而人类呼吸山野的灵气，应该早有了看山看水的分寸。

天渐渐暗下来，西去的日头似乎在喊我们下山，山中天黑得早，窟里暗无灯。而我却不想离开。虽然正值隆冬季节，山野冷风嗖嗖，寒气逼人，但石窟里风不袭，冷不侵。怪不得孙悟空取经路上，动不动就吵着闹着要回水帘洞。如若居留此处做个山大王，定然不错。吼吼，好归好，谁来批准？

一层碎石一层岩，它不是远古已经冷血的海遗孤，它是奔赴文明前来投亲的温暖小站。在远古时代，它就帮助过很多虎豹猿猱，给它们一个栖息的巢穴，给它们一个遮风避雨的家园。它又用自己交错密布的石缝，夹住天风雪雨，夹住泥土水分，任由大树小草勃勃生长，让漫山遍野郁郁葱葱。它是真心栽培和珍惜植被的，像人类珍爱自己的头发。石窟连同自己的山体，连同岩缝中裹挟的每一块石头，护持着这片土地，并与万物心性共融。

抚摸一块远古的石头，它来自一亿六千万年以前。可它不仅仅是石头，它是远古的土地和海底，摸到它就摸到了天地洪荒，摸到了宇宙玄黄；摸到它就摸到了光阴，摸到了岁月，摸到了历史的骨头。

石窟边缘有倾圮的土墙，是洪家军夯土垒砌，用来遮蔽洞口和防御外敌的工事。虽然已经断壁残垣，但仍然不失气度，不失雄风。大石窟的上方的小石窟里，用于瞭望的木具在山风中微晃。

这就是历史，历史站在眼前。夕阳映着山野，这轮照古又照今的日头，它一直没有走远。一切都没有走远。

当我们走下山，回望大别山石窟的时候，发现一个秘密。天地让山川沉入大海，让海底隆出为山，目的是让山水给时光做一个见证：历史不是僵死的，历史是流动的。人类穿行于历史之中，非常非常渺小。夹杂在岩层中间千秋万代的石头都那么谦逊，人类为什么不低下高傲的头颅，放下那些浮华的噱头，静静沉下来，做一些脚踏实地的事情呢？

沉积岩中的石头，一言不发，良久地与我对视。我不知道我掌心的热度，是否能够唤起它曾经岩溶般的热情，把历劫亿年的心语，告诉给今天的世界。

垓下遗址上的喇叭花

徘徊在固镇垓下遗址，我忽然就有了一些稀奇古怪的想法。

我想做一朵棉桃，长在浍河的岸上，长它个2000年！每一个冬天，我都可以化作温暖的棉被，铺在地上，盖在身上，给垓下战死的将士取暖。哪怕尸骨不全，身首异处，哪怕就只一抔血渗进颇受惊吓的泥土，也不要紧，棉被无声地盖上，给那些魂魄一个家，即便永不过江东，也可安度春秋。

我想做一株玉米。来垓下的时候，玉米棒已经丰收，堆在大地上，遍地都是，跟点将台连在一起，金黄金黄的，那颜色令人想起进军的号角，想到夕阳下刀戟的光芒。

我想做一株红薯或者南瓜，春天从泥土里伸出许多胳膊和手掌，每一根敏感的触须都伸向远方，像倒下的武士把手伸向家的方向，又像呐喊中的一个小卒，被利剑刺穿胸膛的一刹那，转身看见了太阳。

我还想做一棵无名的小草。已经秋天了，玉米秸已经枯萎，没拣尽的花生再一次冒出芽来，它还不倒，还绿着，深秋的风拿这些小小的身躯根本没有办法。它们伫立着，像四面楚歌声中依然坚贞的信念。

这些想法最后都打消了，因为我发现了匍匐在地的一丛喇叭花。看见它，心都醉了：这分明是千年尚未收起的号角，当全世界都放松了警惕，当一场鏖战的烟云早已经归于寂寥，它还在提着喇叭，聆听风声。

楚汉战争打了4年，棉桃、玉米、红薯、南瓜以及不计其数的小草都在现场，它们见证了无数的刀枪和马蹄。汉军一路追杀，把项羽和他最后的800亲兵围堵在垓下，十面埋伏，四面楚歌，天地惊愕，连一贯勇猛的雄鹰都叹息着，不再去做深长的飞行。历史的喉头卡在这一刻，谁都不知道，什么才是新鲜的下文。

洨河说话了。洨河说，此处无路，但义士有船，你，你们，必须从我这里渡过去，江东那岸，父老无数，爱也无数。过去吧，抓紧上船，我是你的终结，也是你的开端，我是你的一岸又一岸。可是，项羽摇了摇头，他拒绝渡河，任一叶救命的小舟“吱呀呀”慢慢走远。血液在他的脉管中乱冲乱撞，野马一般。无颜见江东父老啊，无颜！就这样吧，拼死一战，一切自有天数。

项王的目光扫过弱柳扶风的虞姬，她是那么清寒，像劲风中的一根纤草，像荡舟上的一枚蜡烛。项王坚如磐石的心，忽然间，温软如泥。

夕阳读懂了霸王。夕阳说，过江去吧，打仗是没完没了的事情，歇歇马蹄子，歇歇马鞍子，歇歇手再打。我用半天的云霞，一河的热血，为你们断后。你们人不过完，我不落下，我的光永远为你们亮着。

西楚霸王收拢了他的一往情深，转而露出无比的坚定。夕阳多聪明啊，它闻到了一股决战的味道，于是，它替项羽写了一首诗，“力拔山兮气盖世，时不利兮骓不逝。骓不逝兮可奈何，虞兮虞兮奈若何”，一字一句蘸满血泪。

虞姬也懂霸王心，此时，她的眼角本该滴出一颗幽怨的泪，但没有，反而从眉梢漾出一缕安然的笑。她说：“汉军已掠地，四面楚歌声，大王意气尽，贱妾何聊生。”话音一落，就从项王的腰间拔出宝剑，闪电一般，一个漂亮的转身，脖子上开出一朵艳丽的花。一把剑，薄薄一吻，轻盈如水。正好在这个时候，有一缕风吹过，让虞姬的眼神和项王的眼神，刮碰了一下。

她是历史上最透彻的一位美人。950年后，杨玉环在马嵬坡遭遇渔阳鼙鼓六军不发，玉环也死了，但杨玉环死得被动，死得无奈，死得不情不愿。唐玄宗在江山和美人的抉择中，选择了江山，他与项羽的落差不是一般的落差。项羽乃决意毁灭，不忍美人独留于世，忌惮美人受辱。玄宗则为自己保命，为能继续做皇帝，才令下美人死，用一袭白绫换得明天。虽然有伤、有痛、有泪，也有不舍，但毕竟自私。他与杨玉环之间，终少了一分理解和懂得，少了一分崇敬和尊重。

虞姬是笑着死的，她死而开花，死而绚烂。在所爱的人面前，优美一转，成就一份坚贞的爱情。她选择死在霸王的剑下，死得柔美壮烈，死得荡气回肠。

虞姬死后，夕阳在洨河边，在树林子里，在决战前夕青铜一般的大地上，徘徊了许久，才徐徐落下。

此情此景，喇叭花还能说什么，还有必要劝渡吗？喇叭花心一横，啥也别说了，奏乐吧，奏响战斗的号角，奏响苍凉的人心。一场悲壮的厮杀拉开帷幕，刀枪剑戟，杀伐弥天，血肉横飞……

一个兵，伤痕累累，再也没有力气站起来，他已经听到了天国的歌唱。死之前，再看一眼江东吧，却看见一朵喇叭花。这种花，老家的篱笆上年年茂盛，从来没有开败的时候。娘就在层出不穷的花藤边，持家操劳，养儿育儿，娘不知道儿要死了，或许正立在风中，痴痴地等……想到这，兵的身体又积攒出力量，他晃晃悠悠地站起来，把手中的一柄短刀，投向……

当项羽踉跄着最后一个倒下，暮色已经聚拢，星已开始闪烁。一切沉寂下来，一切归于安宁，彻骨的叹息，透进骨髓的虚弱。刀尖滴血的汉军们，望着项王的身躯，心里怦怦直跳，他们看见的，是一座山峰，轰然崩塌。

破碎的喇叭花，遍地嫣红。

却有尚存的一朵，在风中，执拗地举着喇叭。一直没有接到撤退的命令，它就一直不放下。枯树、野草、断剑、残马、肝脑、寒尸和喇叭花一起，坐在星光下，等待下一个黎明……

距离垓下最后的马蹄声，确切的时间是2017年。丁酉年十月末的一片艳阳里，我们走进固镇，彳亍在垓下的废墟上。洨河的水仍在流淌，念旧的风依然习习，破碎的秦砖汉瓦像残缺的硬盘，音容模糊地探问今夕何夕……

满目秋风，落叶飒飒。一簇喇叭花拦住我的去路，本欲转身择路而走，却发现它拉扯我的裤角，似有话说。静静蹲下，仔细端详：一副艳丽而沧桑的容颜，一只只鲜亮而寂静的喇叭！一瞬间，我恍然通透，懂了它无怨无悔的千年奢华。

我问：你究竟是花朵还是武器，你亲历了项王的败北吗?

喇叭花在风中点头，一一作答。我撩开稠密的藤蔓，欲觅一颗种子，种子里深藏着远古的基因，得种子等于得天机。一位文友瞧见，问我在找什么。他以为我遗失了贵重的项链或者戒指，他不知道我遗失的是一寸心。

我喃喃低语，却不料它竟那么大声。声音从河岸那端传来，喇叭花借一位民间艺人之口，在高唱淮河大鼓：“说那是乙亥年的深冬，楚兵已经是兵弱粮尽，西楚霸王项羽掀帘出帐，信马由缰而行，四周围暗沉沉一片，俱是汉军营垒……”咚咚咚咚，咚咚咚咚，鼓声接通了秦末的号角，鼓声唤回了远古的苍凉，天和地，为此，停滞了一分钟。

一分钟后，有人说：今天，只不过是喇叭花，在两千年前，做的一个梦。

面对一座山

晨光中，山庄门前的广场一片安宁，猫栖在脚下，我坐于山前，山站在天地之间。

东方隔着山头的阳光，借助一朵云的眼睛，经一棵古老银杏的指引，把一束红光抛向西天的山岭。一抹红晕蜿蜒着前行，流动着扩大，点亮了大别山腹地远山近水的精神。

每一个山坳里都窝着一团白云，慢慢升腾，慢慢弥散。一颗露珠于树叶的经络间悄然滑行，在叶尖沉思片刻，落下。

春天的白马尖，绿海无边，映山红在绿色的海上燃起熊熊火焰。而到了深秋，尤其是霜降以后，经过炎热夏天的洗礼，又经过秋高气爽的沉淀，山川草木都换了心态，换了心智，换了新的衣裳。太阳把七种颜色织成衣服，穿在了山川草木的身上，山坡上千娇百媚，色彩斑斓，赤橙黄绿青蓝紫，一样不缺，而且兼有芦花的洁白，苍穹的湛蓝，像高超的丹青手健笔描绘过一般。不，任何妙笔丹青也画不出这样的色泽，大自然的油画是凡间圣手万万不可企及的，除了上苍，无人可以临摹，古往今来，概莫如此。

山峦艳丽地站在天地之间，不声不响，对炫目的姿容不置一词，对不计其数的赞叹和仰慕缄默无语，无一丝骄逸之心。昼与飞鸟白云相伴，夜同明月星辰同眠，一站就是千秋万世，一站就是沧海桑田。

有人抱怨生活无趣，人之乏味，生命欠缺质量和光泽；有人感叹一生一世倏然而过，没有预期的绚丽，没有预想的高潮；有人陈述人生之路平铺直叙，平平淡淡，潦潦草草。可以到白马尖来看看，草的生命，树的生命，各类植物的生命蓬蓬勃勃。大自然没有赋予它们可以行走的腿，可以窥视的眼睛，可以歌唱的嗓子，它们依然活得自信，活得自得，活得风生水起。它们各自站在自己的位置，不与山比高，不与云比远，不与每一寸土地争肥，不与声色兼具的游人争功利，它们如此润泽，如此美丽，如此灿烂，如此安然。

四周的群峰，植被浓密，无一处不美，无一处不风光无限。高树矮草，各自沉醉，自由自在，五彩斑斓。草木如此，人的生命又怎么会贫乏单调呢？

一个老太太从山道上缓缓上来，手中拄着拐杖，身边簇拥着儿女。老人家一头银发，布衣布鞋，脚下步履沉稳，脸上笑容平和，像个老神仙，更像一朵深秋的花朵，风霜拂过脸颊，形也不衰，香也不改。

“老人家，您今年高寿？”

“寿不算高，86 岁！”老人家竟然听觉尚好，口齿清晰。

白马尖是大别山主峰，海拔有 1700 多米，山顶常常在云彩里。连青春年少的姑娘小伙子爬山都得走走停停，汗流浃背，气喘吁吁，未晓这银发飘飘的老人家为何登临。

白马尖的山道忽而变得柔美而舒缓，俯身迎承这位老者令人敬畏的登临，你信不信？

我相信白马尖的山路和树木是通晓人性的，会给予这位老太太以无比体贴的轻风和阳光。不管她老人家最终能够登到哪一级台阶、哪一座凉亭，都不重要，重要的是人生有孝儿孝女扶持，有幸福相随；重要的是人间温情永驻，人生不老；重要的是老而淡定，生命无畏，心中装着永不言衰的豪情。

记得有一年夏天，几个文友到萧县的皇藏峪景区游玩，景区多青檀，3000 岁树龄以上的就有好几棵，2000 岁以上的比比皆是。这些老树，见识过刘邦的疲惫，见识过朱元璋的落难，这些赫赫有名之人早已经尸骨熟烂，而大树挺立依然。大家不禁长吁短叹，岁月易逝，人生虚无。

其实，人类眼中极其长寿的青檀，也只是大山肌体上匆匆的过客。大山亿万年不动不摇，见识生命繁衍何止千代万代。而在宇宙的背景下，时间长河中，大山的生死也只是天地一瞬而已。

世间万物的“长”与“短”、“变”与“不变”都是相对的。所以，不必感叹生命短暂，好好活着，世事莫去比较，当下正好。

人生当如大树，安安静静三千年，依然率性，依旧本真；人生当如草木，一春一秋，荣也自然，枯也自然；人生当如大山，可以妩媚，可以矫健，可以风情万千，也可以风骨巍然。

这次乘兴而来白马尖，忽听游客言上山下山至少得5个小时，还是腿脚麻利的，竟畏惧起来，恐腿脚不听使唤，跟我较劲，乃止步山前，以静心观山之理由，一时偷懒。

而我的偷懒偷出了境界，让我看懂了山。大山并不满足于人坐那看它，更希望人走进它，亲临它的每一寸肌肤。登山是人生的一课，86岁老太是前面的一面旗帜，于是我信步而上，决定登一登白马之巅。

步上湿漉漉的阶石，曲折向上，一抹角，人就深陷于密林之中。山道上，游人络绎，时而接踵，时而比肩，之前坐于广场看到的山，空旷寂寞，悄无声息，原来山内鸟声、水声不绝于耳。

鸟雀们在树林间上上下下，开心全都写在扑棱棱的翅膀上。它们时而独唱，时而和鸣，它们的亲人、朋友、左邻右舍都在这里，这是鸟儿的家，这是它们的天堂。鸟儿过着原生态的生活，饿了觅食，饱了唱歌，自由恋爱，繁衍生息。自然保护区一建立，它们更迎来太平盛世，生于斯，老于斯，无忧无虑。所以它们的歌声从不悲戚，喉咙永远轻快。

溪流潺潺，仿佛在娓娓叙述一路而来的故事。小溪的性格总是温和，即便是跳过山崖，也不摆出那种唬人的、决绝的姿势，它只轻盈地那么一跃，就翻山越涧，一路前行。你甚至无法去陈述溪流的清澈，任何语言都无法与之匹配，再污浊的人，经这山泉洗礼，恐怕就内外荡涤一新了吧？不得不这么想，因为泉水清澈得入骨入髓，清澈得直达灵魂。

时值初冬，山外的道旁树，已被季节吃掉叶子，只剩光秃秃的树干在风中叹息。而山中的秋叶，犹如风韵犹存的少妇，时尚地站在枝头，钗裙若画，螺髻如云。也有零落下去的，平静地躺在树下，面色依旧滋润而饱满。

在一块山石上坐下，仔细端详落叶，恍惚间，每一片都幻化成一张脸，优雅而端庄，与天地面对，无怨无悔，无欲无求，一腔坦荡，目光静美。它们爱着脊背下的泥土，更爱泥土下面永难忘怀的根。

游人中，有一位美丽的妈妈，生下孩子才刚3个月，也被传说中无限迷人的白马尖风光吸引，抱着孩子进山了。孩子的嘴巴刚刚从甜蜜的乳头上撤离，她就把熟睡的娃娃往老公怀里一放，兴致勃勃地踩着晨曦步上了登山的台阶，怀里揣着奶香，脚下踩着欢愉，眼睛里洋溢着母性的光辉。

目之所及，一草一树，一石一鸟，都是她的孩子，深深的热爱充溢在胸膺，看山是山，看水是水，山水入心。也许，等下山以后，连喂孩子的奶水都浸染了山水的灵性吧？

一路看景，一路遐思，1777 米的高峰已在脚下。站在极顶，环顾四周，英山豪迈，岳西宏伟，千脉群山，万顷桑园，五洲风云，尽在眼底。斯者白马，山巅神奇。

站在这里，视野之广，逾越千山万岭；胸怀之大，涵容幽壑林深；站在这里，心中的锈斑也好，疙疙瘩瘩也好，新疤旧痕也好，郁郁不平也好，一忽儿荡尽；站在这里，前数不清古人，后望不尽来者，时间浩瀚，无际无涯，我们只截取属于自己的一段，看山不是山，看水不是水。

但是，山就是山，它在那里；水就是水，它在那里。无论 86 岁的老妪，还是 3 个月大的婴儿，尽得神谕。

生命的高处，轻风拂过，不染一尘。

金刚台悟“红”

九曲回肠的盘山路，考验着驾车师傅的车技，也考验着车内故作镇静的我。胃里头有一股无法按捺的冲动想要往上涌，就像地心奔突的岩浆，你无法阻止山口的喷发。在吐出几大口酸水之后，我有气无力地对一行的作家老师也吐了一口酸水：晕车，真的好难受！

老师们频出妙招，有建议嘴里包一颗糖的，有教按捏足三里的，有帮着掐虎口的，最后有人提议，不如唱唱歌，注意力转移了，说不定就好了，于是乎歌声响起。歌声从宽大的玻璃窗飞出去，飘荡在奔赴金刚台的崎岖山道，散落于深深浅浅的沟壑之间。

当年金刚台上的妇女排，艰辛地穿梭于崇山峻岭、逶迤小道时，是不是也有歌声呢？

汤家汇一带，层峦叠翠，山岭巍峨，偶尔一转的空旷处，千峰一弧，林涛竹海，风起云涌。大别山的秋天，深邃而丰满。行至于此，不觉触摸到一道红色的脉搏，触摸到岁月夹层曾经的烽火硝烟、枪管摇曳。耳朵边，一曲低沉雄浑的旋律，由弱而强，庄严地响起。

“从来就没有救世主，也没有说神仙皇帝，要创造人类的幸福，全靠我们自己……”

“我们拿起武器，保卫家乡，保护自己！”歌声叠加着女人们的声音，坚定而自信。一群英勇的女性，为自己的翻身，为大众的幸福，要与白狗子拼到底。不能随大部队前线抗日，那就在后方坚持游击战吧，再苦也不言。她们挖野菜、采野果、打野鸡，把生存的艰难踩倒在草根之下。没有武器找敌人要，周旋，声东击西，打伏击战，慢慢积攒反攻的力量。她们怀抱里还有婴儿，那就用布袋兜在胸前，带着娃儿去打仗。

一群手无寸铁的妇女，从各自的不幸中奔出来，从一腔杀敌自救的激情中奔出来，从最朴素的家国情怀中奔出来，沿着一条红色的脉络，汇聚到一起，汇聚到金刚台的原始密林之中。

也许现在你用电子导航还迷路，坐在车上还累得不行，而过去这十八盘的山路上，妇女排的战士们是用脚来寻路和丈量的。人们可以翻开书本，对着那一段历史空发感慨，却无法翻开妇女们的脚板心，脚板心上记载的才是真正的革命、真正的岁月和沧桑。

眼前的金刚台，安宁地坐落在红色皖西——金寨县连绵的群峰之间，斯文得像一个待嫁的少女。大自然鬼斧神工的瑰丽美景依旧在，“八月桂花遍地开”的歌声依旧在，期待的目光却难以再寻觅到火红年代的枪声以及霍然而明亮的婴儿的啼哭声。世界一片安宁，山山岭岭庄严肃穆，高低错落的大树小树、野草山花都在幸福地享受阳光，不言不语地面对追寻者虔诚的膜拜，不为所动，定若禅宗。

那一年，红军主力撤离大别山，大部队开拔，北上长征。妇女们七嘴八舌要跟大部队一起走，哪能行啊。组织上让部队留下女同志，还有地方上的女干部，分散隐蔽或回家种地。女人们一百个不乐意也必须服从，斗争到底的决心把她们凝聚起来，于是成立妇女排，上了金刚台。

排长桂花的肚子里，有一枚红色的种子。这是红军战士的血脉，是革命的后代，是红色的未来。想必这个孩子降生的时候，金刚台的上空也有祥云缭绕，夕阳中漫山的树叶被镶上壮丽的金边，美得无比灿烂。

孩子是生命的宗教。

当他一身圣洁地来到人间，降落在某一簇山草，或者某一处烂泥之中，双目微睁，观瞻人间，一定也是被上帝祝福的孩子，上帝也在他前方摆上了一条遥远的人生路，通向风和日丽的未来。

而这枚革命的花朵，开在烽烟弥漫的战争丛林，一路要经历几多凶险、几多不测、几多水深火热，无人知晓；这一枚生命的火把，穿过黑夜，再穿过黑夜，黎明究竟有多远，没有谁可以丈量。上帝并不执意去安排一个人一生的命数。

女战士们把母子团团围住，目光中充满惊喜而激动的母性的爱怜，她们几乎是双手合十，诵经般迎接这个小生命来到人间。尽管，她们的心里有丝丝的惶恐和忙乱，尽管不时响起的枪声宛若冰雨滴在眼睑。但是，一旦出生了，就是上天不予更改的命题，即使来得再不是时候，都必须拨开前方雾深露重的艰险，往前迈脚。

此时，金刚台的妇女排大约40人，住在隐蔽的山洞里，四面被白军重重包围。

封锁住，搜出来，剿灭光，这是白军的理论。

生存下去，保存力量，伺机反击，这是妇女排的理论。

围剿开始了。战士们钻入杂树林，荆棘密布，孩子的哭声响起；转移过河，冰冷的荷花塘浸过半腰，咳嗽，孩子的哭声再度响起……

这不合时宜的哭声突然成了生与死的命脉。这一点，婴儿永远不会明白。但妇女排的每一个战士明白，婴儿的母亲桂花明白。很多情况下，"明白"是多么残酷的字眼，明白了，就不能放任。更残酷的是，此时此刻，不容理论，不容思考，不容分辩，你必须立刻去做一点什么，阻止哭声，阻止暴露，阻止可能的后果，阻止潜伏的命运。

当千钧立于一发之际，你是托住千钧，还是雄助一发？

一个母亲，面对怀抱中哭泣的婴儿，最原始、最有效的办法，就是把奶头塞进孩子的嘴巴。万世母亲，代代如此，人类天性。

谢天谢地，孩子不哭了。

四周死一样安静，白军枪杆子拨拉草木声，边搜边发出的咒骂声，像来自天外。所有匍匐的战士屏住呼吸，这一刻，箭在弩上；这一刻，一声咳嗽都能着火。这一刻，山花野草都不敢生长；这一刻，天与地只管对望，不敢说话。这一刻，一秒长于千年。

只能等待。等待白军捕捉的大网一步步移向别处，才可能迎来新生。保住大家，就是保住革命的力量，革命的火焰，就可以继续打鬼子，就会有胜利，就会有希望，就有光明和远方。

可是，母亲已经长久地没有吃粮食了，半个多月没有咽过一粒大米，野菜、树皮填充的肚皮，血脉的运行不可能产生美学，神奇的生理机制在这里一点都不神奇：没有原料，就不可能产出洁白的乳汁。

孩子辛苦半晌，累疼了腮帮子，也没有吮吸到一口甜香，他不乐意了，他要告诉妈妈，他要诉说，他要责怪，他要抗议，他要发出不满的声音。而这要命的声音，是许多战士命悬一线时飞来的一把刀，刀锋一出，线断星落，坠于深渊。

母亲已经感受到婴儿的躁动，那母子连心的一个挣扎，母亲已经听懂。在孩子的小嘴松开乳头，准备用"呜哇呜哇"的牢骚告诉妈妈饥饿难耐的时候，在小嘴巴张开的一瞬间，在乳头即将掉落的一瞬间，在恼怒的哭声即将爆发的百分之一秒，母亲前胸一挺，双臂一紧，用乳头牢牢压住了孩子的嘴巴。

母亲心里告诉孩子：稍等啊，稍等，挺住！你的父亲是红军的指挥，你的母亲是妇女排的战士，从来都是个人需要服从党的命令，从来不做违背革命利益的事情，你是红军的后代，怎么能不止住哭声呢？你要听话……你是多么可爱啊，儿子，妈妈盼着你快一点长大，那时候啊，江山打下来了，你可以穿着漂亮的新衣服坐在学堂里念书，长本事了，好干大事，再给娘娶个好媳妇回来……忍一下，等会儿，再等一小会，鬼子就走远了，就好了，儿子。你憋住这一时，大伙儿就得救了。孩子啊，大伙儿得救了，你也就得救了……

孩子猛烈地挣扎在母亲桂花的怀抱里，越来越烦躁，他稚嫩的小手在空中乱抓，小腿剧烈地踢踏。

母亲保持一个固定的姿势，经久不动。

她的眼睛死一般盯着渐搜渐远的白军，她用心劝慰自己的乳儿：“一会就好，儿子，一会就好……”

当夕阳血红地斜向山头，远去的白匪背影开始模糊的时候，母亲松开了自己的宝贝。

不再挣扎的孩子，百般挣扎的母亲，一个静，一个动。

几分钟之前，孩子动，母亲稳若磐石。

几分钟之后，孩子静下来，母亲却从外到内，从内到外，从口鼻到眉眼，从顶门心到五脏六腑，全都起伏起来，撕心裂肺。一声呼唤化成无边的泪水，滚滚而下：“我的孩儿啊——”

这一声呼唤，像一只震山的锤子，敲得天摇地动，山颤抖、水颤抖、草木颤抖，所有在场的人心，为之颤抖。所有人的心脏和肠子，都一把一把从肚子里掏出来，在泥巴里翻搅，在磨盘下碾轧，在砧板上砍剁，在热油里煎炸，在箭矢下穿孔……

这罪孽深重的世界，一贴镇痛的膏药都不给你。

此处没有神，没有佛。

只有悲苦、高寒、舍身站在一边行注目礼，对着二百里金刚台，对着一面红色的旗帜、一位红色的母亲，还有一个红色的孩子，行注目礼。野林乱石之间埋头流淌的淙淙细泉，也把一生的水，都向这个山涧流了过来。一位被洗劫一空的母亲，宛若河面上一枚枯竭的落叶，随波跌宕，哪一处水面都无法提供给她失落的果实。

大家一起埋葬了孩子，像埋葬一枚红色的种子。金刚台不知名的小山岭，名不见经传的泥土，因为埋葬了这样一个牺牲的小生命，而变得格外的高贵而厚重。

人们埋葬了一个最小的革命者，一个为革命事业而牺牲的“战士”。荒僻的汤家汇，薄薄的土层，以巨大的疼爱收藏了这个婴儿。

金刚台的九月，没有映山红，没有兰草花。那些来自春天的基因，不讲述秋天的故事。但虔诚追“红”一群人，依然发现了无比灿烂的“红”，非常悠远的“香”。

世世代代居住于山里的人，把漫山遍野的一种植物叫作“映山红”，他们没说映山的是“红”还是“血”，把千山万壑的一种植物叫“兰草花”，没有说兰草花是“草”还是“花”。无数的英雄儿女，有的蹚过死亡，有的趴下，我们却深深知道，她（他）们都是天空的旗帜、大地的花。

汽车在薄暮中下山的时候，回眸一望，金刚台峰峦叠嶂，竹影绵绵，天光和地气华育英灵，金刚台体内的铁，体外的奇峰秀石，无不浑然天成，气韵妙合。

来金刚台，我们上了红色的一课：生动，丰满，铭记不忘。

“红”是一本书。

“红”是一本教科书，摊开在绮丽的山水之间，摊开在广袤的历史之间，摊开在英雄们清澈宽广的灵魂之间，得叫一代代人去阅读，去领会，去咀嚼，去感悟。

“红”是一本哲学书，有不尽的错综和矛盾，有无限的存在和永恒的精神，有丰盛的困惑和痛感，需要人们去剖析，去解读，去习得，去品鉴。

“红”是一本关于大德大爱的书，是精神高空圣洁的白云，可以擦拭琐碎的生活，可以拂拭缺少光泽的内心。

以性情去悟，以执念去悟，以热爱去悟，以尊敬去悟，深深地呼吸，沉默正靠近庄严，寂静正靠近伟大。

青山如骨，百里含香

从我所在的皖西，循着大别山蜿蜒的山脊向南游目，你会发现山势越来越奇，山姿越来越灵秀。

等到了皖西南的百里镇，放眼再望，群山错落，涧水潺湲。尤其是天空晴好的日子，一重一重的峭岭，层层叠叠，云雾半遮半掩，峰顶时隐时现，扑朔迷离，神秘莫测，让人不得不怀疑那奇山秀水之间，藏着无数的神仙。

果然，这山水之间就藏着神仙。她的名字我仰慕已久，只是未曾谋面。

终于有一天，我打起行囊，乘兴而来，有缘终会相会，有心总能得见。她是我想象中的模样，清新而优雅，有优美的身段、姣好的容颜。在人间福地百里，她过着原汁原味、原生态的山居生活，像不染尘埃的一株翠柳，每一阵风后的拂动都飘飘似仙。最重要的，她还一身的书卷气，写得一手好诗！读过她的诗篇，清丽隽永，回味悠长。我也就是奔着因诗歌而结下的缘分，才来百里一游，会晤这温暖的诗情。

峡谷中间一栋红墙灰瓦的二层小楼就是她家，山谷空旷处，大片大片方方长长的油菜田是她的庄园。她一手经营着广袤的良田，一手经营着优美的诗篇，日子过得如轻风坡下，明月山前。

我惊喜道：原来这就是你的生活！红尘三千，你不远不近；三千红尘，你不即不离。你耕耘这么多的庄稼，又不陷没在劳作里，你写这么多的诗文，又不脱离土地，你是怎么做到的？累不累呢？

她一笑，灿然两排整齐的牙齿：只要是耕耘，自然都是累的，哪一个农民不辛苦呢？耕耘土地也好，耕耘文学也好，都必须付出辛苦，但，一切管理有序，日子依然香甜。你不觉得农民的笑是最朴素而厚重的吗，你不觉得山村的生活是最接天风、最接地气的吗？

她说起话来那么好听，不抑不扬，不顿不挫，像浅滩过水，舒缓温文。

她接着说：我与群山比邻，与花香为伴，想不写诗都不行，诗句都从手指头往外冒呢！你看，站在院子中央就能望尽千山，鸟声不绝，庙宇不远。有那么多生灵为我歌唱，有那么多佛保我佑我，想不幸福都难！每天，欢乐的节拍在心头激荡，堵都堵不住呢！

这一晚，我在山里住下，她的厢房透着橘黄的柔光。

是夜，清风徐徐，明月正好；是夜，油菜花正赶趟儿穿越属于自己的春天。

漫步在门前小径，徜徉在山道边缘。天地都睡了，只有夜虫在四面八方的黑暗中嘀嘀咕咕，声音神出鬼没。

突然感觉脱凡出尘，心无一丝杂乱，每一个细胞都坐享安宁。

心静了，世界就清晰了。听觉、视觉、嗅觉都特别灵敏。听得到花骨朵里头即将面世的嫩蕊穿衣戴帽的声音，看得到遥远的某处农家窗户里溢出的温馨，嗅得到花香之外青青麦苗淡淡的体香，意会到它渐渐鼓起的嗉囊。

心一静，诗句就生长了。从来没有那么强烈地感觉到想要作一首诗，平仄声韵开始从肌肤的每一个毛孔喷薄而出。

你如约而来
穿那件浅色的西装
一身的青草气
小径两岸油菜花盛开

你说，如果我收了你的花
就站在了你的封地
你微笑
笑里有香味散开
笑里没有一丝尘埃

作完诗，突然明白这个百里的诗人为什么会有那么汹涌澎湃的诗情！

在百里，只要你安静地生活着、劳动着，诗就会找上门来，定让你成为一个诗意的载体。

迎面走来一个人影，近了才发现也是一个散步的，三言两语就聊到一块了。当他得知我是到女诗人家做客的，便更有了交流的话题。他与她熟识，对她的情况比较了解，就说到她老公患病去世的事情。我惊诧中，他又说她母亲也去世了，都是近两年的事情。怎么会呢？发生了这么大的变故，她依然如此沉稳，并且文风未改，那一副肩膀怎么扛起来的呢？

散步的这位先生若有所思地望着远山的暗影，幽幽地说：山里人，有啥扛不住的？

突然有所悟，是呀，大山能够撑起天地，山里的人有什么扛不起来的呢？在山中活一辈子，大山的精神都长到骨子里头去了。

家庭的事她不跟我提起，我也就缄默不问。我们依然只谈农田，只谈文学。谈到尽兴处，她说：这山是我的，水是我的，黄的绿的原野是我的，红的粉的花朵是我的，我就是百里，百里就是我！上天已经如此眷顾，还有何不知足的呢？

她开始朗诵自己的诗文：

没有哪一片天空不蓝如水晶
没有哪一寸山峦不绿意充盈
三千寨，红尘脱俗
三千寺，钟声随风
百里的长河，贯穿古今
百里的曲子，萦绕人生

突然，我发现面前的诗人与百里融为一体，你中有我，我中有你；突然发现，百里的山，百里的水，百里的风，百里的山寨，百里的长空，处处皆美，处处盎然生机。

原来，诗人就是百里，百里就是诗人！青山是她的骨骼，花香是她的肌体。原来，百里不是一个小镇，她是皖西南的明珠、皖西南的宝贝、皖西南土地上最美的精灵。

终于，我决定忘掉她的名字，忘掉所有诗人的名字，只记住“百里”。

终于，我只记住一个标签：青山如骨，百里含香。

印象北国

火车飞奔，一路向北，蚌埠站、徐州站、天津站、秦皇岛站、沈阳站、哈尔滨站、佳木斯站……大大小小站台上滚滚的人流和烟火气，都被我们甩在身后，一片一片的白桦林、玉米地、水稻田迎面而来。我们最终要抵达的，是时光缓慢的东北极地——抚远三角洲，开启一段向往已久的旅行。

一

第一站是黑瞎子岛。我们步入中华人民共和国东北边角最后一寸国土，这里是中国最早迎来太阳的地方，立着中华人民共和国与俄罗斯联邦国界东段界桩。

两国交界处，大片大片的苇草蓬蓬勃勃，在7月的风里泼洒着生命的力量。苇草是纯野生的，没有人栽种，更无人收获，绿秆黄穗，半米多高，连绵起伏，波涌天边。颇感意外的是，当地居民竟也说不准草的名字，只知它年年生长，岁岁繁茂，春来秋去，蔚为壮观。

采下一株来，但见纤纤劲劲，袅袅婷婷，有着一毫不肯矫揉的自由和美丽，更有蓄在骨子里的帅气和淡定！

一群沿界栏生长的草，根扎在国内，头顺风歪到了国境以外；他国的草也不时地扭过脸来，向这边的大地点头致意。它们还把各自的种子，托付给不知姓名的风，漫天抛洒，分不清谁是谁的孩子，谁是谁的未来，四面八方铺满相同的绿色，像自始至终贯彻的信仰。

这就是自然，自然没有国界。

二

北大荒的夜，非常短暂。夜色像行色匆匆的路人，还没有来得及宽衣解带，舒舒服服睡一场，就又卷起行囊，赶赴下一程的旅途。才凌晨两点多钟，似乎才刚刚结束和朋友的对饮，就已见天光熹微。

穆君用诗句表达着诧异和欢喜：

沉沉的醉，
被午夜的阳光叫醒。
不知所措的，除了我，
还有北大荒的黎明。

我向外一看，果然，调皮的晨光正撩开布帘的缝隙，往房间里挤。阳光你干哈呀，是喊我们出去见识一下北大荒的白夜么，还是赶着跟我们捣乱？

漫步在前哨宾馆前后，四周的野花谦逊，不着盛装，也清新可人。远处，防护林小心地护着田野，高低有致，礼数周全。40 年前，响应领袖号召的知青们来这里垦荒的时候，想必野花也有，但田一定不是这样的田，路一定不是这样的路，房一定不是这样的房，风也一定不如今天的风这么温润。

大路对面有个人影，猫着腰，仿佛在视察草地和露珠。我踏上仄仄的小径，挤过密密的青草，走到他近前。

这儿是一片菜园，蔬菜在晨光中绿得赏心悦目，就连刚出芽不久的豆苗，有的还没有站稳脚跟，就已经绿得像模像样。那男人低着头，用小铁铲把野草撅起来，丢到一边的草丛里。他动作那么温和，神情那么谦卑，似乎不是在除草，而是在向庄稼膜拜，头抬起来望向我的那一刻，手下都没有一丝凌乱。我约莫今天这园子里的每一根黄瓜、每一颗大豆、每一个辣椒，都收到过一份他温柔的疼爱。

三

那人告诉我，他是知青的后代。

当年，他父亲还是上海某校的一位在校生，就联合十几位同学给上海市革委会写信，主动要求去北大荒。知青北上的热情空前高涨，他们带着“建设边疆”的一腔热血，唱着“好儿女志在四方”的豪迈战歌，远离家园，奔赴那片神奇的土地。

站台上，亲人相送，一边是眼泪，一边是欢笑。年轻的人们踏上呼啸的列车，辗转颠簸，来到这人烟稀少、沼泽遍布的浩瀚荒原。

据统计，20 世纪 60 年代，全国大约有 54 万的城市青年到达北大荒，席卷着，澎湃着，完成了一次浩浩荡荡的大迁徙。这在人类历史上，恐怕是前所未有的。

北大荒广袤的土地上，到处可以看到身穿绿色兵团服装的知青，他们过着半军事化的生活，凌晨操练，劳动时打着旗帜，唱着红歌，列队进入地号。经常是“早起两点半，晚上看不见”。这些青年，初次离开课堂，很多还没有长大，还是孩子，在极其恶劣的生存环境中，经历着之前从未预想过的艰辛和严酷，痛苦和纠结可想而知。他们的风和雨、血和泪、悲与壮、情与思，他们的酸甜苦辣，都深深记录在黑土地上，留在了那段激情燃烧的岁月里。

知青改造北大荒是一段冷冷热热的历史，在黑龙江农场总局的档案室里，有关知青的记载材料，堆得特别厚。各种故事，各样人生，倾尽万语千言恐怕难书其一。

总之，很多人献出了青春，献出了热血，献出了生命，献出了自己，甚至献出了子孙。时光流转，经过一代又一代无数人的奋斗，终于让北大荒有了彻底的改变。

如今的北大荒，已不是旧日模样。

虽然当年的“小芳”们都已经变成了老太太，北大荒却变作小姑娘。她是如此美丽，周身停匀，骨肉芳香。现代化农业，网格化管理，北大荒成就了现代农业的旷世传奇，如今北大荒被人们称为“北大仓”，是全国最大的绿色农业基地，出产全国四分之一的粮食，不仅是绿色粮都，而且沃野千里，嘉禾无垠，风景如画，它是祖国北方最美丽的一道风景线。

四

参观二道河农场“万亩大地号”。

一片土地，就是一万亩！你可以想象那种广阔、那种震撼吗？

放眼望，天地一线，绿海汪洋。往那稻海边一站，怎么着，心瞬间能长出轮子，飞一般向视野之外奔跑。

面对万里平畴，平时难以释怀的那些小情小绪，小恩小怨，小名小利，刹那间被扫地出门。天地之大，碧空之净，能够荡涤一切尘埃。风过波涌，目光逐浪，自然广袤如此，恨不能留住万载时光，捐弃肉身，立地成佛。

好喜欢这里的天空，悠游地飘着白云。来东北之前，刚从云南回来，云南的天空特别蓝，云朵一大团一大团，白得耀眼。见了这里的云，才觉散淡、安逸、自然而然，像极了现代北大荒人张弛有度的慢生活。

这里的天空是完好的，这里的大地是完好的。没有冲天的高楼阻断视野，没有混凝土森林切割平畴。天空温文地、友善地观照着大地，大地也以感念和顺随回报它的温情覆盖。

用钢筋混凝土立起来的，只是房屋，不是大地；用权钱立起来的，只是欲望，不是人心。最美的天空和大地，都是躺着的，最美的情怀都是匍匐着的。

为什么北大荒人的胸怀如此宽广，为什么北大荒人的奉献不可斗量，因为天空和大地。因为辽远和广袤是可以铺陈的，是可以传递的。人一到了北大荒，心就变得跟北大荒一样辽阔，品就变得跟黑土地一般厚重。

五

我来东北，最想做的一件事，是赤足踩一踩这里的土地。

我想知道这一片土地里，到底有多少爱、多少温良、多少忠诚，蕴含多少温柔与赤诚。都吃过抚远三角洲出产的大米吧？清香、洁白、软糯。有那么迷人的口感和质地，你就该明白土地的博爱，土地的美德。有美好的品性，才有美好的孕育。

一路向北，火车轮子在东北大地上穿胸而过，不间断地发出轰轰隆隆的声响，躺在软卧车厢里，脑子里有挥之不去的侵扰感。如此搅扰，黑土地一点都不焦灼，也不烦躁。黑土地是以厚德载万物的，黑土地因博大而包容。

世界需要什么，世界需要平静。像禅一样辽阔而贞淑的东北黑土，平静得像个婴儿。没有亲临三江平原的人，不会知道土地的深沉以及土地怀抱的安宁。密不透风的都市，早已被欲望不止的人类折腾坏了，无厘头的纷争，不止息的吵嚷，地球的局部痛苦不已。

我们的大地，乃至大地上的动物、植物和人类，真的需要适时安眠，需要永恒星空下苍茫无边的心境。可是，还有多少人在乎晨光熹微中那一抹禅的呼吸，那一盘蜘蛛网的思绪，那一株青草的叹息，那一颗滴露的清响？在物欲横流的世界，许多心灵已不会打坐，忘却修炼久矣。

7月，正是丰收在望的季节，黑土捧出的不仅仅是谷穗，更是生命和花朵。黑土地的丰收是以热血来计算的，是以赤诚来称衡谷物的斤重、掂量庄稼的骨头的。当阳光告诉土地“我懂你”、轻风告诉土地“我爱你”的时候，土地就笑了，丰满的谷穗淌出谷粒。黑土地是用真心酬报知己的。

人们洒下多少热情汗水，天公给予多少风和日丽，黑土地是心知肚明的。所以它捧出果实的时候，非常虔诚，它是把每一份收成都当作花朵，用双手举过头顶的！

黑土地是知情知意的。

六

见到了《乌苏里船歌》词作者胡小石先生，一头白发，精神矍铄。7月11日诗歌奖颁奖当天，碰巧是老先生76岁生日，前哨宾馆大厅里点起了生日蜡烛，唱响了《生日歌》。烛光映红的面孔上，那醉人的笑意，是乌苏里江的波光吗？

我们向乌苏里江靠近，贴着它的肌肤前行。导游介绍说，河对岸是抓髻山，山脚下是俄罗斯的卡扎雷斯沃村，与中国的乌苏镇隔江相望。乌苏镇，地处黑龙江、乌苏里江汇合处，是全世界最小的镇：常驻户1户，人口3人，却是中国最大的大马哈鱼渔场，黑龙江省90%以上的大马哈鱼都产自这里。

乌苏镇依着乌苏里江，像一个农家少女依偎在母亲怀抱，喝着江里的水，吃着江里的鱼，守望着无边的苍穹，听滔滔江水歌唱。

乌苏里江来长又长，
蓝蓝的江水起波浪，
赫哲人撒开千张网，
船儿满江鱼满舱。

夕阳西下，江里倒映着美丽的小船，我们哼着这熟悉的旋律，看水面万点金光，想象赫哲人喊着悠扬的船工号子，满载而归的情景。他们的渔网里，鱼虾攒动，鳞光耀眼。

河流，是人类文明的摇篮，人类每一处文明都与一条大河息息相关。乌苏里江以母亲般的情怀，千百年来养育着两岸的各族人民。他们的生活正如《乌苏里船歌》所唱，幸福的生活万年长。

七

河流，从来不以僵死的绳索捆绑大地，而以血流的热度亲近土地。

河流是土地的儿子，身上遗传着土地的基因，反过来又滋养土地。河流有土地的乌黑和厚重，有喂养世界的品性。黑，是一种旗帜。黑土地因为河流的滋养而格外肥沃，肥沃得哪怕把顽石埋进土里，都能开出花来。

没有来黑龙江之前，我和它的关系隔着一张纸：它是课本里令人心仪的一个词，地图上婉转曲折的一条线。因为上游叫漠河，我还一度以为它是一条冷漠的河流，没有热血、没有气度、没有动态、没有温柔敦厚的疼爱、没有穿胸而过的激情。而当我真正踏入这条河，站在这条河的脊背上，用江水洗手濯足之后，才突然领悟了它的宗教，嗅到它自由欢畅的呼吸，听到它思接万古的吟唱。

鱼，水里结出的果实。前哨宾馆的服务员小蝶，是土生土长的黑龙江人，她用浓浓的东北腔表达着土著的自豪感："俺这旮旯，江里鱼多得可以手抓瓢舀！"她用手比画着伸手就能抓出活鱼的姿势，像一帧鲜活的素描。

来黑龙江，伙食当然以鱼为主。到这里不吃鱼，那不是白瞎了吗？天天吃鱼，顿顿吃鱼：煮鱼、蒸鱼、烧鱼、炸鱼，大鱼、小鱼、胖鱼、瘦鱼，变着花样吃！我们舌尖上属于南方的味蕾，被一次次催情，若少女陷入热恋，陶醉在难分难舍的境界里。

导游是一个热忱的东北汉子，有憨厚开阔的脸庞，他工作一丝不苟，为了方便与我们交流，他一边解说一边退着步子走，阳光迎面照在他脸上。7月的太阳，即使在遥远的北方，也一样带着灼热的光芒，他红褐色的皮肤，在阳光下冒着油。那一刻，我的心头涌起崇敬，我看到了乌苏里人的热血和衷肠，看到乌苏里人对祖国的爱、对国人的赤诚。

这就是北方的人民，我的同胞。当很多人在繁华的大都市，在奢华的物欲中央，还在喋喋抱怨人生的时候，他们却在遥远的边陲，自豪地颂扬着我们的国土，守护着自己的家园，言谈举止间满是幸福和骄傲！

这，是北方母亲河养育的品性。

八

探访士兵，带着崇拜和敬畏。

走进哨所时，不是操练的时间，没有看到队列。有 3 个战士正在修理金属架，忙得来不及擦一把脸上的汗水，忙得来不及跟我们搭话。

这是著名的“东方第一哨”。冬天气温低到零下 40 度，夏天蚊叮虫咬，寂寞时只能与滔滔江水为伴，更多的时间里，士兵们站成永恒不变的姿势，若界碑一般。他们的职责就是让祖国人民能够幸福地享受一切美好。他们把第一缕阳光迎进祖国，并且把这缕阳光用手捧着，像赫哲人撒开千张网那样，把光辉洒向 960 万平方公里的国土。

几个人配合十分默契，无须出声，一抬手一伸臂就能相互明白意图。看他们只顾埋头干活的劲儿，不像是在修理一架普通的铁栏，而像是完成一项庄严神圣的使命。

一只小鸟飞来，在一个战士的肩膀上停住，小鸟误以为他是一株茁壮的小树。小战士不再动弹，静静地接受小鸟的温柔站立。一朵白云刚好路过头顶，天那么蓝，云朵温柔得像一串絮语。小战士并不知道，此时白云、大树、房屋、铁架，给他搭建了一幅多么完美的背景。他和鸟儿，成为画面的主角，友好而诗意地构图于天地之间：手扶铁架，目光向远，肩臂挺立，若一座亘久不变的雕像。

我站在远处，读了他许久。我读懂了：这是咱们边境线上，守卫家国的一面美丽的旗帜！

我们没敢打扰他们，悄悄返身，去观望涌动的江水。戍边战士的赤子之心，在夕阳闪烁的江面上，泛着熠熠的光辉。

九

对北国的认知，绝不是电影里的几组镜头、书本上的几行笔墨就能陈述的。它需要你走进去，走进它的肚腹与心脏。只有把脚趾和眼睛根植在土地的脉搏上，你才算会晤了它；只有看得见，闻得着，摸得到，你才能真正感觉到大地的心跳。

这就像谈恋爱，人一辈子是需要轰轰烈烈地谈一次恋爱的。如果你都没有爱过，你怎么知道爱的深情；你都没有爱过，你怎么知道爱的温度；你没有真正聆听过，怎么知道血脉的偾张和骨子里的春雷？

春天的万顷碧绿，秋天的无边金黄，这是北大荒的颜色。还有一种色，赤红，如果你没看见红色，说明你还不懂它。亿万亩嘉禾之下，有一代一代建设者的热血和红心。

从1947年春开始，中国人民解放军就有4万复转官兵在日本开拓团遗址上，建起了全国第一个国营农场。1958年1月，党中央、中央军委发出《关于动员十万转业官兵参加生产建设》的指示，东北出现了10万官兵开发北大荒的盛况。一直到20世纪60年代，数十万知识青年开赴大东北，几十年来，热血的熔铸，汗水的浇灌，无数人的牺牲和奉献，让黑土地的腹部永远有红色的铁流在暗潮涌动。

所以，去遥远的北方走走吧，北国的天空和大地一定会给你一份沉甸甸的厚礼。

怀远随笔

我对怀远最初的印象，来自上世纪80年代的大学校园。

一个胖胖的鹅蛋形脸庞的姑娘，憨憨的模样，和我并排坐在接新生的校车上，算是没进校园就认识了。巧的是，我们竟然在同一个专业、同一个班，还住同一个寝室。等到上课那天，按课桌上的标签就座，我们居然同一位。

她用过的练习本上有“怀远一中”，她的照片下面有“怀远东风照相”，她收到的家书信封上有“怀远县南大街”，她说话的时候，把“脖子”叫“胳肋甭子”，把“手帕”叫“手捏子”。从此，我与这个美丽的怀远姑娘成为闺蜜，携手度过最好的大学时光，并成为终身的挚友。

看电影的时候买点零食吃，这是姑娘们热衷的，边吃边看，特享受。每次我手里的瓜子或者花生吃到最后一枚的时候，昏昏的暗影中，就会有一把新果落到我的手心里，她的细心是同龄的女孩少见的。冬天，厚重的被褥我洗不动、拧不干，都是她帮我洗晒。最寒冷的日子，刚洗好的床单，一出水就是一层冰凌，我的手瑟缩着，躲躲闪闪，她却不怕，果敢地把手放上去。她学习时，有一股子不达目标不放松的犟劲，有时为强记一长篇文言文而大半夜不睡，为读完一部长篇而彻夜不关床头灯。有一次，她路上被一个踢球的男同学撞到，疼得直喊，我一看踝骨上的皮都掉了，拔腿就要撵上那个人算账，她一把拉住，一边流泪一边说，人家也不是故意的。

她的名字叫素华，朴素无华是她的写照。于是，在我最初的印象里，“憨厚”“勤劳”“质朴”“积极进取”“与人为善”这些词，成为怀远最清晰的标签。

因为与素华的相知，一直对怀远有一份天然的亲近。在六安做葡萄酒生意的陈君，与我堂兄住隔壁，一来二去也成为朋友。那年陈君邀请我和几位朋友去怀远某石榴酒厂参观。

正是石榴丰收的季节，我们参观了涂山石榴园。走入园区，就像走入一个鲜果的王国，粗粗细细、高高低低的枝丫挂满了石榴，放眼无边。红的鲜艳，白的素雅，参差错落，颜值高不可攀。陈君说，高品质的石榴酒就来自这些天然的、无公害的优质石榴。

怀远是石榴的天堂，说来也真奇怪，同样的品种换一个地区栽种，果实的质地和味道就大不相同，颇似淮之南的桔与淮之北的枳，真乃一方风水一方风物。也许，这是上苍有意安排的，其中的道理，凡夫俗子们不必用常理来分析。

站在10月的石榴园，我的思绪跑到5月去了。5月的灿烂，想必天上的云霞都羞于媲美吧？火一般的榴花孕育的果实，经过一整个夏天的激情燃烧，锻造出“玉石子”和“红玛瑙”，装在石榴的肚子里，日月一盘棋，乾坤藏于胸。看着满园的石榴沉沉地低下丰盈的额头，思考着自己的来生和去路，我真想告诉它们：能吃能赏，还能酿出美酒，生命的成功莫过于此，没有虚度！

石榴酒厂，果实如山。看那些石榴被机器破壁，露出晶亮红艳的子息，心中竟生出几分不忍。然而石榴们倒是自然而然，毫不回避，一路奔向前方，带着坦然，带着心甘情愿，我便放下担心，微笑着目送它一路前去，走向生命的另一端。

车间主任介绍说，破壳去皮是制作石榴酒的第一道工序，接着压榨机将石榴的籽核与汁液分离，再经过杀菌、过滤、提纯、澄清等数道工序，留下的才是真正可以酿酒的石榴汁液。

石榴汁添加酵母发酵，石榴汁液在温度适宜的特制钢罐内幸福地酝酿。从鲜妍明媚的自然果，到清冽醇香的石榴酒，这是一种深刻的嬗变。石榴觉得，一种形式的生命未免单调，生命的多元化呈现，是一种高贵和富有。很多人做不到，石榴做到了。难怪它那么顺其自然地破了身子，碎了骨子，毁了面容，改了性情，换了格局，只为的是——华丽转身。原来，它比人类更早地领悟了生命的真谛。

我们到展厅品酒。高脚的玻璃杯，轻轻摇晃，小啜一口，美好停在舌尖上，久久不去。淡而浓郁，清而持久，不媚不俗，俊逸超拔。那滋味儿，萦绕唇齿，袅袅于心，渗透骨髓。顷刻，来自天地的恩赐、日月的光泽，融入全身。

在这个时候，我心中的怀远，最鲜明的印象：丽质天成，娇憨清新，高格高标，浓淡相宜。

怀远乡下，有一位写诗的姐姐，神交已久，未曾谋面。她儿子结婚，成了我们相聚的理由，在她的村子里，我体验了一把地地道道的乡俗。

房前屋后，喜气盈盈。金秋的艳阳，照在果园，照在田埂，照在诗人姐姐家的灰墙瓦顶。乡村地点不金贵，门口场子大，容得下全村人前来道喜。

居然还演花鼓灯！

怀远花鼓灯大名远扬，据说在远古的夏朝就已经起源，大禹为了治水，从家门前三过而没有进门，不治好水，决不歇脚。终于，河流听话了，大水不再侵害庄稼。淮河两岸人民，为了感谢大禹恩德，在每年农历三月二十八禹王会诸侯的日子，云集涂山，通宵达旦，彻夜歌舞。一直听说过花鼓灯却没有看过，没想到乡村婚礼上有，颇为惊喜。诗人姐姐说："您就瞧好吧！"

大锣、大钹、小铙、小镗敲起来了，鹤颈号吹起来了，大王庄立刻包围在欢天喜地的氛围之中，"咚咚、咚咚"的轰隆声让人热血偾张。女主角兰花上穿绿褂，下围红裙，一手持扇，一手执巾，袅袅婷婷地走上来，扇花与步伐交织成窈窕的舞姿，一会像在打谷，一会像是筛粮，身手灵活，动作麻利，浓厚的生活气息跌宕在一招一式之间。

男主角伞把子上场了，先表演一段鼓舞，又展示一串的空翻，动作爽利，像落雨，又像打闪，把观众的情绪整个带动起来。歌声响起，男声高亢而粗犷，女声婉转而悠扬，一边唱一边舞，一边合作劳动一边互相挑逗，打情骂俏。男主角望风采柳，金鸡戏蝉；女主角眉飞含春，顾盼神飞。现场一波一波的叫好声。

有围观者插科打诨，在那起哄："老张家娶来了李姑娘，你说新娘子浪不浪？"舞者节奏谨严，阵脚不乱，新编唱词，即兴搭腔："张家的媳妇一十八，樱桃的小嘴雪白的牙；张家的媳妇儿水灵灵，你（小子）有那贼心没贼命……"诙谐幽默，风趣动人，霎时爆发出热浪般的欢笑声。

从没看过这样的演出，演员是演员，观众也是演员，台上台下连成一体，打成一片。突然间明白花鼓灯久盛不衰的缘由了，它是老百姓自己的生活、自己的艺术，每一个都可以是戏中人。表演场地简单，无须舞台，无须灯光，无须布景，麦场上、河滩边、坝坡旁、农家场院，但凡有空地的地方，锣鼓一敲，张口就来。想唱啥唱啥，想咋舞咋舞。不售票，不广播，不贴海报，只要鼓声一起，近的前后村，远的三五里，干活的扔下活，吃饭的撂下碗，三五成群，兴高采烈，叽里打滚赶过来，正所谓“锣鼓一响，脚底板发痒”。看花鼓灯既是消遣，又是放松，难怪老百姓爱到骨子里。

原来，怀远的豪迈粗犷，怀远的热烈奔放，怀远人骨子里的放松，怀远人性格中的铿锵，怀远的精气神，全在花鼓灯上。

今年 11 月，参加全省内刊联席会，再一次走进怀远。得知著名作家潘小平是怀远人，作协秘书长李云是怀远人，资深报人刘彬彬是怀远人……潘小平等人身上所体现的怀远元素、怀远个性以及怀远文化品质和文化精神，与花鼓灯似乎都有着共同的基因，那就是：阳光、率性、豪气，棱角分明。

怀远有悠久的历史，单“怀远”这一名称的沿用，就已经有 700 多年的历史。“涡口上环荆山，下连淮岸”历来为兵家必争之地，“荆山为城，义在怀远”取的是“怀念远方”之意，刀光剑影的兵家也有放不下的远方，这“怀远”二字即刻便有了“挂霜”和“毛茸茸”的双重概念，而潘小平“散文要挂霜，小说要毛茸茸的”之说，无意中竟在此处有了契合。此乃笑语，不必当真。

怀远的文化源远流长。夏禹文化、淮河文化、道教文化、楚文化等都曾在怀远的码头上停泊，桓荣、檀荣、桓郁、桓焉、桓麟、桓彬、桓彝、桓温等都曾在怀远的平原上仰望星空、俯瞰大地，别管他是经学家、文学家、史学家，或是帝师，都不影响狂放地抒情，尽情地畅想。天上的那轮明月上，至今还停留着他们的目光。只是，月亮比较中庸，比较低调，不动声色，你不仔细研究它，不剥开一些历史的风霜，不知道深浅。还有众多的古代遗存，缄默在博物馆幽暗昏黄的灯光下，它们所承载的历史、闪烁的熠熠光芒，只有你用心领会，才能感受其巨大的精神能量。

行走在怀远大地，阅读着古人今人的文字和脚印，越来越认清，怀远的精神是博大的、资源是丰厚的、宝藏是深藏的、文化是永远挖掘不尽的。

认识一点点打开，印象一层层叠加，这般感受的怀远，是否就是核心的、本质的怀远呢？还不敢说。

怀远小城，远之怀之。它的朴素、它的奢华、它的简单、它的厚重、它的清迈、它的真淳，以及许多仍然隐在身后的特质，一定会不断地、更为清醒而深刻地呈现在我印象的版图上。

第三卷　且铭且记

未名之名，刻在哪一块碑上，长街不语，大别山幽，史河水长。

九十年情深似海

——台静农与李霁野的交往

安徽省西部有一个叶集小镇，它南临大别山，西濒史河，位于史河弯冲积的一个肥沃小平原上。叶集镇历史上人才辈出，群星灿烂。台静农与李霁野，就是这片土地孕育的人杰。

百余年前，在叶集镇的南街，有一家经营粮食的商铺，名曰“台裕大”，前面是五间店面，后面是五间厅屋，与两边的厢屋构成一个四合院。后面接着又是五间大堂屋与两边的厢屋又构成了一个四合院子。1902 年 11 月 23 日，台静农就出生在这里。从台家往北走，过了十字街口，老街北段再走 50 米，也有一家商号名曰“李锦源”，门朝西，店面经营粮食，店后设有槽坊（酿酒）。三间店面房之后，是两边相对的厢屋各三间；后又是三间厅屋，与厢屋构成一个小院子。1904 年，李霁野就出生在这个院子里。

台静农与李霁野诞生在同一条街巷，同一方水土养育着他们。他们在狭窄的长街上，一起玩耍一起读书，度过童年的岁月，成年后又在异地一起求学工作，甚至在海峡对岸，他们还有段时间在一起工作，真情相处，互相支持。一直到 1990 年台静农逝世，在近 90 年的漫长岁月里，他们结下了手足般的情谊。

台静农长李霁野两岁，他们俩自幼好学。台静农后来不仅创作了大量的散文小说，而且还是颇有影响的书法家，论及渊源，台静农曾在《静农书艺集》的序中写道：“余之嗜书艺，盖得自庭训。”其父擅长书法，静农自小耳濡目染而爱好成性。他经常在自家书房里临帖。那时李霁野私塾下学回来，经常会来到台家，看台静农描红或临帖。有时临隶书的《华山碑》，有时摹颜鲁公《麻姑仙坛记》及《争座位》。临摹结束，两人就在一起背诵《三字经》《百家姓》《幼学琼林》，或者一起读《三国演义》等中国古典小说。这些儿时打下的坚实功底，为他们以后成为文学及书法大家，打下深厚的基础。

1914 年，台静农、李霁野由私塾转入叶集明强小学读书，同学中还有“未名四杰”中的另两位，韦素园、韦丛芜。当时，几个小伙伴的行动总是一致的，曾轰动全镇的剪辫子事件和砸佛像事件，他们都是积极的参与者。

有一次，他们瞒着家人，从李霁野家的酒坊里悄悄搬出一坛老酒，要比试比试。比赛开始，霁野喝了酒以后，转身偷偷将酒都吐到手帕上了；静农喝了一杯又一杯，却什么事也没有。结果混战一场，只有素园一个人大醉。后来他们知道台静农是海量，就再没人敢和他比试喝酒了。静农一生嗜酒，这段往事应是他早年的酒坛逸事吧。

有一个冬夜，在韦素园的家里，他们几个人围着火盆海阔天空地聊。谈人生理想，谈国家大事，谈社会新闻，还谈他们自己的嬉戏游乐，谈各自读的书或临的帖……他们一边谈话，一边不停地烧水泡茶，啜饮香茗。忽闻雄鸡报晓声，才惊觉窗外已经曙光初起，他们竟不知不觉欢谈了一个通宵。

台静农李霁野的手足情深是从幼年就建立起来的。李霁野曾感叹道：“童年！童年的友谊！这里含有多少迷人的美，多少令人永远神往的力！”

1917 年，台静农于叶集民强小学毕业后考入汉口大华中学。

1919 年，李霁野以优异的成绩考入公费的阜阳第三师范。

他们各自在学校里都受五四运动的影响，对学校不甚满意。1920 年夏，台静农离开汉口，去了北京大学中文系旁听。1921 年，李霁野因为张贴一些宣传共产主义的材料，校内就有流言，说李霁野和韦丛芜要把当时被一些人称作“洪水猛兽”的共产主义思想引进阜阳第三师范。为此，他愤然离开学校，1923 年春，李霁野到了北京。台静农、李霁野这两个好友在北京又聚在了一起，他们学习上互相帮助，经济上相互支持、互相帮扶。李霁野先自修英语半年，后转入了崇实中学学习，再后来进入了燕京大学深造。是友谊给了他们勇气、希望和信心。

他们在北京期间，经济虽然窘迫，但大家聚在一处经常乐而开怀。台静农性格幽默，不拘小节，“且乐生前一杯酒，何须身后千载名”，1924 年春天的一个傍晚，为庆祝李霁野翻译完《往星中》，他们想看卓别林演的电影《赖婚》，可是没钱。台静农急中生智，当了件衣服，看了场电影还吃了一顿烧烤。台静农邀朋友喝酒都有理由：若是天热，他说喝酒解暑；若是天冷，他便说酒可御寒；路过朋友家时，酒兴发作进门就问："有没有开了瓶的酒?"老友路过门前拎着小包，他就喊："有好酒丢些下来!"颇有"一生大笑能几回，斗酒相逢须醉倒"的潇洒。

1924年，台静农和李霁野经小学同学张目寒的介绍，初识了鲁迅先生，此后的11年里他们始终和鲁迅保持着深厚的师生友谊，尤其是台静农，即使鲁迅在上海时，他们的通信往来依然频繁。查阅《鲁迅书信集》，可以发现鲁迅写给台静农的信有39封之多，另外还有3封是给台静农和李霁野两人的。

1925年夏天，在鲁迅提议下成立了"未名社"。这个文学社团，成员有6人：鲁迅、韦素园、台静农、韦丛芜、李霁野、曹靖华。台静农这时期的创作以短篇小说为主，兼写诗歌、散文，多载《莽原》半月刊、《未名》半月刊等刊物。1928年结集《地之子》，1930年结集《建塔者》，均为短篇小说集。这些作品为鲁迅所赏识，并赞其"贡献了文艺"。《地之子》中小说14篇，基本上都从故土民间取材，有浓厚的地方色彩，由此台静农成为乡土文学的代表作家之一。

李霁野这时期主要从事翻译工作。1928年4月"未名社"被国民党当局查封，李霁野和他的另一位朋友因翻译《文学与革命》一书被捕。5月，台静农受李霁野之牵累也被捕下狱，同被关了50天。在这段囚禁的日子里，他们亲身感受到旧势力的黑暗与暴虐。夜里，牢房的气氛尤其恐怖，细细的呻吟，凄厉的喊叫，让人不寒而栗。后幸得台静农的朋友常维钧在狱外四处奔走营救，加上鲁迅先生的帮助，才得以取保获释。台静农重友情如生命，他与李霁野情深义重、情同手足，虽受牵累被捕，却无任何怨悔，并戏说和李霁野不仅是同乡、朋友，从此还多了个名称"牢友"。

1925年夏"未名社"成立到1931年秋"未名社"解体，这7年时间是台静农、李霁野的重要人生阶段。他们已从伙伴变成战友，共办"未名社"，共展宏图，共同入狱，共赴国难，他们的友谊更加坚实深厚了。

1932年，李霁野在天津河北女子师范学院英语系教书，12月13日清早，他正准备去上课，朋友孔另境打来长途说："台静农突然害病，病情十分严重，请你赶快前来!"当时说病是一种隐语，李霁野马上想到台静农被捕了。他一面思考，一面略加准备，立刻坐火车去北京。

据说那时台静农房里有间仓库，平时无人居住，只存放些杂物。卫队从这屋子角落一只旧藤箱里搜查出“炸弹”（也被称为“新式炸弹”，指的是“共产党宣传品”）。台静农经常在这里为同乡或亲友存放东西，随存随取。他说不清这只箱子是谁存放的，更不知箱子里是些什么东西。所以搜出“炸弹”时，台静农无以对答。特务们把“炸弹”和前些天发生的一起暗杀事件联系起来，所以事态就变得尤其严重了。幸而内外有人，机智地出手相助，谎称查明“新式炸弹”只是一件制化妆品的小仪器，这件大案才以有惊无险收场。这次斗争中，台静农、李霁野都差点丧生。他们的友谊在一次一次入狱与脱险中，更加深厚，诚可谓“刎颈之交”。

1943年，李霁野因受日军迫害离开北京辗转至重庆，经曹禺介绍，在北碚某大学教课，次年夏天到四川白沙女子师范学院去了。他到白沙女师时，台静农已先他来这里了，这两个根茎相连的老友，又一次从分离到聚首了。

台静农、李霁野是文化人，有棱有角有个性，1946年白沙女师院闹学潮，教育部下令解散学院，为抗议这一野蛮行为，台静农毅然辞去教职。1946年3月，李霁野也离开白沙。

1946年9月，应许寿裳约，李霁野启程赴“台湾省编译馆”任编纂。“二二八”起义后，编译馆解散，他又转台湾大学任教。得知台静农在内地艰难，1946年10月李霁野和魏建功写信召其来台，于是台静农携家带眷千里迢迢到了台湾。那段时间他俩都在台湾大学工作，又像当年在四川白沙那样，情同手足地生活在一个校园里。

不料风云突变，1948年末许寿裳在台北寓所被杀，1949年4月，传闻当局要抓捕李霁野。危险中，李霁野只好挈妇携子惶惶出走，于1949年秋经香港回到大陆。

台静农与李霁野最后一次见面是在1949年春的台北，他们似乎明白这一别意味着什么，一杯老酒，两行浊泪，他们沉痛握手，依依话别。此一别后，两人海峡相隔，天各一方，40年再也没有见过面。

为了避免政治上的麻烦，台静农与李霁野只有通过在美国的亲人间接通信问询近况，互报平安，有时辗转寄送录音带，把自己的声音传给对方。1977年12月，台静农托女儿从美国寄了两个条幅给李先生：一幅是题录李霁野旧诗《幽居》的书法，一幅是台先生画的梅花。在梅花条幅上，有两句诗“孤灯竹屋清霜夜，梦到梅花即见君”，这是宋人的诗句，台静农先生将之题在自己的梅花小品上，远隔重洋、辗转万里寄赠给李霁野先生，表达了他的强烈思乡和怀念故友之情。1986 年台静农又寄来了他书写的自作绝句多首，李霁野从中选出一首表现祖国之思的，送给天津书法家协会，供他们刻在蓟县长城碑林上，给老友留下个久远的纪念。

1990 年 10 月 9 日，台静农因癌症逝世于台北。噩耗传来，李霁野陷于深深的悲痛，他写了一篇沉郁而深情的小文《永别了，静农》表沉痛哀悼。一年后他又写了一篇风格独特的散文《记梦》。文章以杜甫《梦李白》中的两句诗“故人入我梦，明我长相忆”起始，记述了他梦中返回故乡探看老友旧居，并在四川白沙见到台静农的情景，全文且喜且悲，亦真亦幻，读后让人唏嘘不已。

1997 年 5 月 4 日凌晨，94 岁的李霁野先生在天津去世。

台静农与李霁野是终身之交。读小学时，他们是叶集明强小学一班的同班同学，他们结伙“造反”，“剪辫子”“砸佛像”不胜其乐；上中学时受五四运动影响，在阜阳共办《新淮潮》《微光》，两人共同发表公开信，要求解除父母包办的婚约，意气方遒；后来共办“未名社”，连环被捕；抗战时期同在四川白沙女子师范学院教书；1946 年 10 月到 1949 年 4 月，他们又在台湾相伴相惜。台湾一别，分离在海峡两岸的 40 年里，他们间接通信，互相牵挂。从童颜到鹤发，他们的友谊有近 90 年的历史，从 20 世纪初在同一条长街上出生，到 20 世纪 90 年代相继辞世，他们的友谊几乎跨越了整个 20 世纪。

如今，两位先生已先后故去，音容虽渺，精神永存。他们给后人留下的宝贵遗产，除了他们的学问、著作、操行外，还有那种令人感奋的人间真情。今天我站在两位前辈生活过的叶集长街，虽市井面貌与百年前殊异，但他们的精魂似乎还在故乡徘徊。因为，故乡是一个人的根，他们的步伐无论走多远，他们的根深深扎在故乡的泥土中；他们的音容无论走多久，他们的英名在我们心中永存。我们爱他们，尊敬他们，回忆他们，并且永远怀念他们。

故乡的况味

三联书店出版的《龙坡杂文》，收录台静农先生的小文《谈酒》。全文不足2000字，却颇值得玩味。读此文时，我坐在省立医院的长椅上等B超，很漫长。那么多人病着，都等待，都焦急，拥在走廊里，一片嘈杂。适逢《龙坡杂文》带在身边，翻开来读，四周顿时安静下来，人声远了，疾病亦远了，唯台静农与酒，近了。

静农爱酒，喝过不同地方的酒，却最喜青岛产的苦老酒，是隔了很久不能忘却的味儿。普通的酒不外辣和甜，这酒却是焦苦味，而且黑，中药水似的。苦老酒无法和茅台、汾酒、兰陵酒、金波酒比名贵，台静农为什么非喜欢它？因为，它有十足的乡土风味。

“乡土”二字，是台静农心中永远的结，永远的病。背井离乡40载，所有能引起乡土物事怀想的，都是触动其大陆之思的机关。“忽惊此日仍为客，却想当年似隔生”，1946年台静农远赴台湾，直至1990年去世，有生之年再也没返过大陆。只当赴台为歇脚，哪晓自此无回路。台静农44岁到台湾，88岁去世，整整44年处海峡彼岸，他心中堆积的乡愁之高可比阿里山。

1936年台静农至青岛，国立山东大学校长赵太侔聘其为讲师，在此期间与苦老酒结缘。数年后友人从青岛来台，带来苦老酒，久违的一掬乡土味，勾起万千思绪，记忆中故乡的况味久久萦怀。“楼上灯火明濛，水气昏然，照着各人面前酒碗里浓黑的酒，虽然外面东北风带了哨子，我们却是酒酣耳热的。现在怀想，不免有点怅惘。”台静农惆怅、伤感而珍惜，记忆涌上心头，酒味拂拭不去。

酒是可以治病的，可以治身体的病，也可以治心里的病。发表于1926

年9月《莽原》第一卷的《天二哥》，就有这样的叙述：

他（天二哥）近几天身上有些不舒服。昨天下午的时分，觉着心里比平常还难过。于是他凑了四百文，都买了烧酒渴。酒便是良药，可以治大小病，这是他爹的爹传下来的。他说道："他妈的，有钱的老爷，刚得了头疼脑热的小毛病，就忙着请先生喝药水。要是俺，就是一场伤寒病，也不过半斤老烧酒就完了事。"

天二哥一喝酒，啥病都没了。在台静农故乡，私家酒坊盛行，酒并不贵，度数也不高。再穷的日子，也得喝几盅。正如鲁迅笔下的孔乙己，长衫破败，穷困潦倒，也时常温一壶酒，要一碟茴香豆，慢慢地饮。

不必言酒健体强身，对天二哥、孔乙己之流而言，多不过是酒透人心，忘却烦恼，忘生之艰难，解一时之忧。中国自古不就有"何以解忧，唯有杜康"之说么，是也。台静农家乡皖西叶家集，自古商贸繁荣，有古方烧酒传统，台静农自家就有制酒作坊。酒，连同故乡一起，扎根在他的骨子里。喝苦老酒，能喝到乡土味，台静农所爱不是"味"，他爱的是味中的"乡土"。

还有另一重意义。我疑惑想家的味道也是焦苦而黑的。焦虑，苦涩，无天无日。没有一丝光亮可以暗示他，哪一天回到故乡去。

1946年，台静农就职的四川白沙女子师范发生学潮，为了支持师生的正义行动，他愤然辞职。在生活没有着落之际，他接到好友许寿裳聘请，赴台湾大学任教。赴台只是暂时栖身之计，静农自书"歇脚庵"小匾挂于书房，意思很明白，在台只是歇歇脚而已。可是随着政治形势日趋凌厉，回大陆的希望日渐渺茫，"丹心白发萧条甚，板屋楹书未是家"啊，这是台静农心中一包难诉的苦水！

某年一家大酒坊，年终因酿酒的高粱预备少了，不足供应平时的主顾，仓促中拿已经酿过的高粱，锅上重炒，再行酿出，结果，大家都认为这比平常的酒还好，因其焦苦和黑色。

这是青岛苦老酒的烧法。其实，台静农并不是写烧酒，他是写一种生活。这是他熟知的生活，一种寻常的百姓的生活，一种街坊邻里家家都可能遇到的情状。家中缺粮了，拿煮饭的锅底（烧煳的也行），加加水，煮一锅稀糊，这就是日子。这是最揪人心，也最暖人心的乡风民情。

静农先生老家对面的王二秃子，有幸粮食收成不错，自己酿酒。土法子：蒸米饭，冷水过清，拌酒曲子，装入大瓮，中间扒出窝窝，棉絮焖上。可是，发热过火，酒糟一片橙红。舍不得丢掉啊，那就喝糟酒呗。饭馊了也吃，豆腐臭了也尝。说不准，臭豆腐不还成了名菜么?

台静农居于歇脚庵，岁月风蚀，时光苦度。最后，歇脚竟变成了久居。

这种割离的疼痛，不身在其中，如何能够懂得。与台静农同时代的诗人刘半农，旅居英国期间，创作过一首词《叫我如何不想她》。天空明净，大地宽阔，云儿在天空中飘着，微风，吹乱了头发，唤起诗人对故土和亲人的无限情感，不由一声感叹："教我如何不想她?"倦鸟恋林，游子思乡，台静农心中一定千万次呐喊过"叫我如何不想她"，只是他的性格内敛，不同于刘半农的轻松诙谐、不拘小节。

台静农不仅能从酒中闻到乡土的气息，若大陆有人来，布缝里携着乡风，他从空气中都能闻到。

朋友们常说，偌大年纪，经事也不算少，能写点回忆之类的文字，也是好的。我听了，只有苦笑，蜗居一地过着教书匠生活，僵化了，什么兴会都没有了，能回忆些什么呢？但也有意外，前年旅途中看见一书涉及往事，为之大惊，恍然如梦中事历历在目。

《龙坡杂文》序中，台静农陈述自己的老态之心，已无任何兴会，这只是假象，是陈久的压抑僵化了一颗拳拳之心。所以旅途中一个小小的机缘，仅仅一本书所涉及的往事，就让静农先生"为之大惊"，旧事"恍然如梦"，曾经的一切"历历在目"。足见，"尘封"只是个结子，"结子"背后是汹涌的乡情。

台静农在台湾大学中文系教国文，他致力于先秦、魏晋、唐宋文学研究，课程主要是讲授《楚辞》。他这样诠释"离骚"二字："离"即是"遭遇"，"骚"就是"忧愁"，由此可窥台静农的心境。1948 年许寿裳在台北家中被害，1949 年国民党退居台湾，中国政治局势复杂而紧张，台静农困局在身。他把精力倾注于书画篆刻，在《静农书艺集》自序中，他坦言："教学读书之余，每感郁结，意不能静，唯弄毫墨以自遣……"

台静农在书画方面取得了极高的造诣，撰文不多。他把游子的哀恸、思乡的情感，都裹挟在笔墨和文字之间。"日暮更移舟望江国渺何处，明朝又寒食见梅子忽相思"，见梅忽相思，遇酒叹往事。

台静农喝一辈子酒，万千情愫，尽在杯中。

那薄如纸的时光

一

台静农先生立于街头，对面是南哨门的牌楼，牌楼上的飞檐、彩漆、雕花依稀可见。身后是一溜土墙瓦顶的商铺，红漆门板，门头上高悬“台裕大粮行”五个行楷，白底黑字，神气庄严。

这里是大别山脚下古老的叶集小镇，小镇有指南指北的五里长街，台静农先生的家就住在这条街的南端。“台裕大”台家商号，是一条街上最惹眼的老店，台静农先生站在自家的招牌下，口衔烟管，神态安详……

这一刻，几十年的时光薄成一张纸，千万里的距离短若一根烟。

台静农先生青布衣衫，金丝眼镜，镶银烟管，身姿挺拔。我轻轻喊了一声“静农君”，他就姗姗步下阶石，向我走来。他的身后跟着天二哥、秃子王五、翠姑、银妈……这些人，我全都认识：他们从台静农先生的小说里走出来，操着叶集方言，带着叶集味儿，一颦一笑尽是叶集风情……

小说集《地之子》摊开在我的书桌上，台静农先生没有走远，他小说里的人物也一直活生生地在。只要一翻书，这些人就以各具特性的方式向我们走来。

我说：静农君，您走了 24 年，今天终于回来了？

台静农先生说：不是 24 年，是 44 年。

台静农先生说 44 年，指的是他从 1946 年离开大陆，44 载客居台湾，直到 1990 年。1990 年，静农先生仙逝，44 年，是游子断根的距离。从那时候到如今，又已经过去了 24 年。24 年，是他与我们天人永隔的距离。

而此时，所有的距离都不是距离，因为，咱们共同的小镇，风连风，水连水，土地连着土地，乡音连着乡音，血脉连着血脉。在赏阅《地之子》的静静夜晚，我与台静农先生超时空地相遇，看见他站在了故乡的土地上。

台静农先生回来了，回到叶集，回到曾非常熟悉的五里长街，正安详地站在门口的街道上……

我们缓声慢语地聊：聊着时光，聊着离散，聊着文学，聊着久远的回忆，聊着绵绵不绝的乡土乡情……

台静农先生用文字写活了古朴叶集的普通百姓。那些有权有势烜赫一时的各色人等，走马灯一样匆匆掠过，像燕子飞过、鱼儿游过，大多没有留下痕迹，而好些名不见经传的叶集百姓，却留在文字里，活在文学中，有了他们永恒的生命力。

文字，是一把刻刀，把转瞬即逝的时光刻下来，留给后人。

二

突然发现台静农先生离我那么近。

2010年，北师大黄开发教授寄给我一本《未名社作品选》，是“中国文库”系列图书的一本，两寸厚的一本大书，收录了“未名社”成员相关作品，其中包括台静农先生的《地之子》《建塔者》等。我沿着一张张薄纸铺就的路，虔诚地迈进去，迈进台静农先生的小说世界，迈进了20世纪三四十年代的叶集长街。

叶集镇地处大别山南麓，史河岸边，水土肥美，商贸繁荣。旧时不足5里的狭长街道，商埠林立，民风淳朴。叶集最繁华的地段叫十字街，十字形交叉的街道往南走100米，就是台静农先生的家了。

台静农先生1902年出生，其父是叶集著名粮商，经营米店兼及米酒，家境殷实，为人敦厚，台静农先生自幼接受了很好的教育。孩提时代，他就读于北街民强小学，与李霁野、韦素园、韦丛芜同一所学校。

20世纪20年代，他们相继离开叶集到异地求学，但命运总有那么多机缘巧合，几年后这几个从叶集小镇走出去的年轻人，一同聚在了鲁迅先生的麾下，成为中国现代文学史上著名的文学社团“未名社”的骨干。

“未名社”1925年成立于北京，在新文学运动中产生过巨大的影响，台静农、李霁野、韦素园、韦丛芜这四个叶集青年在鲁迅的引领和熏陶下一步步成长。“未名社”存续期间，工作以译介外国文学作品和编刊为主，兼及文学创作。他们翻译了很多外国文学作品，尤其译介苏联文学，果戈理、陀思妥耶夫斯基、安特列夫的一些作品，都是他们译介到中国来的。他们还印行了《未名新集》，其中包括韦丛芜的《君山》、鲁迅的《朝花夕拾》、台静农的《地之子》和《建塔者》。

走进台静农先生的文学世界，如打开了一段旧时光。我看到好些似曾相识的面孔，他们身上有我熟悉的老街的味道，他们操着和我一样的乡音，越看越像我的七婶八舅表叔二大爷。他们的故事就发生在街前街后，他们的喜怒哀乐我深深懂得。在文字的引领下，我穿过许多岁月，走回久已尘封的往昔。

那不是前街天二哥吗，他没有职业，生活无着，孤苦无依，只得任由命运摆布，最终潦倒地病死；那不是小东门的四太太吗，她因遭兵匪祸害，失去了心爱的儿女；那不是为“冲喜”而嫁的翠姑吗，刚一过门，喜烛还没有点完，便失了夫婿；那不是孤老的银妈吗，她失去了儿子，执着地要为儿子放河灯，超度亡灵；那不是后巷的吴志强吗，恶霸士绅勾结警署夺走了他的妻子，还陷害他坐了大牢；那不是被抛掷荒野的弃婴吗，几十年来一直被野狗争食，从未被掩埋……

台静农先生缓缓地给我讲述着，讲述旧叶集街头巷尾的寻常生活，讲述这片土地苦难的深切，讲述密不透风的底层社会人们绝望的挣扎……

静农先生用指尖拨开时光，指给我看：这是瘸老伯常常倚靠着的那个栅门，这是老婶子聘媒人走过的那条巷道，这是赤贫的老妈妈为儿放河灯的那条汉河，这是经年闹鬼的那个凶宅子，这是弃婴被抛掉的乱尸岗……

台静农先生复原了小镇的某些日子，台静农先生刻录了小镇的某一段历史，台静农先生让皖西大地上名不见经传的小镇留在自己的挚爱里，留在后人的目光中。

三

1946 年 10 月，在好友许寿裳的邀请下，台静农先生渡过海峡到了台湾，在“编译馆”工作，后又随许寿裳至台大中文系任教。

刚到台北时台静农先生将自己的书斋题名为“歇脚庵”，意思是此来只是暂时的，休养生息，伺机返乡。不料时局的发展不以预料，他发现自己再也回不来了。

1948年2月，许寿裳被砍杀身亡，公布的是被暴徒所杀，但知识界的许多人认为是极右翼的特务所为，案子疑团重重，最终没有答案。台静农先生危机四伏，他意识到自己的困局，变得特别少言。除了授课，他就是写字画画篆刻，或者默默饮酒，过着寂寞而沉静的日子。

为了避免政治上的麻烦，台静农先生与国内几乎没有联系，他跟李霁野也只通过在美国的亲人间接通信问询近况，互报平安。他像断了线的风筝，飘在辽远的天空，心中无时无刻不盘旋着对故土的思念。

静农先生到了老年，思乡之情尤烈。一次，在台大的寓所里，他一边饮酒，一边与女弟子林文月聊天，当谈及北平时，静农先生非常动情，他拨弄桌面上的花生皮，摆放成他在北平故居的图样，他对依依故土的想念，在骨髓里沸腾。“最忆门前柳，闲居手自栽”，那门前的柳树还好吗？那故乡的亲朋旧友都还健在吗？每每忆及这些，台静农先生不免情绪波动，泪眼蒙眬。

天空飞过的青鸟，哪一扇翅膀上曾经沾染过故乡的尘土？檐前飘过的白云，哪一团飞絮可以将游子牵肠挂肚的目光带回故里？此时，静农先生想起了李白的《天问》，是的，他要饮酒，他要举杯，他要问一问天：今生今世是否还能够再喝上一碗故土的水酒，有生之年是否还可以再看一眼老宅旧屋，哪怕，就是在坍塌的废墟上抽一口烟、踩两脚泥？

1977年12月，台静农先生托女儿从美国寄了两个条幅给国内的李霁野：一幅录李先生的旧体诗《幽居》，一幅是自己画的梅花。在梅花条幅上，他题了两句诗：“孤灯竹屋清霜夜，梦到梅花即见君”。这是宋人的诗句，台静农先生将之题在自己的梅花小品上，远隔重洋、辗转万里寄赠给李霁野先生，不难看出他的忧思和寂寥。

1988年，作家聂华苓去拜访静农先生。聂华苓问：“台先生，你想回老家看看吗？”已是86岁高龄的静农先生一脸戚然，沉默良久，他语调沧桑地说：“走不动了。”

静农先生在台湾孤岛上忧乐歌哭44个春秋，1990年11月9日，台静农先生在台辞世。他曾在《台静农杂文·序》中写道：“身为北方人，于海上气候，往往感到不适宜，有时烦躁，不能自已。”这种无奈和辛酸，一直伴他到仙逝。

如果说，幼年喝酒是出于天真好奇，青年喝酒是因为慷慨豪爽，那么中老年以后喝酒，酒里头就容纳了太多太多的内涵。静农先生把一切能说的、不能说的人生况味都喝在了酒里，喝进了心里，也把一切能说的、不能说的人生况味都写在字里，画在画里，篆刻在金石上。正如台湾著名作家白先勇先生所说："他是一个沉郁太久的人呐！"

四

沉郁了那么久，静农怎么能够不回家？当肉体远离了灵魂，灵魂没有了羁绊，他注定是要回来的：回大陆，回故乡，回这片生他养他的土地。"故国青山一万重"，"一万重"已经不是障碍，一念间，他已经穿越。

我站在自家门口廊檐下就能望见他。

他也站在自家门口，"台裕大粮行"的匾额下。门口是一条窄窄的街道，南北延伸。我的家门距离台静农先生的宅第不足50米。只是，除了这50米，还隔着60余年的光阴。

光阴不是问题，现在它薄如一张纸，如果把时光像沙画一样轻轻抹去，我和静农先生是一条街上的近邻。

遗憾的是，我在长大成人的岁月里，对这一切全然不知。只在大学的课本里看到过鲁迅及其"未名社"，"未名社"里年轻人只轻描淡写地一提，并未引起我足够的注意。之外，我的父母，未曾提及；我的邻居，未曾提及；我的土生土长的老师，未曾提及。莫非，文化和文化人，在某种程度或者说某些区域人们心中，分量是那么轻？

我是土生土长的叶集人，叶集街头巷尾的真人真事或传说奇闻，倒是真听说过不少：土改怎么斗地主啦，粮食关怎么饿死人啦，"文革"怎么大批判啦，街道企业怎么兴起多年后又倒闭啦，很多牛人怎么失去了往日的威风啦等，甚至从南头到北头每家每户的房子里住着哪些人，他们的吃喝拉撒、婚丧嫁娶、谁谁流氓赌博、谁谁伤风败俗的事情都一清二楚，就是没有人告诉过我新文化运动时期，跟随鲁迅先生，写作和翻译过许多著作，著名的文化乡贤"未名四杰"就在咱一条街上。没有人告诉过我，台静农先生的旧宅就在离咱家50米远的地方，他不仅是"未名社"的干将之一，后来还是台湾大学中文系主任，书画篆刻样样精通，是咱们乡土文化仰之弥高的山峰！

不能怪，父母们邻居们可能真的不知道，不是要有意隐藏一些消息，文化以及文化人对他们来说一点也不重要，他们生活的年月，能吃个饱饭、过上几天安生日子就不容易了，嘴和肚子才是生命的要义。文化跟一日三餐和养儿育女相比，轻得可以忽略不计。但是，对于政府和文化部门呢，是不是该有那么一些传递和教化？

清楚地了解“未名四杰”的创作和成就，是在我主编叶集地方杂志《未名文艺》之后，知道了他们是霍邱叶集人，知道了他们是叶集小街上我的近邻。

所以，我特别想跟静农先生说说话，想告诉他很多故乡的消息。

我想跟他说，天二哥的生活好起来了，他已经可以很好地养活自己，还可以在街边自己的房子里吃着热锅子，哼着小曲；我想告诉他，失去夫婿的翠姑又嫁了人，过上了幸福的日子，女子再嫁已经被世人认可和祝福，不再偷偷摸摸没脸见人；我想告诉他，吴志强从大牢里出来了，他自力更生自主创业，现在成了企业家，再也不担心会被警署诬陷，现在的太阳很亮；我想告诉他，再也没有乱尸岗子，再也没有弃婴……

我最想告诉他的还是：故乡的大地上有一批文化的爱好者和传承者，他们读着静农君的小说，也从事文学创作，未名精神和未名文化有“燃灯者”，更有传承人。《未名文艺》已经办刊11年，培养了一批作者，文学在延续，文韵在流长。文学的力量还会不断壮大，文学的河流会越流越宽。

我想告诉他，故乡的土地上是有思念的，思念的声音经久不息。

李霁野的故土情

飞鸿倦旅，游子思乡，一个人无论离家多久多远，故土都依依难忘。故乡，永远是温暖的源泉；故乡，永远是内心最美的梦境。

李霁野是皖西六安这块热土的儿子。他 1919 年 15 岁时离开故乡叶集，到 1997 年逝世，近 80 载远离故土。当年鲁迅创办的著名的未名社，他是六干将之一，以后又在辅仁大学、台湾大学、南开大学等数所著名高校任过教授，当过系主任。1949 年后曾任天津市文化局局长、天津市文联主席。

李霁野一生，可谓著作等身，为中国文化做出了巨大贡献。他擅长各种文体，代表作品有小说集《影》《不幸的一群》，散文集《四季随笔》《意大利访问记》《鲁迅先生与未名社》，还有杂文集《鲁迅精神》、诗集《海河集》《今昔集》等。他还翻译了长篇小说《被侮辱与被损害的》《简・爱》《在斯大林格勒战壕中》等世界名著。

翻开《李霁野文集》，就像是踏进一条思乡的河流，所有的爱都在这里汩汩作响。

文集第一篇就给我们描绘了《三幅遗容》：善良勤劳的祖母，在他儿时吃鱼的时候，停箸微笑注目的模样；信佛的外婆，观音一样的容颜，给予他“纯真深挚的爱”；亲爱的母亲傍着油灯，为儿子一针一线纳出“麻点粒粒排列整齐”的鞋底。随着岁月的流逝，这些年深日久的记忆，越来越清晰地萦绕在李霁野的意识深处，留存在他的优美文字里：

伶俐的八哥，那“买花针呀”的学话声；昔日知心伙伴台静农、韦素园、韦丛芜，他们一起玩耍、较酒、临帖的情景；儿时的歌谣“月姥姥，黄巴巴，小孩子，要吃妈（奶水）”，月光下在亲人的摇扇里听来的，烂熟于心的民间故事……

除了亲人，故乡的美丽画面和生活习俗，也深深刻在李霁野的心里。《史湾赵坪》，是他为纪念叶集籍革命烈士赵赤坪而写的一首诗，诗中的史湾就是叶集的别称，因为叶集坐落在淮河支流史河岸边。在李霁野的记忆中，故乡是那么富饶而又美好：

史湾是个小小的富饶平原
西边有条河，南面有座山
东面是一片荒凉的丘陵
北头的大湖是鱼虾乐园
河里常有多桅帆船来往
山里竹树运往远近城乡
回程运来各处种种货物
史湾商业当时十分兴旺

这里说的“西边的河”就是史河，是安徽和河南的分界线，离李霁野的家只有两公里左右；“东边荒凉的丘陵”指的是平岗一带的岗地；“北头的大湖”指的是李霁野家后面不远地方的一个大池塘，名叫小南海，河中有一座小洲，上面还有名为“地主宫”的庙宇，是他少年时和伙伴们玩耍的乐园。叶集是大别山的门户，山里的树和竹子都在这里集散，那时候商业十分兴旺，从李霁野的诗歌里可见一斑。

在《似曾相识的杜鹃花》一文中，李霁野把故乡大别山的美好景色，对这些美景的向往，以及经久不忘的情怀抒发得淋漓尽致。他说：

我的家离大别山不远，和革命老根据地之一金家寨相隔只有九十里……春末夏初，每天黎明使他从香甜的睡眠中醒来的，总是一片鸟语。微风把兰花的芳香从窗外一阵阵吹来。起床后，在门口就可以看到杜鹃花在山坡上开得一片红，一片白。

爱家乡并不只停留在文字里，李霁野也用自己的行动书写着爱的篇章。

1991 年，华东地区遭受特大水灾，叶集是个低洼的冲积平原，四周都是山，内涝非常严重，当时不少学校受灾严重，教室淹塌。李霁野闻讯，万分焦急，已经 80 多岁高龄的他，不辞辛劳，在天津奔走为叶集募集捐款。后来这批捐款为他的母校明强小学盖了一座“津谊楼”。

俗话说树高千丈，叶落归根。客居他乡的游子，多么像故乡大树上的一片叶子，无论长在多高的枝头，最终还是要落在生他养他的大树根旁。

1997 年 1 月 23 日，李霁野给叶集镇政府写了这么一封信：

我已经 93 岁高龄，在世的时间不会太长了。我离开家乡已七十多年了，但家乡的风土人情、一草一木已深深印在我的脑海中。年岁愈大思乡之情愈浓，可惜我身体不行了，不能亲自回去看看家乡在改革开放政策鼓舞下，在你们的领导下，发生的翻天覆地的变化。但是我始终有一个心愿，想在辞世之后，把自己和老伴的骨灰埋在家乡的泥土上，了却这几十年来的思乡之情。让我在九泉之下为家乡的腾飞祈祷。我想能否自己出钱买一小块地（能埋下我老两口的骨灰即可），再立上一块碑，不搞其他太烦琐的东西。拜托了。

情意浓浓，眷念深深，死后要把一抔骨灰埋在故乡的泥土中，这是多么深切的思乡情怀啊！就在这封信写过 3 个多月之后，即 1997 年 5 月 4 日，李霁野在天津与世长辞。2000 年 7 月 28 日，李霁野的骨灰葬于他的故园——叶集区孙岗乡塘湾村金竹坪李氏祖坟。先生在离别家乡 70 多载后，终于魂兮归来。

10 个年头过去，去年深秋季节，我随一群诗友，赴叶集区孙岗乡塘湾村，想去祭扫李霁野墓。那次拜祭的经历，使我至今感念不已，心绪沉沉。

去李霁野墓前，我特意打电话仔细询问过同事，问清了大致的方位，以为到地方再问问路，应该没问题。车子开到唐湾村路口，我们下车问路。路边一个居民大声说：“你要是问村部我知道，你问人家老坟我哪知道！”我们被碰得一头灰，只得自己找。车子继续往前，问一个放牛的老汉，他也摇头，没听说过。墓地无从打听，我们只好在荒野中摸索。这样，方圆十几里的路，我们行车找了一个多小时，反复掉头反复打探，终于来到一个稻场。下车步行，总算问到一个知道目标的老乡，告诉我们怎么怎么走。这个时候，其实我们就在墓地近前了。

前面没有路，只见一个高坡，遍地的荒草。我们用手、用棍子披开半人高的野蒿，用自己的脚踏出一条小路，一步一步艰难前行，终于来到了李霁野的坟前。

李霁野夫妻合葬墓静卧于野地荒山，只有简陋的水泥墓碑，没有墓志铭。墓碑上除了夫妻两人的名字和去世的年份，其他什么也没有，连子女的名字都没有署上。

李霁野老先生个性恬淡，也许这简陋的墓葬正符合他的意愿——葬在家乡的泥土里，就这样安宁地躺着，不受任何侵扰，与家乡的土地渐渐融合，大概是他老人家最好的归宿吧。

叶集“哨门”及其他

“哨门”这一名称困扰我很久，我一直想搞清它的名字到底是“商门”“山门”“栅门”“梢门”，还是“哨门”。它曾是我们小镇上的一个建筑，离我又远又近。说它远，是因为在我还未出生以前，它就已经被夷平，它的脚和我的脚在这片土地上没有交集；说它近，是因为它曾经的位置离我家只有 50 米。而且，它在我童年生活里出现过。在我刚会打酱油的年纪，耳边就叮叮当当响起这个名字，在母亲的声音里：

去，商门口打酱油！

去，商门口买盐！

去，商门口买洋火！

母亲经常一边在锅屋里忙上忙下，挥汗如雨，一边指派我，或者我的哥哥们，去商店买东西。仗着离商门口近，菜下锅了打酱油都来得及！

想当年，商门口对我来说就是一个商店，那时还不知道曾经有一个南哨门，也从来没有把“哨门”和建筑物联系起来。更重要的，母亲嘴里的“哨门”并不是“哨门”，她的发音近似“商门”或者“山门”。所以，我童年的记忆模块里，南街的中段，我家的北面，有这么一个地点，名字叫“商门口”。

很多很多年过去了。一切都在变化，母亲早已经不在世，很久没有人再跟我说“商门口”这个词，“商门口”在我记忆的斜坡上渐渐站不牢靠，慢慢往下滑去。

开始做《未名文艺》以后，对叶集的过去，对叶集这块土地上久远的人和事，多了一些了解，对存在于叶集这块土地上的风物，也产生越来越多的探究欲望。从真主庙、火神庙、北关庙、柏树庙到帝主宫、九仙洞、民强小学、湖北会馆、江西会馆等，都随着我对叶集历史的深入了解而逐渐鲜活起来，“哨门”这个标志性建筑，也越来越频繁地在我记忆的大河流上攒出头来。

台静农是鲁迅麾下“未名社”的主要成员之一，他和李霁野、韦素园、韦丛芜四人被乡人称作“未名四杰”，在中国新文学史上留下过足迹。台静农的小说集《地之子》，是一部叶集民国时期风俗民情的画卷，在这本书里，可以看到叶集这座小镇五里长街的众生相。读一读《天二哥》《红灯》《新坟》这些篇目，叶集的旧貌民情犹如缓缓展开的卷轴，你可以找到想要知道的人物和地名。

“天二哥在这南栅门外一伙中算是最能喝酒的，他自小就会喝，他活了三十多年，从没有和酒离开过。”台静农的小说中出现的“南栅门”，就是我母亲说的“商门”。110年前，台静农出生在叶集南栅门外一个富裕商人家庭，他家临街的店面正对着南栅门。我家老宅距离台静农故居50米，台静农及其家人和我的祖辈们都生活在南栅门口，他们对这里太熟悉了，这个名字镌刻在生命里。可是，台静农笔下把“商门”写作“栅门”，篡改了我印象中的名称。但我相信了台静农的叫法，他毕竟是那个年代的人，又是读书人，应该不会错。

台静农早已经故去，只留下了他的文字。而叶集长街上还有活着的知情人。一天，我跟文化老人安天国先生聊天，他也给我介绍了这个“栅门”。但他说不叫“栅门”，应该叫“梢门”，南街上的那个叫“南梢门”，十字街口的那个叫“北梢门”。安老先生今年86岁了，他家就住在北梢门以北十几米的地方，从小就在梢门下玩耍，他说：“都这么叫来着，读shao一点没错。”

“商门”“山门”“栅门”“梢门”，到底应该叫什么名，到底是哪个字呢？我真糊涂了。在叶集方言中，这几个字读音相似，老百姓口中就这么叫，至于哪个字，可能谁都说不清。要想弄清楚究竟该是哪个字，必须考察出来这个“门”类建筑的由来和作用才行。

真是踏破铁鞋无觅处，得来全不费工夫。半个月前，我去看望我近90岁的二伯，他非常肯定地告诉我，是“哨门”，其他叫法他手一挥，全都K掉。

老人家给我说了一些陈年旧事。

百年前的叶集小镇，只有一条街。南起刘小庙，北到北关庙，全程大约 5 里，故称五里长街。长街分为三段：南大街、中大街、北大街。长街的南北各有一个“哨门”，南哨门在南大街“台裕大”商号（台静农家）门前，北哨门在现在的十字街房产公司楼的位置。哨门据说是明代建筑，修得非常气派。高大的门楼髂（在方言中作动词。门楼的柱子，一左一右把街道髂在两腿之间）街而过，用青石垒砌，圆拱形，安有木质大门，门楼上设有哨台，哨台上有方形炮口。很显然这是城防建筑，这是进街主要路口，明清时代设有专门负责开关哨门的人，站岗放哨，盘查来往行人和防御外敌进攻，夜晚和必要时可以关闭大门。二伯记得他小的时候，哨门还有值班的人。每晚敲着梆子沿街喊话：小心火烛，四方平安。遇到有大军进来，也会敲着梆子传递信号。

后来在网上查到过去好多村镇都有这样的哨门。前些日子看电视剧《闯关东》，看到敌人进村了，青壮年很快组织起来，在村口阻击。那隐蔽的地方就是哨口。原来，设置“哨门”是为了站岗放哨，为保居民安全。

哨门是古时的城防设施保存下来，应该叫“哨门”，已经清楚明白了。

不清楚具体什么时候哨门被砸掉的。安天国老先生和二伯都说应该是在解放以后，“文革”之前。哨门不存在了，现在镇上的人也很少会提及这个名词。但是，南北哨门曾经是叶集长街的标志性建筑，哨门内外曾经生活着台静农、李霁野、韦氏兄弟、赵赤坪、陶勇等优秀儿女，也经曾生活着天二哥、汪三秃子、吴二姑娘、得银、小柿子等平民百姓，更生活着你我的祖辈父辈和邻居亲朋。哨门的历史走远了，留下的是我们深深的回望和嗟叹。

一条河的诗意与沧桑

上古时期，有一条河，名叫决水，年年山洪，泛滥成灾，民不聊生。部落首领史问计于皋陶，皋陶说：“鲧在北方治水，颇见成效，你去问问他吧！”

史到北方，但见鲧抛撒息壤，凡息壤所到之处，生出土丘，座座相连，堵住了洪水。史于是带领部下奋力苦战，垒起连脊小山，截住决水，浊浪不再倾泻，庄稼兴旺，房屋安稳。

翌年，天降暴雨，电闪雷鸣，山崩地裂，山洪再次暴发，决水又成汪洋。史万分焦虑，又问计皋陶，皋陶说：“禹在北方治水，功绩卓著，你去问问禹吧！”

史又到北方，见禹指挥人们开挖河道，修筑河堤，引水入海，大河不再肆掠，河水安然流淌。史学习大禹之法，命部下铲去土丘，劈开拦截，疏引水流。于是，决水驯服，汤汤流入淮河。

百姓交相赞誉。大家说：“给这条河取个吉祥的名吧，再也不叫‘决水’啦！”史说：“什么名字好呢？”一位白发老者上前，深深施礼说：“尊敬的治水之神，是您让决水听话，给百姓带来福祉，就用您的名字，叫它‘史河’吧！”

史河，史河！欢呼声此起彼伏，响彻云霄，经久不息……

上

一

一直想把史河立起来，好站在面前更直观地看它，看它每一支动脉的去向，看它每一根毛细血管的分布。一直渴望画它、写它、描绘它，因为有太多血液奔流的声音在耳畔回响，越久远越清晰。有太多太多的乡音、乡韵、乡情萦绕在它的周围，无数的太阳与月亮升起又落下，空气中回荡着祖先的声音，河岸上起伏着村庄与草木的灵魂。渔民向天空撒开的大网，既空无一物，又包罗万象；山夫放逐的木排，既随波逐流，又坚定不移……

史河，从辽远的时光那头流淌而来，将无数的美丽和动荡连缀成片，它是一部大型的神话，也是一首流动的史诗，更是一部浩瀚恢宏的小说，字里行间有说不完的诗意、道不尽的寒凉。

大别山是个藏龙卧虎的地方，中国革命战争时期，单金寨一县就贡献了十万红军，他们像一个个红色的音符，汇入战争的汪洋大海，汇成中国革命的宏大交响，声震全中国。

也是金寨县境内的大别山脉，孕育了史河。无数的细小的泉流，翻山跳涧，聚少成多，至梨花尖，汇聚为史河的主流，先东南流，再折而向北，蜿蜒越过千山万壑，进入安徽与河南两省的边界，一路奔向淮河，再与淮河一道奔向洪泽湖，最后奔向大海。流进大海，是每一条河流的理想，史河带着上游无数东西南北攒聚而来的祈愿，完成每一道山泉的托付。大海以最低的姿态，匍匐着，收容这千里迢迢的奔赴。

史河，是一条有抱负的河，流过了数不清的岁月，它那弯弯曲曲的身影，透着隽永的诗意，藏着绵长的烟云。

二

史河上游的山区，有生长大别山歌的肥沃土壤。大别山歌原始、淳朴、接地气，与百姓的生活息息相关。山妹子早晨起来一翻皇历，呀，上山采茶的日子不远了，便随口一唱："哥喂哟，看个好日上茶山。"邻家哥哥转身就搭了腔："妹喂哟，想问乖姐借盘缠。"歌谣是在生活和劳动中产生的，反映的是人民的心声，他们采茶唱，种地唱，采桑养蚕唱，赶集上店唱，走亲串门唱，谈情说爱唱……蓝天白云之下，山山岭岭之间，幽谷浅滩，河汊溪涧，唱得青山常绿，唱得绿水撒欢。

《公羊传》曰："饥者歌其食，劳者歌其事。"饥者歌，劳者也歌，山民们悠悠然细水长流的生活有什么理由不歌呢？

我的眼前出现一幅图画：一位老爷爷，捋着长长的白胡子，站在生活的岸边，看刀耕火种，看山坡田园，看生生不息的流水，看且劳且歌的生民，看他们低低匍匐，却从来不缺吟咏歌唱。于是情动于中，嗟之叹之。不远处，他的子子孙孙各劳其力，各吟其诗，各言其志，各抒其怀，各打其情，各骂其俏……歌谣就是从这样嗟叹、劳作的俗世生活中而来。

大别山歌谣来自民间，富有草根性，也极具人文价值和艺术价值。就像我国最早的诗歌总集《诗经》，其中最有影响力的部分——国风，就是“民间采得”，流传千古而具有经久不褪色的文化魅力。

史河流域的人民，勤劳勇敢，聪明智慧，他们在春播秋种、采桑养蚕、砍柴打鱼的寻常生活中，创造了灿烂的文化。单民间歌谣一类，就浩如烟海。2011 年六安市委宣传部组织编纂的《六安歌谣集成》中，就收录了歌谣 1700 多首（包括史河、淠河、汲河流域）。

实际上，“歌”和“谣”是不一样的，“曲合乐曰歌，徒歌曰谣”（《毛诗故训传》），民歌是有曲调的，可以演唱，民谣则无配乐，依靠念诵而口口相传。

山里人唱山歌，那叫一个嘹亮！能把石头唱得软下去，能把涧水唱得跳起来。高音飙出来，有长鞭一甩的漂亮。声音抽薹，能抽到云层上，在棉花团一般的白云间，几缠几绕，半天才落到嗓子里。有时，歌声一时下不来，听众的脖子也跟着往上抽，往上抽，像被人揪住颈子的鹅。坊间传言，唱山歌的人不得颈椎病，天然地吊脖子。还挺实惠呢！

有一种调子叫“挣颈红”，因声音高亢而得名，挣到脸红脖子粗，蹿高的声音，穿山越水，跌宕起伏。但不要理解为山歌只会飙高音，没有艺术性，其实山歌有真嗓，有假嗓，真嗓假嗓之间无缝转接，下颚连续开合，声音若断若续，技术性要求非常高，难度非常大，音乐的层次感犹如九层妖塔。

山里人嗓门大，不大也不行啊，上河对着下河喊，这山对着那山唱。张庄的小郎爱上李庄的乖姐，以山歌为媒，日日传情达意。唱一句“小郎想姐魂飘飘”，大山能连绵不断地把他递过去十回；丢一声“砂锅炖肉慢慢熬”，河水能哗啦啦把他带去一箩筐。若要他走到山那边的乖姐家，得翻山越岭，一天跑不上一个来回，心还不急得冒了火？

山歌认得乖姐，认得小郎，认得这一方土地所有的岩石和山崖、所有的树木和庄稼，认得幽兰、映山红和茶花，所以才这么贴心贴肺，深得人心呢！

江南小桥流水的温婉培养了歌声的细致柔软，草原万马奔腾的辽阔蕴藉了歌声的徐缓悠长，大别山峰峦的峻拔透进歌声，山歌才拥有了山的陡峭、河的蜿蜒、小径迂回的缠绵。

“挣颈红”这样的曲调，是在山头唱的。在山脚、在河边、在船上，唱法都不一样，甚至行走的步伐不一样，唱出的调子都不一样。“慢赶牛”“丫头调”“快板山歌”“寒音山歌”“放牛山歌”等等，应“韵”而生，唱法个个不一。

史河有多少个弯道，歌声就有多少个曲折。歌手方先生，祖辈几代人都爱山歌，虽然没有山歌传承人的名号，但唱起小调来那是有板有眼，原汁原味，地地道道。一方水土养一方人，一方水土也养一方民歌，用风味十足的方言唱山歌，那才叫原生态，缺了一口方言，怎么唱都不是个味道。

民歌是解读山民生活的象形文字，一切密码都藏在里头。他们一辈子只知道耕田种地，砍柴打鱼，吃饭唱歌，非常自得，非常知足。土地和河流所能够给予的，就是他们全部的需要，别无他求。

一条河流的诗意，全部流淌在歌声里。

三

史河流域著名作家中，与民间歌谣关系最密切、研究成果最大的，要数台静农先生。台静农师从鲁迅，是“未名社”的主要成员，长时间居于北京。他身在遥远的北方，心总是记挂着淮河岸。每次回乡，他都到河坡上走走。从彩霞满天到暮色渐起，从天光四合到星光闪烁，他彳亍着，思索着，倾听着。微风吹拂着他的长衫，有一种舒适的清凉，他感觉夜色中的一切都在渗透，史河的诗意正一点点渗入自己的肌肤，不禁默默念叨：“这是我的河，这是我的河……”

1924 年起，台静农开始搜集歌谣，几年间，收集总数达 2000 余首。像分拣一堆色彩斑斓的贝壳，他把 600 首情歌精心挑选出来，交与北京大学民间歌谣研究会，在常惠先生任编辑的《歌谣周刊》上发表了 113 首。1959 年冬，胡适先生随手翻检周刊，赫然发现台静农的这一组歌谣，非常惊喜，立即致函台先生，建议他以此为底本，重新抄录，重新校勘，重印一个单行本。1971 年春，《淮南民歌》在台湾出版发行。

“淮南民歌”意为“淮河以南的民间歌谣”，台静农所搜集的这部分歌谣，多来自史河流域，是淮河岸最具特色的五句山歌，属于“谣”类的。

“郎有心，姐有心，山高不怕水路深；山高也有盘旋路，水深也有摆渡人，我二人来一条心。”山歌前四句层层铺垫，第五句收拢点睛，形成“移步上楼，步步走高”的格式，具有鲜明的个性特色、时代特色和地域特色。

这组珍贵的歌谣，满载史河岸的乡风、乡情、乡韵，用史河岸的方言口语，呈现史河岸的生存状态，表达青年男女对爱情的热望、对幸福的追求。歌谣的表达是直白的、热烈的、大胆的、火辣辣的、无畏无惧的、不遮不掩的，像史河的波涛一样倾泻，奔涌不息。

长久以来，编创、演唱、搜集民歌民谣，一直是史河文化圈重要的活动内容。民间自发采集者，不乏其人。

台建球就是一位痴迷者，他今年 77 岁了，脑血栓后遗症，行动不便。但一听说我们是为史河山歌而来，兴致一下子高涨起来。他女儿说，老人家今天说话比平时利落多了。

台建球是头枕着史河的涛声长大的，逮过鱼，结过网，教过书，经过商，一生坎坷。也许是史河风的熏染，他对古老的歌谣有着死心塌地的热爱和执着不悔的追求，为了这份热爱和追求，几十年来，只要一有时间，他就跋山涉水，穿街走巷，采集歌谣。他孤独地穿行于崇山峻岭、乱石险滩，行走于鄂、豫、皖三省交界的乡间小道，有时一连数周，吃住在农家。

有纯朴的百姓支持和配合，也常遭遇冷眼、猜疑和非议，一切他都坦然面对。每次采风回来，台建球都会及时整理，对不同的版本进行比较、甄别，对庸俗的、色情的、低级趣味的，该取舍取舍，该淘汰淘汰。到 2009 年秋天，他终于编校完成《皖西民歌集锦》一书。

当我们问：这么辛苦，图什么？他说：“这是我的河呀！”脱口而出，自然而然。是呀，自己的河，自己的歌，自己的庄稼自己收割，还要图什么呢？

几十年风风雨雨，坎坎坷坷，周旋于土地，奔波于生活，台建球说他一生卑微，没什么成就，但是为了这朵“文海漂浮的浪花”，付出多少都值得。他说，如果读者阅读之后，合上书微笑了，他也就心满意足了。说这些话的时候，他一脸平静，一脸欣慰，宛若从骨头里飘出一缕春风。

与台建球同时代人，年龄相仿的陈有才，住在史河的另一岸，也是史河最诗意的一个因子。

那一年，李霁野先生到学校做文学讲座的时候，陈有才还是个初中生，李霁野的讲座激发了他血液中潜伏的诗情，催生了他的文学梦想，从此开始写作。14 岁的时候，他就在《人民日报》上发表了一首题为“我唱山歌党定音”的诗歌，引起了不小的轰动，为他的文学之路插上一面鲜明的旗帜。

陈有才是史河流域所有诗人作家中，被民间文化渗透最深的一个，他口中讲的是山歌，笔下写的是山歌，身体里流淌的是山歌。他是被史河的诗性浸透了的人，著作等身，有中国“山歌王子”之美誉。

对于陈有才来说，看见河水唱水歌，看见山峦唱山歌，看见月亮唱月歌，看见情郎唱情歌，没有什么是不能唱的，没有什么是不可以入歌的。

“好久未唱五句歌，嗓门结了蜘蛛窝，碟子装水水平浅，石灰写字白话多，诗人友人莫笑我。”陈有才的山歌通俗、明了、洁净、通透，不事雕琢，却又精致深刻，回味悠长。

志趣相投的老伴走了，就葬在临窗可以看见的那个公墓，陈有才不愿去儿女家居住，他喜欢一个人。一个人的时候，感觉老伴并没有走远，抬首可以望见。老人在写作的间隙，望一望远山，与老伴儿说几句话：“道琴，是山歌把你唤到我的身边来，是山歌伴着你我共同走过五十年，现在你睡觉去了，我依然在为你唱，你都听到了吧？用不着说话，我知道你在……”

“一把扇子二面黄，一面画我一面郎。左扇一下郎望我，右扇一下我望郎，相见只隔纸一张。”陈有才说，这是妻子写的，妻子也是史河水泡大的，人走了，却又没有走，有自己的山歌在，妻子就永远在。所以，已经耄耋之年了，诗歌激情依然澎湃，创作的欲望胜似小伙子。

电视记者采访他，问他笔下为什么总有写不完的史河，老先生非常诗意地回答：“我的河里我的歌！”一说到他的河，脸上便荡漾出孩童一般的纯净。

陈有才说他最怕有一天，笔头重了，歌喉涩了，唱不动了。他非常期待能把一支笔交给一个人。这个人一直没有出现，陈有才一直在苦苦寻觅。

四

史河水从大别山的崇山峻岭下来，走了太多的山路，有歌声，有喧哗，是不是搅扰了点？史河冰雪聪明，它嗅了嗅草木的气息，摸了摸大地的骨骼，感觉道路平坦了许多，决定斯文着点儿。于是，缓缓步入豫皖两省交界，一伸臂，分开本来相连着的土地，从陈淋子镇和叶集镇之间挤过去，一路向北，在美丽的三河尖，稍作回旋，转身涌入滔滔淮水。

史河不再跳跃，它安静下来，步子一慢，想象力便活跃起来，于是诞生很多的神话和传说。在河南固始一带，最有代表性的是《郭丁香》。

丁香在民间的知名度非常高，“灶戏”上唱丁香，劳动中侃丁香，姑娘小伙打情骂俏时喊丁香，老人小孩纳凉时聊丁香……丁香的传说长着翅膀，飞越大河上下，穿过丘陵山冈，300 年流传不衰。

300 多年前，西方一些国家已经步入农业向工业社会的转型期，中国还是十足的封建思想加小农经济。康熙把自己的家门关起来，守着院子里的一块地，播种，收割，自给自足，不跟外界接触。康熙把国家管理得不错，太平盛世，百姓安居乐业，山里樵夫砍柴打猎，岸上渔民结网捕鱼，田园农夫男耕女织，一派富庶祥和、欣欣向荣的景象。

安定的社会生活，衣食丰足的劳作，是产生神话故事的良性土壤，百姓朴素的阶级意识、善良的品性、追求美好生活的愿望，培养了他们对于忠奸、善恶、伦理、美丑的基本认识，封建正统的教育，也培养了他们“善有善报，恶有恶报”的道德信仰。《郭丁香》的故事在这样的历史条件下诞生和流传，有着社会和时代的必然性。

《郭丁香》产生的时代，中国的皇帝、大臣和百姓，还未曾听说过污染、彩票、广告、崩盘、罢工、经济泡沫这些词，这些东西还没有在中国的土地上萌芽，也不可能产生像《鲁滨孙漂流记》《格列佛游记》《帕米拉》《项狄传》《兰登传》《威克菲尔德的牧师》这样的作品。清朝从长期的战乱中走过来，几代皇帝励精图治，社会渐至佳境，人们过着田园牧歌式的生活。这种时代面貌，孕育了乡土气息浓郁、带有强烈因果报应性质的神话传说。

神话传说看似虚无缥缈，但一切源于生活，来自土地，神话是一个民族源远流长的文化基因，神话是一种诗脉，也是一种气脉，带着飘飘的仙气，也带着人间烟火气。

民间流传的《郭丁香》的故事，后来经过挖掘整理，形成一部叙事体长诗，长达 6000 行，具有史诗性质，是史河流域的文化珍珠，也是中国民间文学的瑰宝。

《郭丁香》讲述的是一个由神到人，又由人到神的美丽传说。

金童和玉女在天宫修道，竟然儿女情长起来，黏黏糊糊，“情”是神仙世界里不允许的，王母娘娘非常气恼，将二人发下凡尘，一起发下去的还有一道诅咒，诅咒他们世世不得安生。

金童变成水中的一株芦苇，玉女变成一只江鹅子落在芦苇上。软软的芦苇经不住江鹅子的踩踏，头弯下。江鹅子闪一下又踩住，这样一起一闪接连七次。金童气坏了，发恨说：“你今七次来闪我，我要七世闪你小婆娘。”于是，金童玉女演绎了七生七世的不成双。

玉女到了第七世，出落成美丽郭丁香。丁香长到 18 岁，又能干又漂亮，保媒求亲的踏破门，丁香姑娘被媒人忽悠了，嫁给了张万良，一朵鲜花插在了牛粪上。如果是牛粪上开出了花，倒还不错，关键这是一堆扶不起的烂泥，郭丁香吃苦耐劳，勤俭持家，起早贪黑，无奈张万良是个浪荡公子，他给丁香的只能是一地冰冷、一地破碎。张万良被别有用心的王妙香给勾搭上，“家中不休掉丁香女，怎能把表妹娶上床”，没茬找茬，无事生事，最终丁香被扫地出门。

和所有的负心郎故事一样，张万良越过越穷，一地鸡毛。终于一场大火，一切家当毁之一炬。张万良被烧瞎双眼出逃，四处流浪，乞讨度日。讨饭讨到丁香门下，丁香下厨做了一碗热气腾腾的面条。这味道太熟悉了，张万良吃着吃着就吃出了郭丁香的无数好来，他痛悔不已，想上天河洗羞耻，身上没有长翅膀，想下地狱赎罪孽，阴司迢迢路茫茫，又羞又愧，一头钻进了灶膛。玉帝感念他能够悔过自新，封他为“司灶之神”，并为郭丁香预留了“灶王奶奶”的神位。

史河沿岸人民，每年腊月二十三，家家户户祭灶，这灶王爷和灶王奶奶，就是张万良和郭丁香。

神话传说行走在老百姓的口头上，老百姓的嘴，是没有遮掩的壶，想提哪壶提哪壶；老百姓的心，是衡量世界的一杆秤，称哪哪准。大别山的巍峨，史河水的清澈，民风的纯正，人性的善良，都浸润在神话中，从《郭丁香》的字里行间，可以闻得见浓郁的地域气息，民俗风味。

五

史河岸有一种民间小戏，叫“灶戏”，在信阳市固始县一带最为活跃。

民间艺人的大鼓一敲，大锣一响，连水里的鱼也欢快，树上的猫也动心。老百姓茶余饭后能干点啥呢，不就喜欢唱个小曲、听个小戏！累了，听戏是消遣；倦了，听戏是放松。也别来那些深奥的、高雅的、洋腔洋调的，就土生土长的最好。葱姜辣蒜的味道，生瓜梨枣的气息，最容易融入血液，进入灵魂。

农闲时分，过年过节，或者哪家有红白喜事，庄子上就热闹起来了。就地搭台，就地演戏，无音乐伴奏不要紧，无唱词唱本不要紧，信口胡拈也不要紧，老百姓喜欢，就图个热闹劲。有时候，观众也是听众，听众也是观众，你来几句，他吼几句，兴致上来，都能喊几嗓子，一场戏就嘻里哈啦开演了。唱到开心处，大家手舞足蹈，唱到伤心处，大家哭天抹泪，听一百遍抹一百遍眼泪，还想听，还想唱。

久听不厌，久演不衰，这就是民间，这就是民俗，这就是民风，这就是民间艺术。

“灶戏”的唱腔，满是山歌的元素，尾音曲折而悠长，唱词内容更是与原始民谣密不可分。

站在离地千尺的高度看史河，像一幅画，匍匐在大地上，这张画有色彩、有骨骼、有声音，每一条逶迤的血管里都有喧哗。这些喧哗，是在演唱山歌，是在吟诵民谣，是在讲述久远的神话。不，还不止这些，它的每一道血脉，都是一条微型的文脉。

史河的诗意，顺着大河流淌，沿岸的历史和文化，也顺着大河流淌。一切文化都不是空洞的概念，不雄踞于高大上的庙堂，不陈列于深邃浩瀚的典籍。那些活着的，涌动着的，古老而不陈腐、朴素而不失典雅的，生生不息的源流，才是文脉健旺的理由。能够把悠长的历史舞动起来，并且浸润到万民心中的，只有最本色的文学力量。

下

一

史河流淌了千年，滋养了两岸的人民千年。

史河有丰富水资源，两岸曾经有诸多的码头，上游山地的木竹、药材、坚果、农产品等要经码头下山，山外的油盐、布匹、药品等各种杂货要经码头运输到山里去，水运一直是史河经济最为重要的支撑。

民国时期，金家寨镇的上码头（货运）、下码头（客运），流波镇和麻埠镇的南码头，人流量都比较大，装卸业兴旺，餐饮业兴旺。这些大码头格局大致相同，都是依山傍水，青石铺地，台阶层递，顶上蓝天白云，四周植被葱茏，船只穿梭，络绎不绝。夕阳西下的时候，漫天红霞，水光潋滟，鸥鸟翱翔，蜻蜓飞舞，美丽如画。当暮色渐渐隐去了人声，月亮高悬，虫鸣参差，又是一幅别样的风景。一些较小的集镇，也有天然的码头，像黄泥庄、李集、丁家埠、塔子河、胡店、杨滩、王店子这些地方，也是人来货往，一派生机。

史河水运的繁盛，带来了沿岸经济的发展。开埠头的、做生意的、讨生活的聚居于此，长久就形成了一些贸易繁荣的乡镇。李霁野的长诗《史湾赵坪》中，记载的是史河中叶家集码头的富庶和繁忙：

史湾是个小小的平原，西边有条河，南面有座山。东边是一片荒凉的丘陵，北头的大湖是鱼虾乐园。

河里常有多桅帆船来往，山里竹树运往远近城乡。回程运来各处种种货物，史湾商业当时十分兴旺。

李霁野，作家，翻译家，教授，史河岸叶家集人。有一股清泉，一直流在李霁野的骨头里。据说李霁野出生的时候，二婶从史河舀了一瓢水回来，说孩子第一口喝的是沙河水，一辈子不忘本；孩子的第一次洗浴用的是沙河水，一生无病无灾。史河，在当地百姓嘴里也叫沙河，河水经沙子过滤，清澈无比，大家相信这水是灵水。

李霁野在史河岸边长大，他笔下的史河，是刻印在骨髓里的史河模样，我们从他的诗歌里回到一百年前，可以望见史河的原貌。

《史湾赵坪》开篇，描绘了一幅“史河水运”图：大别山脉，远山重重，近水淙淙，山环水绕着的地方，有一块小小的冲积平原。史河自南而北流过，河面宽阔，风光旖旎，满载货物的多桅帆船，密集地来来往往。

史河，满载着大山深处的丰沛水源流过来，滋养着平原上的人们。

时间回溯到20世纪20年代：码头上，有穿着马褂的男人登船，有拎着烟筐的女人叫卖，有啃着玉米棒子的人漫不经心地过路，也有甩着手、迈着大步的埠头吆喝声不断……

张二铁是个兼职的脚夫，家住史河东岸一个叫绳铺的村子。绳铺，像绳子一样精细狭长，村落傍着河流延展，一溜长蛇式排开村民们土墙草顶的房屋。绳铺人站在自家院子里，就可以看得到河对岸河南省的牌楼和烟囱，可以望见当年捻军首领李昭寿的大片庄园，可以望见一代名相、水利专家孙叔敖踏过的土地，一切隐现在辽远的烟云之中。

本来，张二铁在右岸有零星的土地，但是老婆和儿子得了叫不出名字的怪病，为了给他们治病，张二铁债务缠身，无奈之下，一纸文书土地归了别人。他只好摆摊做点小生意，货到码头的时候去做搬运工。一根中等大的原木，从船上扛到货场2个铜板，一箱洋货从货场扛到船上也是2个铜板，托老天爷的福，那几年码头红火，活干不完，张二铁硬是凭一副铁肩膀扛大了4个孩子，扛出生活的温饱。

据《叶集志》记载：1949年新中国成立前，上起金寨县的上码头，中经叶集的绳铺码头，下至河南的三河尖码头，共计110公里的航道，货船、客轮畅通，水运便捷，运输量大，在相当长的历史时期，史河是叶集生活和交通的命脉。

码头养活了无数百姓，也带动了地方经济。明末清初，来自全国各地的客商云集，叶集先后建立了江西、山西、陕西、湖北、河南、河北六大商会，六大商会都建设了相当排场的会馆。叶集成为大别山农林牧副产品集散地，区域性商品交易中心，“邑中舟车之集，商贾所凑”，又美丽，又繁荣。

二

比叶家集镇更为繁华的是金家寨镇，地处大别山茂密的山峦丛林之间，是一颗美丽的山城明珠。

史河如一棵丰盈的大树，密集的根系，扇状铺开。从高山下来的泉水，逶迤而行，至丁埠，右纳牛食畈河，继而又左纳南溪，再弯转，再曲折向前，又纳白水河，纳麻河。在麻河的河口，就是金家寨镇。

大名鼎鼎的金家寨镇，早在明清时代，就了得了得！鄂、豫、皖三省的交通驿站，商品集散中心。史河像一条绸带，依傍着小镇，蜿蜒而走，小镇风清月白，山明水秀，古朴安闲。

街巷大多依山而建，高低错落，层次分明。砖木小瓦的平房，木质的二层阁楼，古色古香，俊雅宜人。木板门，石条路，平平仄仄地延伸。青石街道，红纸对联，各色不一的花布窗帘。从小街一过，或许，临街的窗帘一掀，会露出一张女孩子白皙而美丽的容颜，让你眼前一亮，心房一颤。

金家寨人口集聚，店铺林立，颇为繁荣，素有“小上海”之称。在别处瞧不见的，这里瞧得见，在别处买不到的，这里买得到。富商一掷千金，酒客醉生梦死。

酒肆茶庄，青楼妓院，日日客满。不少外地的生意人，长居于此。远离家室，生活自然放纵些。有些把持不住的，衣冠堂堂而来，花得精光而去，临去了还恋恋不舍，一步三回头，心里盘算着，待兜里揣足了银子，再来，再来。

这是一个让人欲罢不能的地方。但这样一座富庶的山城，历经频繁战乱，被历史左绑右架，一摇三晃，一地碎影。

民国二十一年（1932）9月，国民党军卫立煌部进占金家寨，为了加强对鄂豫皖边区的控制，10月，国民党在此设置立煌县。

不久，南京陷落，安庆失守，安徽“省府”无地立足，一路北撤，狂奔至深山之中，立煌县成为安徽省临时省会。金家寨镇不足2里的街肆，突然涌入众多的人口车马，山川为之慌张，老街不知所措。山路上，车流滚滚，马蹄声声；沟沟峁峁之间，军官士兵，贩夫走卒，熙熙攘攘。战争的硝烟裹挟着鼎沸的人声，使得立煌县城久久不得安宁。

7年之间，道路长了，街巷多了，史河上架起了石桥；7年之间，电报有了，洋衣洋食有了，大剧院有了，医院、电台、图书馆、体育场、统统有了；7年之间，商业更加发达，米业、茶业、药业、布业、烟业、酒业、理发业、山货业、餐饮业，百业兴盛。藏在大山旮旯的一个小小集镇，一时间似乎忘记了战争，忘记了日本人，男人搓麻嫖妓，女人穿金戴银，沉陷在滚滚红尘之中。

然而，有许多东西，军队载不动，大山载不动，河流载不动，人心也是载不动的。

民国三十二年（1943）1月，日军窜入立煌县城区，四处放火，屠杀生民，繁华一时的战时省会，瞬间被付之一炬，火光冲天，映红山山岭岭，血流遍地，染透史河流水，这哗然一时的“金家寨惨案”，时至今日提起来，还是锥心刺骨，痛煞心肺。

直到中国人民解放军来了，刘伯承、邓小平所部三纵八旅打进来，才解放了立煌县城，改名为金寨县，县城仍设在金家寨镇。

摇摇晃晃的时代走完，社会进入和平建设时期，史河的另一幅面孔——洪灾，才鲜明地暴露出来，国家才开始有余力治水治河。

高峡出平湖，史河上游建成了梅山水库，金家寨镇，这个史河岸最繁华的古镇，顺应历史的需要，带着它的繁华和屈辱，带着它的美好与苦难，带着它两万亩良田，以及所有的历史与沧桑、恩怨与缠绵，沉入库底，成为秘而不宣的水下宫殿。一万余百姓，撤离家园，迁往异地。

三

大别山北麓山高林密，雨量充沛。然而水资源丰富是一把双刃剑，汛期洪水集流迅速，山洪极易暴发，暴雨一下，河流就像脱缰的野马，一路狂奔，淹没村庄，淹没农田，淹没庄稼，夺走人的性命……据文献记载，16 世纪至 20 世纪 50 年代初期的 400 多年里，每百年平均发生水灾 94 次。随着人类历史的进程、经济活动的发展、自然地理的变化、生态平衡的破坏，河系历经变迁，洪涝灾害更是连绵不断。

史河全长 220 公里，上下落差 288 米，在重山叠嶂间，一路喧哗，一路跳水，欢腾而下。走出大山之后，流进丘陵平原，坡势变缓，河道变宽，脚步渐趋缓慢，气质趋于贤淑。然而下游两岸的滩地为淤沙沉泥，河槽极不稳定，一遇连日暴雨，很容易出现洪灾。

史河善于变脸，平日风平浪静，清澈见底，河水可供灌溉，可供饮用，水产品滋养众生。然而，一旦洪峰来临，它突然间就消失了温顺的模样，变成猛兽。浑浊的河水，裹挟石头泥沙、残枝断叶以及各种漂浮物，滚动着、奔腾着、咆哮着，汹涌而下。良田沉陷、房屋沉陷、码头沉陷、大树沉陷……

“一夜飞符开五坝，朝上屋顶已牵船。田舍漂沉已可哀，中流往往见残骸”，这是古人对大河决堤、水漫村庄悲惨景象的描述。我母亲说，1954 年的洪水，她搂着一块棺材板，随波漂浮，最后被一簇树梢挂住，才捡了一条命。

我没有亲眼见到母亲遭遇的洪灾，但我亲身经历过 1991 年的史河特大洪灾。

一夜之间，洪水漫过史河大桥，顺着河坡灌进城区，方圆百里，一片汪洋。已经撤离的人，只能在几十公里外的岗地观望，留在涝区的人，有的撑船救灾，有的摸索挣扎。

我居住的学校大院，教室倒塌，宿舍倒塌，地势高的房屋也水漫窗台，书本和各种杂物裹挟在水花中，失去家宅的公鸡母鸡们，惊慌失措，在水面上扑腾，渴望找到能够栖身的房脊和树丫，站在房顶的野猫发出“呜哇呜哇”的惨叫，乌鸦从树头上跌落，翅膀拍打着浊水，又蹿到另一簇树梢上。

3天后，大水退去，一片瓦砾废墟。蹚过泥泞，回到家门前，屋内淤泥半尺，桌椅、衣柜、床铺泡得变形散架，衣物、书本、相册、孩子的玩具一片狼藉。厨房地势更低一些，锅台、案板倾塌，菜柜倒地，烂碟子碎碗一地凌乱，一把菜刀竟然直直插在泥浆中，不知道它想剁什么。

双手垒砌的家园，就这样丢失在洪水里。这水流还是有梅山水库大坝保护着的，有管制的，仍然来势凶猛，破坏性巨大，触目惊心。

1950年六七月，淮河流域雨骤风狂，数日不停，崇山峻岭上再茂密的植被，也阻挡不了亿万条水流夺路而下，奔涌入河。7月初，淮河上、中游一些支流，先后漫堤决堤。

一封急件送到了毛泽东手中，电呈淮河沿岸多县受淹的情况，说不少是全村沉没，水势凶猛，群众来不及逃，或攀登树上，或失足坠水，或被毒蛇咬死，或船小浪大翻船而死……毛泽东读完这封电报，面色凝重，转身面对墙上的一张中国地图，站了许久许久。

最后，他把手中的一只烟头用力一扔，像打一个果断的手势，提笔蘸墨，写下了“一定要把淮河治好”几个大字，安徽百万民工兴修水利的宏伟大业由此开始。史河上游，先后修建了梅山、鲇鱼山、猴堰三大水库，以及闻名遐迩的淠史杭水利工程。

梅山大坝从一个恰当的位置，拦住了史河，雨季蓄洪，旱季灌溉，史河一句话不说，服服帖帖地为两岸人民服务。

为了修建水库，史河岸的人民作出巨大的牺牲。不仅让出城市，让出田园，还有大批的民工吃苦、出力、流大汗，他们在修筑水库的同时，也把一种牢不可破的理念修筑进去，让史河水利工程成为一座历史的丰碑。

四

史河被梅山水库拦截之后，上游的很多码头被淹没，蓄洪区的无数道路、房舍、农田、草木也成为永远的历史。那些坚硬的或柔软的往昔，那数不清的隐秘故事，都安静地长眠于地下，不再开口，不再述说；那些摇曳的大树，那些长盛不衰的山花，那些意兴阑珊的灯火，也沉浸在永久的梦乡；那滚滚红尘的街巷，那被主人家深爱过的廊柱和门窗，满载着沉沉的思绪，成为一种前世；那些被亿万次踩踏过的泥土，那些被无数回抚摸的崖石，也一语不发地坐在美丽清澈的湖底了。

现在，丁家埠至梅山一段成为蓄水湖，可以继续通航。大坝以下修建了史河灌溉渠，渠分两路：总干渠在金寨县境内有15公里，经红石、百禄桥、叶老庄流入霍邱县境；南干渠在金寨县境内有7公里，经清水、亮家楼流入河南省固始县境。史河下游，原出梅山，经叶集，到固始三河尖的150公里航道，因水位骤减，不再能通航了。

虽然史河下游的河流瘦身，码头消失，但史河依然流淌，依然美丽。河水经过的地方，依然水清鱼跃，风光旖旎。在史河被挖坑、淘沙、架机器以前，两岸绿树参天、芳草茵茵、炊烟袅袅、牛羊成群。河面上波光粼粼、白帆点点、船筏穿梭、渔歌唱晚。史河水滋润着万顷田园，瓜果飘香、五谷丰登、六畜兴旺、鱼虾满船。

靠山吃山，靠河吃河。

五秀家是凉亭子村的一户渔民，西屋的山墙对着史河大堤，晚上睡觉的时候，史河的水声，声声入耳。每天半夜时分，男人就下河打鱼，天亮之后五秀拎到集市上去卖，一条小船，数张渔网，是他们吃饭的家当。

五秀的娘家在大河对岸的安徽，当初嫁到河南凉亭子是迫于无奈。五秀才17岁，娘就托人给她说婆家，凉亭子孙家依河而居，祖祖辈辈打鱼，靠着史河水，靠着自己的勤劳，挣一口饭吃，家境比叶集街上的很多人家强。但长久地风吹日晒，雨里雪里，孙庆皮肤粗糙，脸庞黝黑，个子又矮，30多了还没娶上女人。孙庆娘靠五尺蓝士林布、一双圆口布鞋打动了五秀的娘，五秀娘带着女儿去河西看家，看到一个憨憨敦实的人，不像人家说得那么老，那么难看呀！等到黄道吉日五秀嫁过去，入了洞房，才知道嫁的是大伯子，先前见面的是小叔子。

五秀哭了一夜，那些眼泪足够养活一条鱼，但生活毕竟不能靠眼泪养鱼，她拗不过命，只能把所有的委屈装到肚子里，开始过这家的日子。以前，她最爱听的歌是《洪湖水浪打浪》："清早船儿去撒网，晚上回来鱼满舱。"如今自己成了渔民的妻子，"鱼满舱"成了她每天实际的梦想。五秀为孙家生了三儿一女，地地道道是一个渔民的女人了，织网、打鱼、卖鱼、带孩子，没日没夜……上天总是不亏待勤劳的人，五秀一家的日子渐渐熬出了头。

五秀忙碌了一辈子，终于有时间，也有心情，抬头好好看一看史河了。

她发现，史河原来那么美！傍晚时分，端个小凳子，坐在堤坝上，太阳越来越红，越来越大，越来越向地平线俯下身去。黄昏，如此神秘而又充满遐想。过去这个时候，五秀忙于做饭、忙于喂孩子、忙于追鹅赶鸭，现在，五秀可以安静地坐在岸上了，听凭溜河的小风抚弄头发，她看到从自己肚子里走出的孩子，都已经那么高了，再也装不进肚子里去了。她想到自己当年如何拒绝嫁人，但还是嫁了。时光真的快，孩子们都懂得孝敬她了，叫她岸上乘凉去。五秀突然感觉爱上了史河，不是过去的被迫嫁，被迫爱，而是真心觉得史河喂养了一家人，得感谢这条河。

直到日头远远沉到山的那一面，五彩的霞光渐渐淡去，五秀还恋恋不肯离开。她忽然感觉到，看夕阳的时候，视线那么远，当一个人视线很远的时候，胸怀就会很大，心就会很安宁。

五秀长时间在岸上追思，徜徉。她看夕阳，也看朝阳。可是，看着看着，史河变了，史河的水越来越少，史河越来越苍凉。打鱼越来越不济了，最不堪的时候，渔船忙碌一天回家还是空仓。史河中下游一些河段养活不了人了，扛不住渔民的生活了。

五

这条美丽的史河，这条诗意的史河，这条从历史深处奔来的史河，本想它会一直美丽下去。它有那么悠久的历史，有那么多的故事，还有那么多的乔木灌木在两岸站岗，那么多的山花野草列队簇拥！

到了21世纪初，史河已经不再是过去的史河了，下游进一步枯水，河床裸露，像一个经世的女子，裸露了她本不该露出的胸脯。

这条河，在我们之前，已经活了千年。在我们之后，还能活多久，目前倒是不大敢说。梅山水库以上的部分，一直清波荡漾，不必担忧。从红石咀以下到三河尖入淮口部分，河变成了滩，水流变成了池塘（或者说水窝），像裁缝案板上被剪成小片的花布，大大小小，一块一块，散落在河底。没有水声，没有波澜，没有大鱼暗游搅动的水花，没有鱼跃水面骤起的水坑，渔民的日子一天天窘迫，生存维艰了。

清朝末年，我的五世祖金彪公，为了避难，从湖北麻城黄家庄子出逃，一副挑子奔来史河岸边的时候，史河是流淌着的；我的四世祖远忠公，带领妻子在岸边立店号，做买卖的时候，史河是流淌着的；我的祖父顺着史河放排，运山货下来的时候，史河是流淌着的；我的父亲在河南杨山煤矿上班，两地奔走，一次次穿梭的时候，史河是流淌着的；我的少年时代，赤足走在桥洞下，扑腾戏耍、捞鱼摸虾的时候，史河是流淌着的。而现在，人依然住在史河边，河水却不再流淌了，即使是在多雨的夏季，河水流动的时间也极短，很少能看到波澜壮阔、波光粼粼，有的只是坑坑洼洼，凸起凹下，河床狰狞如鬼一般。河水流不动了，杂草就围上来，养鸭养鹅的圈地养殖，垃圾成堆，腐臭熏天。

史河是怎么病掉的，不是一句两句可以说得清，只是我不肯再去看它，满目疮痍，令人心痛。前不久，又有死亡的消息传来，史河开顺段一下淹死了 4 个初中孩子，更是痛上加痛。

出事孩子家长去讨说法，要求赔偿。有声音传来，你们孩子是自己跑到河里去洗澡的，家长看管不严是自己的责任啊。家长说，那河，原来是多么好的一条河啊，河床平得像铺一张舒适的大棉被，河水齐膝，清澈见底，任怎么下河嬉闹绝无危险，一代一代人在河边长大，都这样过来的，这几个孩子怎么就过不去了呢？大河底淘黑沙，卖黄沙，河床被弄得千疮百孔，形成多少要命的大坑？非法淘沙，破坏河床，怎么没有人合理监管？这话似乎问到了某些软肋上，然而无力回天。这样的纷争一直不断，因为年年都有淹死人的问题。

史河收回了它的鱼虾，像一个被欺负的孩子不再愿意把自己的好东西分享给大家，史河不再养活岸边的渔民，靠河不能再吃河了，无数五秀们的后代，只得收起渔网进城打工去了。

经年累月的，河底车流人声，非常嘈杂。这嘈杂不是码头，不是船只，不是装卸各类货物，也不是旅客南来北往、乘船渡河。这里是露天的“工厂”，没有生产，只有攫取。沙子没有被任何人征得同意，就被扔到汽车上，沙子很疼，河床也很疼。那些以挣钱为第一要义的老板和工人，无视河床的哭泣，千疮百孔算什么，白花花的票子才是硬道理。

两岸高高的堤坝，修出了无数悠长的慢坡，轰隆声、汽笛声日夜不停。黄沙拉到工地就是钱，到处都在搞建设，这些沙子可以盖房，可以铺路，可以修桥，有无数的用武之地，地位无法取代。城市立起的摩天大楼，每一个缝隙里都有沙子的黏合与支撑。有买就有卖，江淮、解放、德龙、欧曼纷至沓来，9 米长的，11 米长的，13 米长的，各种半挂车来来往往。载重 36 吨的装 60 吨，载重 49 吨的装 80 吨，拉沙车严重超载，不仅破坏河流生态，也在破坏公路。从河里淘出的沙，装上车，一边走一边淅淅沥沥淌水，河床毁了，河坡毁了，公路毁了……

国家的沙石应该如何管理，老百姓实在不知道呀，只看到一截一截的河道废筋断脉，砍肉挫骨，陆离峥嵘，河道先失去了“孩子”（河水），又失去了健康和平安。

更有淘黑沙的机器驻扎下来，日夜翻腾，把大河的脑子肚子肠子都翻出来，要从一堆堆黄沙里淘出值钱的黑沙来。黑沙就是铁沙，铁沙就是票子，票子藏在沙子里，掘地八尺，刨地二丈，刨得土地老爷嗷嗷叫，也得刨出来，淘票子从不手软。

一种东西只要与金钱派上关系，这东西就在“算命”了。“算命”就是算钱，越值钱越命悬一线。

乡下人喜欢给孩子取贱名，曰“贱名好养活”，于是像尿缸、老丑、二癞子、狗剩这样的名字就很常见。最贱，最不值钱，一个人都已经贱到尘埃里了，大鬼小鬼，谁还稀罕你？孩子就在别人忽视的目光中长命百岁了。

中国老百姓最智慧了，他们知道，“值钱”不是好兆头。

人参值钱，都去挖人参。人参有千年的寿命，越久越珍贵，而当今，即使在最隐秘的山旮旯，还有能长到千年的人参吗？冬虫夏草值钱，地毯式搜索，挖干挖尽，如今还容易找到野生的冬虫夏草吗？我们史河里有一种鱼，头部尖尖像锥子，在清澈的河水里，在砾石之间穿梭，流线型身段，脊背光滑圆润，身姿优雅，是鱼中的“英俊少年”，而且肉质细腻，一根脊刺，绝无旁骨，小火炕酥，葱姜辣一炒，能鲜得让人扶墙走。可是，“味美”是沙锥鱼的灾难，在这个放纵口欲的时代，人们腰包鼓鼓，不差钱，什么好吃吃什么，沙锥鱼的价格一路攀升。目前，价格不是问题，问题是有钱也买不到。史河生态恶化，沙锥鱼生存空间萎缩，加上过度捕捞，沙锥鱼的数量急剧减少。当下，沙锥鱼的儿子孙子基本都进了人类的肠胃。能卖大钱，渔民自然就拼命去捕，沙锥鱼的自然生态问题，谁去考虑呢！过去餐桌上沙锥鱼多是筷子那么长的，现在是筷子的二分之一，还只能偶尔有货，史河沙锥鱼面临绝种。

什么珍贵，什么就面临危机，动物如此，植物如此，河川也如此。这个时代对资源的掠夺，超过以前任何时代。

河道两岸板厂林立，不说那种大型的板业，单是星罗棋布的小厂，污染力度就够呛。一家一户都能办木板厂，大量的原木被送进机器的铁嘴，剥皮凌迟。公路上能看到的最多的货物运输就是板材，源源不断的原木进来，数不尽的半成品出去，大街上随意扔个棍子，至少能打到两个板厂主。

模板要用胶粘，废弃的汽车轮胎是熬胶的材料，小胶厂自行炼胶，甲醛弥漫，呛人口鼻，恶气飞上天，恶水排入地。

一所 2000 人左右的学校，坐落在与史河直线距离只有 1 公里的地方，岸边熬胶的气味飘过来，学生们呛得眼睛冒水，不住地咳嗽，只好关紧门窗读书。校门卫报了警，警察来了又走了，说我们也没办法。后来据说管理了，但白天不熬了，改在夜晚偷着熬，于是大家都在睡梦中“享受”甲醛，哄自己的身体说不知道。

土壤被污染，大气被污染，水质被污染，连深藏于地下的水也不能幸免……水在地底下，像个沉静的婴儿，亦在恍然不觉中被废水下了毒手。本来冰清玉洁，净无瑕秽，却沦为“坏水”，水一定伤透了心。水不言，可人类是否想到过水的悲痛欲绝？

鱼衡量世界，在意的是水的深浅和清浊；树衡量世界，在意的是阳光和土壤。人也活在一样的地球、一样的空间，人也离开不了水、阳光、空气和土壤，但“人”衡量一切的标准却是金钱。为获得金钱，愿意牺牲掉赖以生存的资源和环境，“人”的眼睛被戴上了“金钱”的墨镜，视野里一切都失去原貌，而呈现出有悖自然的色彩。

史河从千山万岭流出以后，至下游滩地，因流速骤减，泥沙沉积，中下游大面积平原是史河造出来的，地势低，地下水非常丰富。皖豫接合部的开顺、叶集、固始等地，只要垂直向下钻探一丈左右，就有源源不断的地下水喷涌而出。这种水冬暖夏凉，冬季淘米洗衣温暖如春，夏季冰啤酒，冰西瓜，透心的凉，当地人称“井拔凉”。劳动中渴了累了，掬生水解渴，也绝不坏肚子。

而现在，地下水已经不能饮用，家家户户的轧水机，均已废弃，有一些花巨资兴建的水塔也没用了，一个个没有实质的空壳，虚假地矗立在那儿。

曾经，孩子们在河水里玩耍嬉戏，河水像母亲的抚慰，柔软而温暖。光脚踩踏卵石和沙滩，用脚丈量河水的深浅，蹚试河水的温度，真是天真无邪的时代。史河也天真无邪，河水悠游，不急不缓，静影沉璧，云霞流连。

现在，沟壑纵横，大大小小的坑塘，被地下水、雨水积满，未知深浅。四处暗藏危险，魔鬼躲在看不见的地方，一旦有人误入，就会被漩涡吞噬，每年都有生命陷落。

很多人为史河喊魂，可似乎声音不够大，震撼力不强，不足以震慑。

纵观人类发展数千年，从开始学会使用工具，到有了火种，到使用火药，再到蒸汽、电力、信息等革命，人类跪着的双膝慢慢地站起来，越来越自信地征服世界。可是，过度地征服未尝不是一种灾难，有时候，征服世界的过程，就是破坏生态的过程，是给自己添堵的过程，也是对群体生命围追堵截的过程。一切都在飞速发展，人类很是得意，但人们的笑容还没有完全绽放，就又面临一系列的危机与考验……人类在大自然面前，如此地自私，也如此地渺小。

人属万类之中的一类，是生物社会的一种角色，人不可以凌驾于万物之上。而很多人的心智已经被严重污染，人心被污染，世界才被污染，有哪一种污染不是人为的呢？整治污染其实首先得整治人心，整治人的目光和头脑，否则，任何环境整治都是治标不治本。

六

我亲手绘制了史河，并把它立在墙上。

我像康熙大帝站在大清全图面前抚摸他的每一寸土地一样，深情地抚摸我的史河，它像一棵根系发达的大树，高高矗立在我空阔的墙面上。两米多高，踮着脚才能摸得到入淮口，深深俯下去才能够查看发源地，主线纵贯南北，我看得见它的全程，看得见它的流淌。

我是喝着史河的水、吃着史河的鱼虾长大的。在史河还水草丰美的时候，一馋了就跑到大桥下，在大石头的缝隙处，用竹筐拦截几条活鱼，交给母亲烹制，渴了就直接掬起史河水，咕咚咕咚灌一气，不知道是不是把鱼虾的幼卵也喝下肚子，反正我是跪着喝下的，鱼儿虾儿不怪罪。

那时候，跟史河的亲昵是由内而外的，肚子里装着史河，脚丫子踩着史河，掌心里捧着史河。无论人生的脚步迈向哪里，生命的底片上总叠印着这条回味无穷的河流，任何名山大川都无法代替。正如泰戈尔所言："无论黄昏把树的影子拉得多长，它总是和根连在一起。"史河是我的根，也是两岸人民共同的根，千百年来，史河与两岸人民流淌着共同的血液，细胞里承袭着共同的DNA。

如今的史河岸，像一个失去年华的女子，经历过万世繁华，正斯人憔悴……

我经常会梦到古老的河岸，像一部幻灯片，或春风拂荡，或夏风送凉，或秋水明月，或冬雪苍茫，四季的变换记录着似水流年——

“大月亮，小月亮，开开后门洗衣裳，金盆洗，银盆浆，打扮哥哥上学堂。学堂路，盖瓦屋，瓦屋高头一只鹅，扑棱膀子过江河，江河那边人又多，穿着花鞋来对歌……”

岸上的民俗，学堂的月光，“对歌”的热闹，扑腾的老鹅，都是家的味道，梦的味道，岁月的味道，史河的味道。

不要让“史河”变成“死河”，不要破坏了自然再花钱去造，更不要把流传已久的文化遗失在发展的跑道上。

尊重，是一个无比高贵的词汇。尊重人，尊重天地，尊重自然。对一条河流的爱，从尊重开始，尊重它的形式与格局，尊重它的源流，尊重它的鱼虾，尊重它流淌着的血液，尊重它生生不息的文化。这才是让一条河之所以为河的道理，这才是高悬在大河顶上比星空更令人敬畏的道德。

更多的人，已经开始看到了这种“道德”，史河岸整治改造的规划图像一轮明月，已经挂在东边的树梢，挂在沿岸百姓的心中，人们眼前，粼粼的波光已若隐若现。相信不久的将来，史河上空升起的太阳，照耀的将是一片更加多情的土地。

愿史河用不尽的诗意，绕过所有的寒凉。

话说三元

三元者，天元，地元，人元也！

天元，乃朗朗乾坤；地元，为浩浩大地；人元，是天地之间勤劳善良勇敢的人民。人食五谷，五谷生于大地，大地滋荣靠阳光雨露，所以，《三字经》中“三才者，天地人；三光者，日月星”之语流传千古。六安市有三元小镇，三元人信天、信地、信自己，古蓼大地的深厚遗存滋养着这里淳朴的民风，他们相信，只要坚守“本善”之心，用爱、用赤诚、用汗水去生活，去劳动，天地定会给予人民最大的恩惠和福祉。

三元，是个饱满丰盈的名字，古往今来，前世今生，摒得住底气，守得住元神。三元有肥沃的土地，生五谷，兴六畜；三元有古老的史河，像血脉一样，丰田园，泽万民。三元人以“三元”二字为自己的土地命名，有神采，有气派，有根基，有憧憬。

古遗址

三元镇东部僧窑村附近，有低低的山冈，其中一个岗丘，当地人称为黄大包，远远望去，坡度缓慢，松林静谧。据考证，这里有新石器时代遗留下来的大量石器。给我们引路的徐君，老家居于此，他说小时候去学校来回都要经过这一带山林，经常可以捡到一些造型奇异的“石头”，青色，打磨得光滑，有线条和图案，刀形的，剑形的，塔形的，方形的，圆锥形的……形态各异。尤其是下过暴雨之后，那些东西经过雨水的冲刷，呈现出一种别样的色泽，与周边其他山石区别很大，非常显眼。大家都隐隐感觉到这是一个不同寻常的地方，但究竟是什么，人们无从知道。

2013 年，六安市文物局开展第三次文物普查，这里众多奇异的石块和台垒引起了考古专家的注意。经实地考察论证，这是一处新石器时代文化遗址。

中国远古的石器时代，在考古学上指以使用磨制石器为标志的人类物质文化的发展阶段，分为旧石器时代和新石器时代，旧石器时代大约始于1.4 万年前，人类开始学会对触手可及的石头进行加工，开始生产粗陋的石棒、石斧、石铲、石镰、石锛、石磨等工具。新石器时代是石器时代的最后阶段，不仅出现磨制的劳动工具，还出现了陶钵、陶罐、陶壶、陶盆等各种类型的生活用具。

在距今 6000 到 4000 年之间，楚国境内的先民陆续进入新石器时代。现代考古发掘证明，新石器文化遗址在楚州一带均有发现，比如江苏高邮的龙虬庄遗址、霍邱陈家埠的扁担岗和绣鞋墩文化遗址等，被誉为“江淮文明之花”。

霍邱、叶集、固始等地，在上古时期隶属于古蓼国。春秋时期，即鲁文公五年（公元前 622 年），楚国公子燮灭掉蓼国重设蓼邑，蓼邑属楚。后又分蓼为两个邑，一为雩娄邑（邑治在今固始县陈淋镇附近），二为鸡父邑（邑治在今金寨县开顺镇）。三元，史上乃为东蓼之地的霍邱治下，地处大别山北麓，淮河中游南岸，承载着古蓼以及楚国厚重的文化历史，沉睡于地下的石器遗址，是研究淮河文明、淮河文化和人类文明进程的不可多得的珍贵宝藏。

在僧窑新石器遗址的一侧，正在开辟道路，新农村建设正迈着雄健的步伐滚滚向前，机器的轰鸣和沉睡的宝藏共同拥有这一片天地。一边是静止的文化，一边是飞奔的发展，时光以不同的速度行走在人间，也可以说是这个时代别样的风景。

俯身抓起一把沙土，这是从土地的皮层下翻出来的新鲜的泥沙，向上一扬，沙土从指间滑出，顺风而走，划出优美的曲线，又落入大地。地球上的一切都是从大地中来，再回到大地中去，人如此，草木如此，一切生活的痕迹皆是如此。这一把沙土中，沉积了多少草木的腐质，记录过多少生命的印迹，已经不得而知，但有一点可以肯定，它负载着无限丰富的文明信息，记载无数兴亡成败，它上面有过金戈铁马，也有过风花雪月，有过山崩地裂，也有过沧海桑田，这是自然人文、宇宙洪荒给人类世界留下的一条寻根的绳子。

站在4月的田埂上，眺望那一块沉默的土地，想象着它曾经的喧嚣、曾经的辉煌、曾经的新生和寂灭。这里走过的无数先民，他们果腹的也是这一片土地上出产的稻米，他们饮用的也是大别山潺潺而下的清冽山泉，照耀他们的也是我们头顶上这一轮太阳。而今，石器和它所属的那个时代，早已经成为历史的陈迹。日月照样升起，万物照样繁荣，推动岁月车轮前行的，有我们的力量，也有先人的力量。

我不由向埋藏古代遗迹的这一片厚重的土地，深深鞠躬致敬。一抬头，我发现松林俊逸，沙沙作响，似乎有无数的语言在林中回荡。

觉林寺

很久之前就听说三元镇有个觉林寺，曾经香火繁盛，今天奔着觉林寺来了，却没有找到觉林寺，只有一株老树轩然挺立，遒劲婆娑。

据说这棵树当年在觉林寺内，只是一棵晚辈的树，那时候寺内古木参天，林荫蔽日，庙宇在老树的翼下神圣，老树在袅袅香雾中庄严，鸿钟阵阵，木鱼声声。

那时候，寺内供奉有西天大佛、观世音菩萨、文财神、武财神等塑像，每年农历四月初八这天，周边众多的乡民前来祭拜，供奉西天佛祖的生日，从清光绪年间就已经开始，延续百年规模逐渐增大，多时达几万人之众，形成远近闻名的四月八庙会。

庙会期间，非常热闹。有演木偶戏、皮影戏的，有拉洋片的、唱大鼓书的、玩花灯的，有各种各样的杂耍表演、民间传统花灯，还有百姓们五花八门的生意买卖，热闹非凡。老百姓边欣赏庙会边品尝美食，在春播和夏收的间隙，把蕴藏在内心对生活的热爱、对美好明天的向往，全都泼泼辣辣地呈现给人间。

庙会之外的日子里，这里既热闹也冷静：寺僧们潜心礼佛，普度众生，兢兢业业；香客们虔诚敬拜，跪拜祈祷，念念有词。众佛居于此地，救民水火，慈悲为怀，有求必应，显灵显圣，给人春风，给人秋雨，给人一剂一剂救治身体和灵魂的良药。所以，这里香火持久，绵延不断。

时光荏苒，岁月变迁。解放初，这里推倒寺庙，建成学校，名戎沣中学，1958年扩建成三元中学。孩子们在这里读书习字，诵经声变成了朗朗的读书声。这里是一块宝地，过去建筑寺庙的地方，都是僧侣们精心选址、风水看透的。在这里读书，一定能通透古今，博采万类，文昌于怀，融会贯通。

原觉林寺只有一棵大树被保存下来，又经过60年岁月轮回，这棵树愈发枝叶茂盛，亭亭如盖。当孩子们在上课的间隙，把目光投向窗外，一抬眼就能看见这株老树，脚踩大地，肩担日月。老树沧桑皴裂的皮肤像一本载满人生密码的大书，经得起一辈一辈人的翻阅，经得起年深日久的揣摩。老树虽老，却不腐不朽，精神焕发，每年3月它都会如期把一树青春的叶子捧上枝头，交给世界，就像学校一年一年把优秀的孩子送上更高的知识平台。

大树下面，有不知名字的香客，郑重地摆上了观音菩萨瓷塑，时常有人焚香膜拜，或在树枝上挂红。老树经过风，经过雨，见证过无数世事风云，在百姓心中早已经不是一棵普通的树，它是一个神，它是一尊佛，它是一位灵通的上仙。

当我仰头凝望这棵老树的时候，感觉它也在静静地凝视我。它的目光透过岁月的层云，与我的目光相遇，刹那间，身体有一股电流击荡，世界澄明莫过于一张不被世俗污染的眼睛，老树站于红尘，脱俗于红尘。恍然间，我有一种被佛祖摩顶的感觉，似乎一下子打开了天眼，目力穿越一叠一叠的日子，回到了觉林寺未毁前的香火缭绕之中：

我与一高僧一同站在一株亭盖丰美的皂角树下，他用极其松弛的声带，低沉缓慢地说："那时候，有十位菩萨用偈颂来称扬赞叹释迦牟尼佛的功德，觉林菩萨是其中一位，排在十位菩萨的第九位。"他又诵了一段《法华经》：

譬如工画师。分布诸彩色。虚妄取异相。大种无差别。

大种中无色。色中无大种。亦不离大种。而有色可得。

……

老僧的眼睛并不看我，他虚晃的目光穿过浓密的枝丫，落在一个并不确定的位置，口中的声音节奏分明。他说："这几句经文出自《法华经》卷十九《觉林菩萨偈》，它的意思是说，画师在分配颜色的时候，是虚妄的，是假的。他心里的颜色并不是画上的颜色，你眼中看到的颜色，也不是他画上的颜色，更不是他心里的颜色，因为心是随着外缘变化而变化的。画师的画色，他的心色，跟那些已经呈现的画面不相干……"

我沐浴在《法华经》的经海里，似懂非懂。但僧宽容了我的无知，并不介意，示意我打开心扉，与其论道。于是，我把很久很久揣摩不透的那些疑惑，求教于高僧。

我问："觉林寺是一个什么样的地方？"

僧说："是菩萨讲解佛义、颂释迦牟尼功德的地方。"

我问："为什么觉林寺那么多，苏州有，重庆有；中国有，越南也有……"

僧说："十菩萨颂释迦牟尼佛祖功德，足迹遍及四海。"

我问："为什么觉林寺香火能够常盛？"

僧说："布道万民，解一方之苦，佛很用心。"

我问："为什么古蓼大地这么大，觉林寺只建在三元小镇？"

僧说："天地人和，佛敬重这三元开泰的宝地。"

当我们离开三元中学，车上大路，再回眸转身的时候，阳光正把满手的金子涂抹在老树的枝枝丫丫。老树镀上了金身，像一个守护神，忠于职守地矗立在校园里，整洁的校舍沉浸在一片书香之中。

史河渠

当史河的源头，在大别山腹地的金寨先大山深处千山万壑间聚集，奔涌着、跳跃着前行，绕过一座一座的山，又被梅山水库截留，再平铺而下，流到三元小镇的时候，已经非常缓慢。在三元镇镇府的一张展板上，我们以临空的视角观看史河，它像一位仙女，昂首挺胸，长袖飘飘，优雅地舞在三元这一片沃土之上。雷书记带我们沿着河岸步行，近距离领略史河风光。

沿河安装了木质的栅栏，栽种了漂亮的垂柳。4 月天，杨柳新芽，嫩绿嫣然，一派生机。水泥步道弯曲着向前延伸，河水绕着碧渚，在阳光下泛着涟漪。

突然一种错觉，似乎走上了都江堰。前方一个鱼嘴型岸渚，凸出在史河中央，把河道一分为二，像极了都江堰的鱼嘴坝。都江堰的鱼嘴是修建在江心的分水堤坝，是整个水利工程的一个重要组成部分，鱼嘴把汹涌的岷江分隔成外江和内江，外江排洪，内江引水灌溉。而三元境内史河的鱼嘴坝，不是人工修建的，自然天成，它把史河河道切割成两路，易名沣河了，往西去的叫沣西，往东北流的叫沣东。沣西沣东双手展翅，张开多情的怀抱，抱住三元小镇，把源源不断的血液灌注在大地的血管之中，让这里成为鱼米之乡。三元的水稻年产量、小麦年产量在同等乡镇中都是居于高位的，农民们五谷丰登，幸福而满足。

都江堰是公元前256年，秦国蜀郡太守李冰和他的儿子，率领当地人民兴建的水利工程。都江堰建成后，以前经常洪水泛滥的成都千里平原，成为沃野，成为“天府之国”，都江堰是古代水利工程中唯一一个直到今天还在发挥作用的，被称为“活的水利博物馆”，天下闻名。而在淮河流域，也有一个举世闻名的水利工程——淠史杭。曾几何时，淮河情绪暴躁，喜怒无常，时而友好，时而发威。淮河泛滥期，无情地吞噬掉大片良田，百姓收成无着，生活水深火热。上世纪50年代，伟大领袖毛主席指示“一定要把淮河修好”，百万大众兴修水利，经过多年的努力，淠史杭水利工程像血管一样，布满史河水系，从此河流温顺，造福万民。

有序的灌溉，为农业丰收提供了有力的保障，好政策更给农村的飞速变化添上了翅膀。本世纪以来，农村渐次取消了土地上缴，给耕地以各种政策性补贴，还有各种形式的扶贫，精准扶贫，加之农业机械化的逐步实现，农民已经很大程度上摆脱体力劳动，生活水平真正提高了，住房也改善了，幸福感大大提升。

河堤之上，草长莺飞，和风拂面，正是4月春好处，远远近近，一派祥和，农民屋前的桃树绿肥红瘦，遍野的油菜花自在地绽放，空气里流动着丰硕的香气。这一切美好，都与我面前的这条大河息息相关。万物离不开水，据考证，世界上每一种文明的发源地都伴随着一条河流，所以，人们总是喜欢把养育生命的河流称为母亲河。史河，这条跨越皖豫两省的母亲河，不仅以丰腴的乳汁滋养两岸的人民，还以非凡的美丽养眼养心，给人们以精神的抚慰。

站在三元镇境内的史河岸边，能够望得见遥远的地平线，白云低垂，天地合一。在城市居住久了的人，似乎已经忘记地平线的模样，到了这里，那浩大天空所呈现的，那目及远方所领会的，那凭栏临风所感受的，都被激活了，很多东西回到了心田。再过半个月，梅山水库开闸放水，这里水位升高，水面扩大，盈盈春水，绿波荡漾，想来一定更是赏心悦目，令人心驰神往。

突然感觉爱上了这里，要是在这个地方，没错，就是鱼嘴那个地方，盖一间小木屋，辟一方小小的菜园，每天坐在门口的小树下，手捧一本好书，细细地阅读。累了的时候，抬头看一看天，看鸟雀天高地远地飞，看云霓汪洋恣肆地聚集，看水漫不经心地流，看四野的庄稼和草木放纵地茂盛，惊心动魄地泼红泄绿，那一定文思泉涌。我情不自禁地要称自己为神仙姐姐了。

中国人最讲究“道”，老子《道德经》第四十二章有“道生一，一生二，二生三，三生万物”之说，“三”包含着“繁多”“众多”“无尽”之意，对“三”的解读如果写在纸上、印在书上，估计可以多到汗牛充栋，多到车载斗量。三元镇，把名字中贯以“三”，自然生出了多重意义。不论人们对“三元”有多少种解释，“元宝说”也好、“连中三元说”也好，诸般等等，我还是最相信自己的感觉：当脚步踏上三元的土地时，内心深处涌上来的是一种饱满的元气，朗朗天空、浩浩大地以及三元人脸上朴实的笑，都让一种爱，弥满心空。

小镇风情录

一条河在这里蜿蜒流淌，一百年过去了，二百年过去了，五百年过去了……

一个姓叶的船夫几代人在河上摇橹，叶氏子孙们在岸边盖房搭灶，卖饭卖菜给过往行人。这块河汊冲击出来的平原，地肥水美，一拨一拨的人来到这里就没再离开，他们在河岸搭起了房屋，开荒种地做生意。

上古时期，这里叫鸡父。从明朝起，叶氏一支中一位有头脑的后生，在这里把生意做大之后，远近的客商开始聚集此处，人们就把这个地方叫作——叶家集。皖西，大别山下，一个青沙淤成的小平原，三面环山，温婉如玉。

一个叫“集”的地方能有多大，一个叫“集”的地方民风民俗几何，史河湾知道，邻县霍邱、金寨、固始知道，邻省的河南、湖北知道，远远近近熟悉的人都知道。

叶集人安分洒脱，叶集人淳朴自在，叶集人揣着叶集腔，吃着叶集菜，带着叶集俗儿，日子过得有滋有味……

一

叶集人一见面就问：“你替吃饭了?”即使刚从茅房出来也这样问：“你替吃了?”

对方回答：“吃了吃了，刚刚吃过。你吃了吗?”

这人一边往茅房里走一边笑曰：“快了，就准备吃呢!”

看文章的你都笑了不是，叶集人谁也不觉好笑，很自然，习以为常，男女老少都这样说话。

叶集人把“说”读成shuǎi，把“热”读成rǎi，表示疑问用“替”，表示同意说“就地”，夸赞的话统用一词“俏巴”!

二人一见面：“你家媳妇说（shuǎi）好了，替是的?”

“就地，就地，谈得正热（rǎi）乎呢!”

“女孩长得替俏巴?”

“怎不俏巴！人俏巴，讲话做事也俏巴，家里条件也俏巴!”

“喜酒可不能偷着喝了哦?”

“看你说（shuǎi）的，放心了，到时候喜酒摆得俏巴巴地请你来!”

“就地，就地，不喝个喜色不走人，一定好好热（rǎi）闹热（rǎi）闹!”

到叶集来，除了每天可以听到这样的方言，还会很容易听到人们津津乐道的三大怪：篱笆墙桩朝外，小活鱼炕死卖，羊肉一年四季菜。

二

叶集以一桥之隔紧贴河南省固始县，虽水土相连，民俗却差异甚大。叶集三大怪，仅限于方圆几公里的叶集城区范围内，这本身就够怪。

篱笆墙，桩朝外。

叶集人最讲究实惠了，舒服踏实最要紧，至于好看不好看那是别人的事，咱不管，咱盖房子咱住着得舒坦，篱笆桩当然要朝外。

贫穷年代里，叶集人住木桩做柱、麻秆扎墙、墙上糊稀泥、顶上盖稻草的房子。这样的房子在外地，人们一般把桩柱放里面，外墙泥得平展展光堂堂，一看就整洁干净。而叶集的老百姓才不呢，他们不约而同把桩柱置于墙外，里面泥得平展展光堂堂，没有一点凹凸，搁什么放什么都方便，桌子椅子床放哪哪好。至于外墙的观瞻，随它去好了，自己住房子，舒服不舒服自己知道，不是给人家看的，可别中看不中用，委屈自己俺们才不干呢。叶集人过日子就是这么实际!

叶集人喜欢吃鱼，却对大鱼平常，最钟爱小猫鱼。

所谓“小猫鱼”，就是很小很小的小鱼儿。渔夫们用网打上来，一条条活蹦乱跳，金针银梭一样。好是好看，可怎么吃呀，这么小，有肉么?一指长一指宽，肠子鱼鳃怎么清洗？要是在其他地方，这种鱼只配拿来喂小猫，人是不屑于吃的，或者“嗖”的一声扔回塘里，快回家长肉去吧，你还没资格上桌子。

叶集偏偏吃小鱼！清晨你上市场一转，就看到有人挎着竹编的鱼篮子，一条一条炕鱼平摊在上面，更小的打成堆，炕得干干爽爽。小鱼的肠肚已经挤净，挤小鱼是一种特殊的工艺，是一种技巧，把鲜活的小鱼快速变成肠肚干净能食用的鱼干，可不是一般人能够做到的，需经验丰富的渔人才行，这个可要等到你愿意交费给我时才告诉你的呦，信不信由你。

炕鱼买回家，放在油里慢慢煎，煎成两面焦黄，加盐、酱油、葱、姜、辣椒那么一炒，一盘青椒炒小鱼就闪亮登场，又好看又好吃，连一点汤水都舍不得丢，炕鱼汤泡米饭，味道绝不输给那高档酒店里价格能登上天花板的“霸王别姬”。

叶集羊肉，一年四季都吃，是三大怪里最响亮的一怪。

羊肉就服叶集水土，到外地吃羊肉，总是觉得汤不醇，味不正，鼻子不是味，舌头不是味。叶集人烧羊肉，不是哪家哪家烧得好，是家家户户都拿手。羊肉出锅，不腥不膻，色足味美，香气袭人。

你说你过去怕羊肉那么一股子膻味是不？那是因为你没到叶集来，没见识过叶集的羊肉。我刚参加工作那会儿，有几个外地分来的同事说：“羊肉有啥好，吃过羊肉走二里地还能闻到膻气，第二天打嗝还有腥味。”结果怎么着？在叶集待了两年之后，什么羊肉都吃，甭管是鲜的还是腊的，是羊肉还是羊杂碎，是红烧的还是清烩的，是羊脑袋还是羊尾巴，统统消受，来者不拒！

叶集人烧羊肉，不会落下羊身上哪一个部位，从羊头羊脑到羊蹄羊脚，从羊肉羊骨到羊肝羊肺，无一处不烹成佳肴。大酒店里，红烧清炖羊肉锅四季飘香，小排档羊蹄羊脑羊杂碎全羊登场。羊肉既可登大雅之堂，又可随风化俗，羊肉小吃遍地开花。

早晨起来，你往街边小摊一座，叫一声“来碗羊杂烩”！你瞧着吧，不一会儿，一碗热气腾腾、味美香足的杂烩汤就端在你鼻子下。先别动筷子，闻闻，你闻闻：香热袅袅，味鲜腾腾。再看看：粉丝、馓子、豆芽、香菜、葱姜蒜末，配上几块熟烂的羊肉，你得靠墙吃，不然要鲜栽倒了！

三

叶集人铁嘴、铜头、面条腰。

叶集一年四季吃火锅。过去呀，用窑货店里买来的瓦炉子，里面放上炭火，热锅子噗噗哒哒，吃到了（liǎo），烧到了（liǎo）。现在用酒精炉子，即使是五黄六月三伏大夏，热锅子也烧得直冒泡。一席饭三五个炉子是正常。食客们围坐桌边，吃得挥汗如雨，炉子里的火可熄不得。从锅里夹起滚烫的食材，直接入口，而绝不会烫坏嘴巴。所以叶集人是“铁嘴”，这是从孩提时代就练成的一身硬“功夫”。

叶集人不喜戴帽子，男女老少很少能见着戴帽子的，襁褓里的娃娃除外。数九寒天，滴水成冰，外面北风呼呼地吹，雪片花花地飘，房檐下挂着二尺长的溜溜（冰凌），雪地里行人缩着脖颈步行，却基本上光着脑袋。人们裹着厚厚的棉衣，拖着粗重的棉鞋，脖子上围巾一圈圈绕住，一说话嘴里热气直冒，却难得看见帽子盖住头的。叶集人“头不怕冷”，得名“铜头”，当之无愧。

嘴是铁嘴，头是铜头，金属质地，铮铮有声。可是腰却不是钢腰，腰很软，软如面条。

叶集人选择椅子，首选带靠背的，“面条腰”需要的是支撑，需要的是依靠，一把带后背的椅子就 OK 了。只是我没有深入探究，这个“面条腰”是不是还含有其他的意思呢？比如做人腰杆不硬朗、见权贵就哈腰之类，但愿不含这层意义。

四

叶集人的家常菜：酱豆、萝卜干、老咸菜。

要说大菜，叶集人啥都会吃，啥都爱吃，啥都舍得吃！但是再好的生活也少不得小菜。人们喜欢把容易办到的事说成“小菜一碟”，生活中哪有那么多大事呀，居家过日子，小菜最是贴心。

先说酱豆。酱豆都是自家做，超市里的酱，瓶装的，包装很精美，可叶集人瞅着不顺眼。自己做的酱干净，不含色素防腐剂，吃着放心。梅雨季节，把黄豆或者蚕豆放锅里一煮，煮熟煮透，冷水冲净、沥干、凉透，拌上面粉。豆拌粉的干湿度决定将来生霉的质量。贤惠的大嫂大妈，卷起衣袖，把豆与面粉翻匀，在阴暗的室内摊开竹床，铺上席子，均匀摊开豆子，去卧室里把刚洗好的被单被面掂来，“哗啦”抖开、盖上，焐上几天，所以叶集把做酱豆叫“焐酱豆子”。豆子焐的好坏决定于“来霉”的优劣，霉多且黄为优，霉少不黄为劣。而“来霉”的好坏取决于温度和湿度，这个温湿度一受制于天，二决定于人。有经验的主妇，会“一日看三回”观察被单底下的“春秋”，时而掀开一点，时而遮蔽一点，调节温度，掌控“霉”的生长。霉开始长出的时候是白色的，如果这时热度过高，白霉会被烧黑，品质就次了；热度不够，霉长不长、长不多，也直接影响未来成品的味道。湿度不够，不长霉，豆子干干的白白的，做不成酱。能不能做一手好酱，是衡量媳妇婶子们是否巧手的一大指标。

“来霉”程序结束，豆子绿莹莹、毛茸茸的，拿到太阳底下晒，晒得越干越好，因为晒干的豆瓣加水后容易化肧。盛夏，先看天气预报，选连续的晴天下酱，最好用内有红釉的瓦盆，温开水化粗盐，把晒好的豆子放进去搅拌，上面用玻璃盖严实，放在没有苍蝇飞来的地方，毒毒的日头下暴晒几天。绿色的霉渐渐变成酱黄色，黄色又渐渐变成红色，越晒越红。这个阶段，好天气是酱做成功的先决条件。逢阴雨要搬进室内，天晴再晒，直晒到酱里找不到整豆瓣。

青辣椒切丝，锅里放素油烧热，辣椒炒软，新鲜酱豆两大勺往里一放，哧啦一炒，添点水一煮，啧啧，红绿相间，辣香扑鼻，炒一碗剩米饭配上，任你山珍海味也比不上！

再说萝卜干。

叶集大萝卜那是顶顶好吃的！水灵灵，脆生生，甜丝丝，给三斤苹果也舍不得换你一个的！但水萝卜是水萝卜的味，萝卜干是萝卜干的味。萝卜干可以当早晚小菜，可以下酒，可以打扫肚子多余的油腻，还能长久存放，自然成了家家户户必备的小菜。

用细瘦的小萝卜切条，一打四瓣大小的萝卜最好。每片上都有皮，看着青，吃着脆！萝卜切好放太阳下晒软，用盐腌渍，腌到透出水拿到太阳底下晒，晒到软硬适度收起贮存。

吃的时候，用开水焯一下，撒上五香粉辣椒面，切成小丁，浇上香油：青白相间，油光鉴鉴，咬在嘴里嘎嘣脆！弄一碗米粥，蒸一锅馒头，来一碟萝卜干，你就美去吧！

老咸菜，是叶集人最亲的朋友，与叶集人民代代友好。

腌咸菜是力气活，叶集大嫂腌咸菜的场面颇有些气势。于房中央支起一个大簸篮，几个人菜刀飞舞，一捆一捆的腊菜切碎成堆。大冬天的，叶集大嫂卷起衣袖，露出滚圆的胳膊，均匀撒上盐，洗衣服一样上下揉搓，双手齐上，搓得湿漉漉水泠泠，一把一把按进坛子里。坛子里腊菜必须压实，不然容易腐烂。坛子下面放一个木盆，腌菜大嫂喊来丈夫，用擀面杖在坛子里捣，弓腿，侧步，弯腰，抡臂，使劲。劲要大，力要猛，累得满面通红，龇牙咧嘴，累得绵密的汗从额角渗出。只捣得坛子里绿水直冒，顺着坛壁流到木盆里。再加切好的菜丝，再捣再拄，绿水再冒，直到力气用尽，直到绿水冒完，坛子里的菜满口满沿，再也捣不下去了，用塑料布封好坛口，移到屋子拐角静置。

也就一个来月，腊菜腌下性了，绿色变成了淡褐色，就可以掏出来吃了。

困难时期，老咸菜是叶集老百姓饭桌上的主打菜。过去学生住校，一个星期回家讨一缸子老咸菜就是一周的下饭菜，不是个别现象。现在条件好了，老咸菜仍然不退休，叶集人不允许它退休，人们爱它敬它，它朴朴实实，端坐在叶集人的饭桌上，老资格地占据着重要的位置。

五

叶集人不仅会吃，还很会说，智慧又幽默。

小张说了个对象，满意得很，正在热恋中，瞅哪哪好，见人就夸：我那对象聪明灵巧，会烧锅得很，臭肉烧得比新鲜肉还好吃。

朋友跟杆子就上：那我们给你个机会，哪天我们去尝尝她的手艺，吃吃臭猪肉去，好让她露一手？

行啊行啊，哪天我请。

不久，果然逮着个机会到小张家做客，一吃，发现新鲜猪肉烧得比臭肉还难吃。

酒足饭饱之后，小张得意，问：今天菜烧得咱不咱？

朋友说：不错不错，这肉的味道，我们从没有吃到过，的确手艺不凡呀，吃了就不会忘！心的话：这怪味哪能忘得掉。

一方水土一方人，悠悠史河流山泉，叶集人生活过得咱。这个“咱”，带着自豪，带着炫耀，带着叶集人的快乐和满足。

人这一生，快如流星。好好地行走，美美地活着。就像咱叶集老百姓，该吃吃，该玩玩，该调侃调侃，该乐呵乐呵。不要把日子过得像学古文，抓耳挠腮；也别把日子过得像读长诗，拿腔拿调。俏俏巴巴工作，排排场场办事，自自在在过活。

叶集人，日子真是没说（shuǎi）的！

第四卷　且梦且醒

天意不违，尘埃不生。梦也醒也之间，写只写一缕初心。

夏枯草之恋

安茗回到红花，他沿着树木葱茏的小径，走上那个阔别已久的山坡。夏枯草正在开花，一片连着一片，在山谷，在溪涧，在丛林，像春天细细碎碎的心事。单一的颜色，简约的花瓣，默默地美丽着，不带一丝骄逸，不带一丝奢华。

安茗始终辨不清夏枯草是一种草，还是一种花。如果是草，却拥有美丽的花朵，玲珑俊秀，缤纷热闹；如果是花，却在百花盛开的季节，倏然枯萎，人们甚至还没有来得及仔细端详它的容颜。安茗想不明白，为什么上帝赋予它生命，却又让它如此短暂，逢春而生，遇夏而枯，在生命的盛年就溘然离去。为什么那么残忍地剥夺它生命的权利？

安茗俯身摘下一支夏枯草，举到眼前。这种乳名叫“牤牛朵”的植物，在大别山脚下红花村一带，多得像老粗布上的布眼，密密麻麻，不计其数。看着它翠绿的叶、淡紫的花、温柔的穗，许许多多已经沉入岁月深处的沉吟与歌哭，又被重新拉回到安茗眼前。

也许夏枯草知道此生的宿命，它早早地开花，早早地结籽，把一生的爱与忧伤，赶在盛夏到来之前呈给这一片土地，正如英子，那个没有被上帝爱抚过的萧瑟女子。

一

一家人从陈淋子镇辗转好几个村落，最终落户到这一片山岭的时候，安茗才四五岁。这个村庄有一个美丽的名字——红花。红花村掩映在一道道低矮的山梁和蓊蓊郁郁的山林之间，山清水秀，风光宜人。朝霞未起，先听一片鸟鸣；日头落后，袅袅几缕炊烟。这本该是神仙居住的地方，安茗一踏进这个村子，就爱上了这里。

村子里有一个美丽的小女孩，名叫英子，村支书的外孙女，经常来找安茗。她是安茗在红花村最早的伙伴，经常在一起玩。有一次，英子从夏枯草的穗子上，摘下一枚花朵放到嘴里吮吸。她叫安茗也把花瓣放进嘴里。呀！酸酸甜甜，还带着淡淡的清香。安茗尝到了一种新鲜的味道。这种味道怎么似曾相识呢？噢，对！是父亲喝过酒之后，母亲把酒杯用温水涮一涮，倒水给安茗喝时，那一种清淡的、若有若无的酒气。从那时候起，安茗就永远记住了夏枯草的味道。

可是夏枯草还没有开始凋谢，英子就突然生病了。阳光被黑云遮住，英子被黑暗抓牢。高烧，好几天退不下去，村里的卫生员用尽一切办法，也无济于事。输水、打针、下各味猛药，不见好；请大神，看香头，焚火纸，也不见好。轮番治疗，等到高烧终于退下去，英子从昏迷中睁开了眼睛的时候，医生和家人的笑容在脸上还没有停稳，就凝住了，像云朵凝在画布上。

英子从一场噩梦中醒来，又无法抗拒地被甩进另一场梦魇。过于沉郁的现实，年幼的英子未必懂得，她永远失去了女孩子特有的娇俏和顾盼神飞，失去了脆玉银珠一般的声音，她失去了繁华的春，也将失去斑斓的秋。

英子的半拉身体像中了魔咒：一只腿僵硬起来，一只肩膀耷拉下去，嘴角眉梢也不再像花朵盛开。英子像被魔鬼拥吻过的孩子，身体沾满了刀子也刮不掉的余毒。春天落地，美丽失陷，她变成一个残疾的孩子。

大人们指指点点，满是惋惜；小孩们不带她玩，满是嫌弃。英子成为孩子堆里被捉弄的对象，村里大大小小的娃们，吃着最粗陋的食物，却猴子一般精明，兔子一般敏捷。英子走在路上，发现有姿势跟她一模一样的人擦肩而过，那是在学她走路；英子打猪草的时候，也会有人夺掉她手中的竹筐，把猪草全部倒在地上，扔了筐一溜烟地跑远；英子的头发棵里，会被放上一只甲虫，或者一只蚯蚓，一群娃在英子“咿咿呀呀”口齿不清的喊叫声中，乐得手舞足蹈……

世界的有情在于它不会无端抛弃谁，残缺的英子也和大家一起长大；世界的无情在于它会让丑陋越长越大，越长越难以容忍。同龄的小姑娘们已经出落成美丽的花朵，英子却错长成一棵歪斜的小树，永远展不开亭亭玉立的枝条。成长，对英子来说，是一种残酷。

英子发育成大姑娘，半大小子们也奉天承运，赐受了野性的荷尔蒙。那一天，安苕在后冲放羊，一种奇怪的动静隐约传来。仔细警起耳朵，他听到了密林深处的怪叫和“咿……咿……呀……呀……”的挣扎声。一种不祥的预感攫住心，安苕拨开荆棘，快速往林子里跑去。几个贼蛋把英子推倒在地，正猥亵地撕扯她的衣服。英子手脚胡乱地扑腾着，嘴里喊不出一句完整的呼救。

安苕扑上去，抄棍子打，拿石头砸，抓土坷垃劈头盖脸地扔……一阵打杀，他甚至没有看清对方有几个人，也没有考虑是否能斗得过他们，安苕只是拼命地狂舞。也许，那几个人自知所做是见不得光的行为，也许他们被安苕不顾一切的疯狂劲吓着了，一个个比安苕个头还高、比安苕体力还壮的野小子，被一一逼退，陆续溜出树林。

此时，英子已经不再号叫，她瞪大眼睛看着安苕。四周突然好静，安苕丢下手里的棍子，抬头喘息，他从枝叶的罅隙里，看到一朵白云正停在头顶，好白，好柔软。而英子，却不能像云朵一样在林子外面的天空飞扬，她正狼藉地坐在地上，夏枯草在她身下七零八落，很多紫色的花瓣被踩进污泥。这一刻，她仰望着安苕，心中只有感激在涌动，竟然忘记整理一下零落的衣衫。

安苕扶起英子，掸去她身上的泥土和夏枯草的残片，慢慢把她上衣的纽扣一一扣好，一边摘掉她头发上黏着的几根烂草，一边说：“英子，回家吧！”

那一年，英子 16 岁，安苕 14 岁。

二

从此，英子看安苕的眼神里就多了一份暧昧和眷恋。

英子姥姥家有一片梨园，从春天开始，这里就是招蜂引蝶的地方。娃们倒不是喜欢梨树雪一样的花朵，他们觊觎的是未成年的梨子。待到梨子长大，远近都能嗅到成熟味道的时候，娃儿们更坐不住了，心心念念想弄俩来尝鲜。可是姥姥看得紧，别说摘梨，就是靠近梨园一点，姥姥的目光都惹火。也有在月光下结伴去偷的，偶尔能得一些，不敢挑着偷呀，所以大多是梨疙瘩。偷到梨疙瘩，也已经欢天喜地。

而安茗却得了梨园里最大的梨。英子站在篱笆外，对安茗招手："茗，茗，过奶，过奶!"英子说话不清楚，把"过来"说成"过奶"。安茗放下一本小人书，走到院墙边，隔着竹篱看见英子的两个大裤兜，鼓鼓的，把裤腰都坠得下沉了。英子把鼓鼓囊囊的东西掏出来，是梨！好大的梨，油光的皮上泛着诱人的绿意。英子一脸开心，把梨子在衣袖上蹭蹭，递到安茗嘴边："茗，切（吃）！茗，切（吃）!"

安茗接过来，对着英子笑。他也在英子姥姥的梨园外转悠过，从来没有发现树上有这么大个头的梨，这一定是英子精心挑选的。可以想象，英子在梨园中央，走走停停，往每一棵梨树的枝丫上观瞧，找到最大的，偷偷摘下，藏在园中某一簇草丛中，等到姥姥姥爷未留意的时候，悄悄揣兜里跑出来，欢欢喜喜交到安茗的手上，看着他咬了一口了，才转身离开。

英子远去，留下一个歪歪斜斜的背影。安茗突然有点难过，嘴里甘甜的梨汁微微泛出苦涩的味道。

麦子成熟的季节，是夏枯草最茂盛的时候。那是山里一段热闹的日子，少男少女们争着抢着打酒花。在乡下，夏枯草的另一个名字叫"酒花"，因为它的酒味，也因为它的小花朵像袖珍的酒盅。夏枯草是一味中药，可以治病，中药店收购干品，两毛钱一斤，所以经常有人趁农闲去打酒花卖钱。有蹲下身子的，也有猫着腰的，手在花穗上不停地翻飞，最配这种场景的大约就是歌声了。是的，歌声从花地上蝴蝶一样飞起来：

郎在山上放山羊，
姐在河里洗衣裳，
郎在山上看着姐，
姐在河里看着郎，
棒槌捶在石板上。

山歌越唱越好听，
唱得磨滚打翻身，
唱得石头滚上坡，
唱得泥鳅乱翻身，
唱得姐姐眯眼睛。

打酒花的山坡顿时热闹起来，欢笑声此起彼伏，震荡山谷。

歌声里没有英子的声音，说笑她更是插不进嘴。英子默默摘花，眼睛不时瞟瞟安苕。安苕一唱歌，热情就上来了。人家是一边唱歌，一边手在花穗上动。他是一边唱歌，一边手在空中动，忙着表演。所以，常常到了回家的时候，他的篮子底还没有盖住。英子就把自己的酒花一股脑倒给安苕，惹得姑娘小子们大声吵闹："怎么，怎么，全给他？也赏我们一点啊！""英子，你人不行，手还挺能啊，打这么多！"英子也不看他们，手在篮子屁股拍几下，自己一根不剩。酒花全给了安苕，给得彻彻底底，给得不容分辩，给得无怨无悔。

夕阳往西边的山头歪过去了，打酒花的人陆续回了家。英子走在山路上，人影被高高低低的枝丫分割得很散乱。她总是落在最后头，有时，到家的时候，月亮都已经从东方探出脸来。

三

此时，安苕坐在当年英子被人欺负的那片林子出口的山石上。他抬头，又看到了天上的一片云，那么洁白，那么轻盈。可是英子去了哪里？

英子娘生了英子不久，就死了。英子爹是个连自己肚子都供不饱的人，根本抚养不了孩子，姥姥姥爷就把英子领回来自己养。姥爷是村干部，家里有不错的光景。最让姥姥姥爷伤心的是，当年，无论他们如何反对，女儿还是铁了心要嫁给那个游手好闲的二混子。拗不过女儿，姥姥姥爷只得认命。果然，没有好果子，女儿生了孩子，刚二十几岁就不明不白地死去了。

英子落到了红花村，姥姥和姥爷疼这个孩子，疼得心尖子一样。英子不仅长得活泼可爱，吃的穿的在村子里也是令孩子们羡慕的。可是，美丽总会遭受雨打风吹，姥爷可以管好一个村子，却无力抗拒不公的命运。也许是英子出生时的姿势不对，才会在如花的季节被夺走健康，也夺走了一生的幸福。

英子受辱那件事，让姥姥和姥爷警觉起来，女孩子大了不中留啊。又是这样一个没有自保能力的瘪瓜孩子，万一出了什么状况，那已经死去的可怜的女儿在地下怕也不得安生啊，得抓紧给英子找婆家。可英子这样的条件能找一个什么样的人呢？

英子18岁那年嫁了人，男人是大营村的，40来岁。英子嫁人几年之后，安茗也离开了红花，一个人出去闯世界去了。之后，好多年没有英子的消息，只在过年回乡的时候见过一两回。英子领着两个儿子，大的七八岁，小的四五岁，两个都是黑脸庞，短脖颈，像他们的父亲，因为英子脸庞白白净净，长脖细臂的。

又是许多年过去了，安茗已经是一个成功的商人，每次回村，他看到熟悉的小路、熟悉的山林，闻到熟悉的夏枯草的味道，第一个就想起英子，不知道英子过得怎么样了。

安茗跟村里人打听，却得噩耗：英子死了。

死了，怎么死的？

落到南干渠里淹死的。

去南干渠做什么？

打酒花呗！

南干渠两岸地低潮湿，是夏枯草最喜的生长环境，这里的酒花争先恐后地长，一派欣欣向荣。英子在渠岸上打草，篮子打得满满的，英子很高兴。南干渠上游放水，渠里水流湍急，英子沿着河堤走，背上的竹篮太重，她想放下来歇一歇。就在仰身放下竹篮的刹那，竹篮歪进了水渠。英子下意识地去抓篮子，脚下不稳，失足落水。

英子被水冲走，人们找到她的时候，已经是第二天了。一夜之间，南干渠两岸所有的夏枯草，全部枯了。

英子就这样死了。

安茗要跑到南干渠上找英子，怎么还会有英子呢，这已经是几年前的事情了。

四

安茗静静坐在山石上，夕阳照过来，斜伸向山林的小路空无一人。几十年的岁月匆匆而过，安茗走过很多的路，见过无数的人，但是英子的面孔始终没有在他心里消失。他总会在偶然静下来的日子，在蓦然回首的瞬间，心里出现英子的影子。

英子从布包里拿出一只蟠桃，扁扁的，像个磨盘，颜色红得令人心醉，那可是在《大闹天宫》里才有的，那可是天上的神仙才配吃到的！英子却能在安苕不经意间，把蟠桃扒（ru）到脸面前。英子姥姥家院子里，有一棵蟠桃树。村民的房前屋后不缺桃树，但蟠桃确是稀缺品种。英子来了，一样站在篱笆院墙外喊安苕：“苕，苕，过奶，过奶！”安苕发现英子的脸也红红的，像个桃子。英子递给安苕一只，自己留一只。她咬一口，对安苕笑了一下。安苕发现，蟠桃殷红的汁液流出来，顺着英子嘴往下滴，顺着胳膊往下淌，她用手一抹，一片红。

在一片殷红中，安苕又看到英子，她正从小路尽头走来。奇怪啊，英子的嘴不歪了，胳膊不耷拉了，腿也不瘸了。她扎着蝴蝶结，一蹦一跳地朝这边走过来。安苕揉揉眼睛，再一看，英子已经长成了一个美丽的大姑娘。她腰身有致，四肢停匀，脸上的笑容好明媚好灿烂，还唱着歌呢：

说香不过玉兰香，
桨长不过流水长，
讲好不过妹妹好，
拨开乌云见太阳，
有歌就得尽情唱！

安苕的心突然很柔很软，轻飘飘地飞起来，一直飞到天空中。安苕成了天空上的一朵白云，他手一拉，拉住了身边的另一朵白云，做白云的感觉真是美妙，千岭万壑尽收眼底，红花村的每一处房舍田园都看得清清楚楚，山峰连绵不断，蜿蜒的小河向远处走远……

安苕似乎还看到了世界的另一面，在另一个世界里，英子没有一点残疾，她不仅可以跑跳舞蹈，还可以在天上飞，飞得轻盈而快乐。

两朵白云飘在空中，夏枯草看到了。此时，夏枯草可着劲地盛开，漫山遍野，一片紫森森、绿莹莹。它的每一个紫色酒盅里，都盛满淡淡的香。

铃声千古

张继科考落榜，秋冷雁高，独宿异乡，体验了姑苏城夜泊的寒凉，便有了寒山寺的钟声；苏东坡被贬黄州，观江水激荡，咏古述怀，乱石穿空，便有了赤壁的涛声；白居易送客江头，际会了京城资深琵琶女，珠抛玉盘，泪洒青衫，便有了浔阳江畔的琴声；司马迁记述了易水河畔的白衣送别，风萧萧兮击筑而歌，便有义士出征时的风声；蒋捷两鬓苍然，独一人僧庐听雨，写下回望一生的诗句，便有了江阔云低的雨声。

世之诸般，似乎皆可千古，而地球的某一个角落，一个敲铃人，她手心里长盛不衰的铃声，是否可以千古呢？

打开全息高清地图，一步步点击：放大到一个省，放大到一个市，放大到一个县，放大到一个镇。一所中学，密集的老师和学生。学校的敲铃人，一个蚂蚁一样的人，她能够千古吗？

加西莫多千古，伴随响彻巴黎的钟声，伴随传遍世界的故事。而一个偏僻乡村的校园中，敲铃人没有故事，只是年复一年地重复简单的动作，响声不及一个镇。

每天早上课前 15 分钟，敲铃人准时出现在学校的北门口，比枪打得都稳当。

打铃是教学秩序中最原则性的一环，其他诸如开会、上课、评职称、杂七杂八的事情，甚至批改试卷，都是有弹性的。唯铃声一是一，二是二，不能早，不能迟，像闯荡江湖的月亮，在哪个钟点圆、哪个终点缺，千年一贯，万古不改。

上课打铃，天经地义。该上课时铃不响，校长明斥；该下课时铃无声，师生暗骂。当然，敲铃人莫兰并不因为谁责谁骂才兢兢业业，她认为打铃是自己的本分、自己的责任，必须不折不扣完成。

莫兰走路都是踩着钟点的，披挂一身的阳光或者月光，披挂一身的风霜或雪雨。

她的手一动，铃便开始发言，认真地、果断地、亲和地、无比诗意地，开始对天空和大地说话。铃声是有信仰的，它规劝学子们保持淳朴善良的本性，习得深厚博大的学识，树立向善向美的人格，蓄养积极高标的精神。

铃是铜铃，高悬在一棵老树上，透过茂密的枝叶，可以看见饱满的铜体和饱和的铜色。舌下系一款长绳，以一个美丽的弧度连接在教务处门口的柱子上。

莫兰站在柱子边，不时看一眼腕上的机械表，数着无边的苍穹下，时间分分秒秒的步履。

铃下，莫兰近乎女神。她稀薄的头发，矮小的身躯，黑黑的皮肤，瘦长的脸颊，在铃声中焕发明丽的光泽。她以一颗虔诚之心，把自己放进铜铃里，与铃同步，与铃共振，与铃一起飞向天空，以经久的震荡穿越校园，穿越天地。

上课铃分两次敲响，预备 3 下，正式上课 10 下，中间间隔 3 分钟。

树上的鸟儿叽叽喳喳，谈情说爱，生儿育女，它们从不过问在脚丫边散步的时间。只有在校园里，时间被精确地拆分，莫兰高高举过头顶的右手，握住绳，握住一个时光的坡度，以轻快的节奏，给校园画上森严的方格，45 分钟一块，状如苗圃。

老师们踏着铃声走上讲台，每一间教室都春风化雨，每一扇门窗都书香袅袅。翻土栽苗，拔草施肥，教育的土壤上，一畦畦庄稼，一日日茁壮。

铃声，与浩大的书香、浩大的智慧、浩大的天意在一起，像不同颜色的蚕丝在一起就能织成绚丽的锦缎，铃声与翻书写字的耕耘在一起，与传道授业的锄禾在一起，织成宏大的教育。

莘莘学子在文化的河岸冲浪，在源头活水的方塘淘洗，心头的奇花异草就长出来，蔓延到之乎者也的诵读里，蔓延到自然科学的运算里，蔓延到世代绵延的风雅里。

那些贪玩的孩子，起初不服管束，经铃声恳切地敲打，千回百转地敲打，冥顽的心受到震动，开始收拢。铃声不再是板着脸孔的牢，它逐渐变得亲和，变得生动，变得贴心贴肺。孩子们漫天抛洒的玩心，安稳地放在教室，心甘情愿地做铃声的“俘虏”，被圈定在课桌板凳上，不再屁股长钉，不再交头接耳，从此驯服地踏上求知的长路，虔诚地去寻觅生命的宝石，追寻八千里的云和月。

是铃声把这些孩子送进象牙塔，送到优美的未来。

铃在莫兰的手里那么从容而自信，飘逸而洒脱，充满活力，仿佛 3 月萌出的新绿，清纯曼妙，余韵袅袅。

校园有了铃声，就有了生机，宛若天空有了飞鸟、树木有了花朵、山头有了雾岚、黑夜有了群星。校园有了铃声，就有了希望和明天，就像高山有了水的浸润，陆地有了河的才情。

铃与老树对视，老树与天穹对视，天穹与大地对视，大地与一代代学子的灵魂对视。世界有了某种永恒的东西，人心就有了某种灵性，抬眼可望万里，侧耳能听千秋。

上课的铃，是一把扫帚，把杂沓的脚步一一扫进教室，外面立刻变得干干净净；下课的铃，是一阵风，吹散蒲公英，教室前后瞬间落满孩子的喧腾。

敲铃人是无冕的司令官，一扬手，全校肃然。造字的先人把“铃”这个字用“钅”做偏旁，放一个“令”，想必可以理解为“铁的命令”。敲铃人便是铁令的执行者。而莫兰用赤诚迸发的铃声，能否响彻时光？

莫兰敲出校园的骨感，敲出校园的精神。而她自己，一生无关响亮，无关风雅，无关百年，无关千古。做一份工作，守一份责任心，只为一口饭吃。像无名无姓的虫子，人一直都在听它唱那些古老的歌谣，谁见过它真实的容颜呢？

莫兰突然就走了。走的消息，她老公在街道那端跟人下棋，有人告知莫兰身亡的消息，他策马一将，将到对手老巢，才抖抖衣服回家的。

莫兰的脚步停止了，铃声停止了。她家玻璃盆中的小鱼，只稍稍迟疑了一下，又开始欢快地游动。

莫兰为什么上吊？没有人知道。没病没灾，没有吵架，没有丢钱，没有被骗，没有饿肚子，没有偷人，没有做坏事被抓被打，一切如常。没有人相信她会有什么死结，非这么决绝地结束一切。

同事们跑去。呀，原来穷成这样，居然穷成这样！檐低房窄，门歪墙斜，家徒四壁。临街的两间老房，摇摇欲坠，低矮得进不去人。门框还没有一人高呢，怎么吊得死人？只能说阎王爷成心要收她。

莫兰被人从门框上解下来，光着脚躺在铺草上。西天没有晚霞，东边也不见乌云。

一缕呼吸走远，唇齿无光，眉眼衰沉。

躺在铺草上的莫兰，是不是那个手持长绳的莫兰？

平日的她步伐小而沉稳，几十载站在铜铃下，经她敲出的韵律，翻过一道道岁月的门槛。老生走出去，新生走进来，星光走出去，日光走进来，雪花走出去，春蕾走进来。流动的校园，不变的铃声。

校园一日离不开她，她是一枚不可或缺的棋子，她是校园的钟点、校园的节奏、校园的日常规律。

铃藏在树缝里，莫名的神秘。

充满好奇的孩子，被铃声收买得服服帖帖的孩子，也渴望亲手敲几下。于是放学人散后，就有人跑到柱子边，踮着脚，伸长胳膊，扯着绳子一通撞。铃声单调而忙乱，像惊慌失措的鸟，鸣声不成体统。

莫兰偶尔有事托他人代为打铃，铃也极不服管束，声音空虚而喑哑，节奏也不大对头，失却平日的优雅和从容，一听就不是味道，校园仿佛不是自己的校园了。

只有莫兰的手，才能驾驭它，像天才的诗人展露醉人的才情，将一挂铃敲得金声玉韵、活色生香。

有人戏言：莫兰，你是玉皇大帝册封的“弼铃温”吧？

哈，心中烂熟的《西游记》用这了。

听说玉皇同时下了两道旨，一封孙悟空为弼马温，一封莫兰为弼铃温。孙悟空嫌官小吊儿郎当，莫兰恪尽职守，把铃敲当成神圣的事业，以不朽的真纯，赋予铃声以天荒地老的使命。

空闲的时候，莫兰喜欢凑在家属堆里，给这家剥一会儿豆，帮那家打一会儿杂。有年轻的教师上课不得手，把孩子交给她，她即刻成为一个尽职尽责的临时的娘。

她瘦削的肩膀，扛着浑厚的爱与慈悲，她恭良和蔼、仁义敦厚、与人为善，她一个普通公民的举止，传承着古老中国的美德和风范。

然而怎么就上吊了呢？

……

乍然而起咒骂声，由远及近，直至指头点着莫兰的鼻尖子：

“你个死女子，你老子工作都给你了，不养你老子谁养？……你个黑心烂肝的，钱只往自个怀里揣，不孝的死女子，养你有什么鬼用……”

骂人的是莫兰的母亲，骂得切瓜分菜，鲜艳明亮，嘎嘣脆。

莫兰母亲六十多岁，模样还中看，却眼睛似枪，嘴巴如刀，奇招频出，招招杀人，直骂得书本动容，粉笔凝神。看样子不像亲娘，没有亲娘这么咒骂自己姑娘的。一问，的确是亲娘。这个娘带着幼年的莫兰嫁到现在父亲身边，莫兰长大了，父亲退休了，莫兰接了班。接了班，校园进入莫兰的生活，成就了她的一份职业。

莫兰每月工资如数交给母亲。后来莫兰嫁了人，生了孩子，而她徐徐展开的日子黑云压城。老公没有正儿八经的职业，靠给人油漆门窗、修理桌椅，挣点散钱补贴家用，有活就干，没活就待着，一家三口捉襟见肘。

莫兰留下一半工资养孩子。老娘对她克扣一半工资极其不满，她雄跨在莫兰的生之路口，唯恐占不尽阳光和雨水。一骂骂到学校来，甚至当众撕扯莫兰，要打要杀。她娘是莫兰面前的一只大老虎，绕都绕不过去。

一见母亲来，能躲就躲，躲不过的时候，有地缝都想钻下去。

可是，地却不为她裂开，她也躲不到天上去，只能面对，噤若寒蝉。

校长出面劝解，说这是学校，不可无视教学秩序，有问题在家里解决。

“咋地？我老头子生病，你给钱啊？讲几句话就嫌声大，我家没饭吃，你可给我发工资？”

莫兰立在一边，像做错事的孩子，俯首低眉，任打任骂。有时实在被骂急了，只低低地回句嘴：“每月的钱不是给了么，交多少才算孝心？”

在母亲的高音喇叭下，莫兰的声音卑微而胆怯，俨然全世界的亏心事她一人做了，被钉在耻辱柱上，永无抬头翻身之日。

怯懦的莫兰，任心头十次百次地拉响警笛，也逃不开母亲的覆压之势，只得谦卑地垂下脑袋，内视肚皮里一枚忠厚的炸弹，不敢炸开。

母亲张牙舞爪、气势汹汹、理直气壮，数度击垮人们对“母亲”一词的认知。大家暗暗摇头，真想有一枚金簪，就地划一道天河，隔住她娘四处喷射的怒火，可终究无计可施，只得眼巴巴地观望莫兰像凌厉的风下一枚颤抖的叶子。

荫翳散后，莫兰像风雨之后的小草，再一次挺直胸脯，站稳脚跟。铃声依然劲健，依然悠扬，依然清脆，不含尘埃。

事后，她从不叙说母亲，不聊家务事，也不怀任何仇恨，满脸春风，笑对天下。

一响起铃声，她的内心就有了春色，有了不被世事之艰和人心烦乱而侵扰的一种生的底色。而铃声背后千辛万苦的人生，都被隐藏在看不见的地方。

原来草是被霜打折的，原来炊烟是被风吹散的，原来握得住铃声的手，完全握不住自己的脉搏和体温。

清寒的生活之外是安然的铃，安然的铃又如何藏住她落魄的衣襟。

莫兰敲铃，命运敲她的骨子。

当时，莫兰的儿子一天天长大，读了初中，读了高中，考取了大学。人们都说，莫兰，你马上就功德圆满了，儿子要领薪水了，你的好日子不远了。

莫兰笑，扭头望一望儿子大学的方向，她看见前方一片繁花似锦。

可是，不久竟传来噩耗，莫兰死了。

怎么死的？

上吊！

那根上吊的绳子，一定不是铜铃下的那一根，那根绳是莫兰深深爱着的，即使花朵落下，即使星星落下，她也不会让那根绳子落下，更舍不得系到脖子下面。

一个人的生命，活到什么样子才算有用；一串铃声，响到什么火候才算美丽？一个人，终其力量把工作做好，终其力量把一个普通的铃打得有声有色，打出个说道来，打出个口碑来，算是一种功业吗？

天空有云飘过，树冠有鸟来栖，遥远的钟声千古传来，那些书写钟声涛声琴声风声雨声的人都作古了，莫兰也千古了。

莫兰没有留下诗句，也没有任何一道铃声被历史记载、被后人传诵。

而世上总有一种光辉，非常明亮而又不十分耀眼，比如星星；总有一种芬芳非常繁盛而又不十分夸张，比如幽兰；世界上总有一种景观非常美好而又不十分完满，比如月牙；世界上总有一种精神，非常可敬而又不十分抢眼，比如莫兰。

一个生命的消失，对于世界，无异于一片树叶的飘落，从来没有哪一片树叶可以千古。

一个人生命的沙滩，海浪舔来，多少足迹一瞬间都被抚平。但是，沙滩上，总会留下某些鲜艳的贝壳。

校园的铃声停止了，人工打铃的历史也画上句号。而铃声又永远地留给了校园，留给了课堂，留给了莘莘学子。

那些远离了校园的人，在无声无息的漂泊中，在内心极其贫血的时候，是否会想起铃声的歌唱？在无限宽阔的记忆洪荒里，是否有铃声悠长？

铃声，是生命的年轮上抹不掉的色泽，是岁月的足音外流过的星光，是庄稼黄熟的路上落过的春雨，是成长的根须下丰茂的富矿，是思想的峭壁上执着的青藤，是一望无际光阴的琥珀中夹带的骨头。

一抔凡心，铃声贯彻。

庄周的蝴蝶

一

很久以前，梦认识了蝴蝶，蝴蝶认识了庄周。

二

蝴蝶自古就有，她一直在花丛中，去去来来，起起落落，没心没肺。也曾无意中飞进一些著名的梦里，比如周文王的梦。

文王是个爱动脑瓜子的人，梦里出现的任何东西他都试图探究个子丑寅卯来，巴巴地解释什么预兆着什么。蝴蝶被周文王翻来覆去地研究过无数回，从古到今的人们都心知肚明，但蝴蝶不一定知道。

蝴蝶从周文王的梦里飞出来以后，仍然没心没肺地游玩，从这个花心落到那个花心，也不迷恋，也不深究，简简单单，过着无忧无虑的日子。蝴蝶与花朵的交往，完全听凭感觉。花儿们也不讨厌她，还把她视为同类，称她为“移动的花朵”。

三

蝴蝶从不怀疑自己的美丽，她看惯了各色人等的目光：有倾慕的、有鄙夷的、有刻薄的、有挑剔的、有不疼不痒的、有不冷不热的。蝴蝶并不计较这些，她活得逍遥自在，活得单纯明朗，活得置身事外。

所以千年万年过去了，蝴蝶依然青春靓丽，花枝招展，风采迷人。跟她同时代的孔子孟子老子们，早已经被请进祠堂，成为挂在墙上的古老画像，蝴蝶依旧翩翩起舞，怡然自乐。

她才不恼眉愁肠地呢，弄自己一脸秋霜、皱纹纵横，给谁殉葬呀？那些王公贵族、才子帅哥、宫车帷幔、白马长剑，在她眼睛里都不值钱，没啥吸引力，她只按自己的方式活着。

四

但有一个人，蝴蝶没法绕过去。

他光溜溜的脑袋，细细的脖子，弯弯的下巴，翘翘的胡子，着一袭长衫，踩一双布履，风度翩翩一老头。

这个人叫庄周。

庄周智慧地审视着这个世界，对万事万物有着矢志不渝的好奇心，聪明灵机一箩筐，脑筋一转就是一个妙不可言的故事，每个故事都陈述一个道理。

庄周目光炯炯地注视着这个世界。

蝴蝶呢，坐在梦境的门口，正狡黠地注视着庄周。

五

庄周的梦比较多，睡觉的时候做梦，醒着的时候也做梦。庄周睡眠浅浅，大脑是一扇虚掩的门，开开合合，恍恍惚惚。蝴蝶横亘于庄周的梦与醒之间，嘴角露出浅笑。

那年月，上至诸侯国君，下至寻常百姓，谁没有听说过庄周的大名呢！庄周大悟大觉，大智大慧，一切难题到他面前都是一碟小菜，三言两语便通透大是大非。

梦的特权是，每天能够清晰地觉察庄周的一切，在梦的世界里，庄周没有奥秘。蝴蝶的特权是，能够在庄周的梦里行走，她了然庄周的一切。

六

庄周四处游历，或交朋会友，或会晤首脑政要。那是一个“无名”的世界，那是宇宙一切精神的大仓库，庄周思想与宇宙精神息息相通，他觉悟宇宙大道，又反过来用宇宙大道关照天地人间。

庄子的脑袋瓜子如此灵光，里面深不可测。别人悟得到的他悟得到，别人悟不到的他也悟得到。

七

庄子的视线，从人世移开，把目光投向无穷的时空。庄子认为，人必须自觉人的存在，人不要从他人而画出自己，不要从无价值画出价值，不要从过去和未来画出现在，不要从无限画出有限，不要从死亡画出生存，这样才能超出死亡而得到自由。

庄子把哲学靠向自由，把有限的生命靠向无限的时空。

庄子指着一棵树说，上古时代有一种椿树，对它来说，八千年只是一个春季，八千年只是一个秋季，谁能说活了八百岁的彭祖是寿星呢？只是“小年”而已。庄子把大千世界信手拈来，发表了诸多智慧的言辞，庄子该是“至人”了吧？

可是有一段时间，庄周晚上一合眼，大脑就被一个梦占领。

八

一只蝴蝶，在庄子的千山万壑间飘来荡去，起起落落。庄子惊诧极了，他以前不知道蝴蝶翅膀扇起的风，可与天地齐平。

蝴蝶也惊诧极了，这是怎样的一个世界，天空大地，日月星辰，金木水火，碧海山川，丘垄黄土，飞沙走石，无所不包；思维的蛛网错综有序，精神的阶梯层层递进；这里是混沌，也是玄机，千奇百怪，奥妙无穷。蝴蝶停在梦的门槛上，震撼不已，感慨良多。

一种巨大的倾慕占据蝴蝶的心房：我只是一只眠花卧柳的蝴蝶吗，我只是一只阅千人之梦而没心没肺的蝴蝶吗？我只是一只简单到只剩下翅膀上的几缕花纹的蝴蝶吗？以前是，而今领悟了庄周，领悟了大道，我就不是了。

蝴蝶决定成为跟庄周一样的生灵，她要和庄周同起同落，同大同小，同升同落，通达际会，物我合一。蝴蝶决定占领庄周，占领一种智慧，占领一种人生，占领一种境界。

九

蝴蝶再一次走进庄周的大脑，这一次，是按照预定程序进去的，她巧妙地篡改了庄子的思想硬盘，她只改动了关键处几个数据，就轻而易举将庄子拿下。这是战国版的盗梦空间，蝴蝶是古老而神奇的盗梦者，蝴蝶的传奇可以通神。

结果是，聪慧过人的庄周糊涂了，至死都没有搞清楚，是蝴蝶做梦变成了庄周，还是庄周做梦变成了蝴蝶。

十

《庄子·齐物论》记载：昔者庄周梦为蝴蝶，栩栩然蝴蝶也，自喻适志与，不知周也。俄然觉，则戚戚然周也。不知周之梦为蝴蝶与，蝴蝶之梦为周与？

说的是，有一天黄昏，庄周依树一梦，他拍拍翅膀，是一只蝴蝶也，他很快乐，完全忘记了自己是庄周了。过一会儿，他在梦中大悟，原来那只得意的蝴蝶就是庄周呀。那么，究竟是庄周做梦变成了蝴蝶，还是蝴蝶做梦变成了庄周呢？

这，是一个千古疑案。

庄周成为蝴蝶，从喧嚣的人生走向幽僻逍遥之境，这是庄周之大幸。我想，庄周先生肯定是非常乐意做一只简简单单的蝴蝶的。且看——

十一

庄子钓于濮水，楚王使大夫二人往先焉，曰：“愿以境内累矣！”庄子持竿不顾，曰：“吾闻楚有神龟，死已三千岁矣，王巾笥而藏之庙堂之上。

此龟者，宁其死为留骨而贵，宁其生而曳尾涂中乎？”

二大夫余曰：“宁生而曳尾涂中。”

庄子曰：“往矣！吾将曳尾于涂中。”

庄子的才学声名远扬，楚威王想请他来辅佐朝政，派两个使者带上许多珍珠玉帛，在濮水岸边见到隐居在此钓鱼的庄子，庄子对使者说他愿意做“曳尾涂中”的乌龟。

这个时候，庄周不选择做一个博学而被人敬畏的庄周，他选择了做一只远离庙堂、自由自在的蝴蝶。

十二

庄子有一位贤惠能干的妻子，一生恩恩爱爱，而妻子后来因病去世。“惠子吊之，庄子则方箕踞鼓盆而歌”，惠子不解，人死了不伤心哭泣也就算了，还敲着瓦缶唱起歌来，也太过分了吧！庄子却说，人自有生死，如同四季交替一样。

人生在世，总是无法淡然红尘地恩爱离愁，总是无法超脱人间的生离死别。而庄周能参透生命的真谛，喧哗与沉寂只是生命的一种形式而已。

庄子做到淡然面对妻子的逝去，安然击缶而歌。不击缶而歌又能怎样，哭泣能够让妻子活过来吗？此时，如果他做庄周，必定是痛苦的！

此时，庄周不选择做一个痛苦的庄周，他选择做一只不悲不痛的蝴蝶。

十三

庄周家里贫穷，一次去向监河侯借米。监河侯曰：“诺！我将得邑金，将贷子三百金，可乎？”

庄周讲了一个故事：“昨天我来的时候，道中有呼救者，乃车辙中一条鲋鱼也，言：‘我东海之波臣也，君岂有斗升之水而活我哉？’我说：‘等我到南方面见吴越之王，引来西江之水灌溉你，何如？’鲋鱼说：‘你这样说，不如到干鱼市场去找我吧！’”

庄周是要吃饭的，他要供奉自己一堆血管和骨肉。借米遭到拒绝，他并不羞愧掩面，连连撤退，而是坦然陈述，据之以理。

在生活的困窘面前，他不选择做一个圣人，不食人间烟火的圣人，他选择做一个要吃要喝的蝴蝶。

十四

庄子拥有了蝴蝶的心态，少了许多尘世牵绊，少了许多烦恼。庄周之所以是庄周，就是他的境界远远高于俗子凡夫。

他淡泊名利，生活极为贫困；他的才学与思想，在历史的长空熠熠生辉；他能一言兴邦，却“视权贵如腐鼠”；他宁做“自由之龟”，也不愿意蹚世俗的浑水。

他的博大需我们仰视，是不是因为曾经有一只蝴蝶介入呢？

十五

庄周的蝴蝶，一开始是一个知情者、仰慕者、追求者，到最后变成一个哲思者、融入者、透彻者。

庄周没有挣脱蝴蝶的附体，蝴蝶也没有从庄周的躯体里撤离。蝴蝶和庄周合二为一，终身一体。

螺钉、暴力及其他

螺　钉

一枚螺钉几经弯曲，被弄成卑躬屈膝的样子。螺钉非常伤心：我上铆宇宙飞船，下铆寻常百姓家一只普通的椅子腿，从来都是铮铮铁骨、顶天立地，怎么可以如此猥琐！

螺钉的叹息，没有人倾听。

世上有多少被扭曲的血肉和灵魂，凄凉一世，悲苦一生。

杨柳何其潇洒，它是自然造化、天地尤物！杨柳亭亭的身躯、悠扬的枝条，是最赏心悦目的风景。而有一截柳枝，被人倒着插入泥土。它懵懂地生了根，长了叶子，当它张开眼睛的时候，才发现自己不人不鬼的模样，羞愧得恨不能一头撞死。

倒插柳无法把握自己的命运，它因人类的猎奇而成为怪物，面目狰狞，痛不欲生，它的衷肠谁人聆听？

梅有高洁的秉性，梅的理想是伸长臂膀拥抱冰雪，也拥抱太阳。而人非要把它拧得屈曲盘旋。那些原本健康的枝条，被作践成十足的病态，梅在人们的“欣赏”的目光里，垂头丧气，绝望之极。

为什么总有那么一些人，骨子里动荡残暴的基因，以摧残为乐趣，为非正道而激动，为歪曲癫狂？

有街头为盗的孩子，大睁着空无一物的眼睛，把手伸向路人的衣袋。据说不少这样的孩子是被人利用，被人遥控着的。还有伏地乞讨的残疾人，手脚是螺钉那样多层次折断的，看一次，心碎一次。那种骨骼的畸形，一定有人为的因素，不然不会长成那种九曲回肠的样子。据说是恶人偷来拐来的孩子，像摧残梅的枝条一样，像拧扭螺钉一样，把手脚活生生折成那个样子的。

看到那样的孩子，恨不能立刻天塌地陷，把人类毁灭算了。罪孽如此，何以容忍！可是天并没有就此塌下去，还得今天如昨天一般生活，谁又能细细聆听他人泪珠砸地的轰隆声？

一只蚯蚓，被人一锹挖成两截，蚯蚓的挣扎谁来怜惜；一只乌龟被荷叶一包，扔到火里烧熟，乌龟的灼痛谁来悲悯？

无法回答。

暴　力

我懒人一个，贪吃贪睡，除了体型不像猪，其他都像。一日三餐，一日三睡，大有昏睡百年之势。母亲在世的时候，指着脑门子给我下了结论：纳不了鞋，裁不了衣，将来到哪找婆家。

学生时代，老师们执着地在我脚下挖坑填石，铺陈根基，希冀我走向更远的未来。我笨，脚下的石头也笨，不知道喊我的名字。倘若它高喊一嗓子，喊醒我，可能我的文学之路会来得早些。

就那么懵懵懂懂地过，没感觉哪不对劲。终于，醒来。喊醒我的不是基石，是生之路上的磨难。

人行于途，不可能一帆风顺，走着走着就遇到坑坑洼洼。列子修炼到不需要用脚走路了，可以御风而飞了，也还有风息坠地、翅膀受损的时候！坎坷，向来以冷峻的面目示人。我正懒懒地混日子，它当旋飞起一脚，这一脚是属于揍日本鬼子级的，很酷很暴力。我疼得不行，忍不住大喊大叫。我的喊叫落在白纸上，错错落落化作文字。

一些思想和情绪，之前横七竖八躺着，一些苦痛和纠结，之前如鲠在喉，现在列队成行，开出繁花。其实，很多以灿烂示人的花朵，味道并不叫好，不信你尝尝，桃花是涩的，梨花是酸的，兰花是苦的……

喜食花，花园里的花盛放之后，舍不得它“零落成泥碾作尘”，令其“化作五味养身心”。食花确有所得：鲜花美艳，入口滋味一般，所以青菜萝卜成为人类餐桌上的主打，从古至今不变，而花朵不能够。花朵最多不过被爱美胜过爱命的女人奉为美容珍品，其实不过尔尔。花不能成为蔬菜，不是因为花朵稀少，是因为花朵大多苦涩。

文字之花，多是挫折和磨砺之精华。

疼痛之于肉体是一种暴力，之于生命也是一种暴力，而疼痛往往滋生花朵。

没有疼痛的生命似乎显得胎了些，经不住活着的歪风邪气。这世界，阴阳交锋，“正气”被提倡、被呼唤、被传扬，彩旗满天。事实上，“邪气”在暗处十分强大，无声无息地弥漫、渗透和消磨。邪气的力量不低于正气，只是它藏在背面，不被人察觉罢了。一个人没有三头六臂，应付不了这个世界的。

疼痛是伤口，更是良药。没有哪一种顽强不是在疼痛的伤口上建筑起它固若金汤的堡垒。小草在一次次绝地匍匐中顽强挺立，才有不倒的脊梁；腊梅在重重压迫下振臂一呼，才有悠远的芳香。也许，有那样一个旧日，很多苦牵牵绊绊，很多血淅淅沥沥，很多痛缠缠绵绵，暴力的鞭子抽打在神经上。这不是坏事，一个人承受过多少沉重就会拥有多少硬朗，温室里禾苗“见光死”，风雨中花草日月长，疼痛塑造顽强。

水滴石穿，是水对石头的暴力。这种暴力以滴滴答答的形式出现，柔软藏着刀锋。这刀锋不是明晃晃杀气腾腾，不是匕首之于皮肉、斧钺之于柴木，刀刀见血，斧斧挫骨，它的锋利是水墨之于文字的风骨，笔力之于纸背的力透。水一点点滴落，一直滴到石头的骨骼里去，让“石”在混混沌沌中被销骨，在无知无觉间被“洞穿”。

水对石头的塑造疼不疼？

疼！

如果不疼，顽石若何有孔？如果不疼，卵石怎么能够浑圆？

其实一点也不疼！哪一块经水雕琢的石头不娴淑安静、坦坦然然！

白发苍苍，是时光对生命的暴力。年少时，以为拥有满把的青春，取之不尽，用之不竭，可以任意挥霍，没有一丝紧迫感和流逝感。然后蓦然回首，却发现时光转身之时得意地笑。只有当年华老去，才会对滔滔逝水发出“逝者如斯”的感慨。

时间一点点拿去我们生命的精华部分，像春蚕啮咬桑叶，最后只剩一缕缕空洞的筋脉。时间拿去我们皮肤的红润、眼睛的神采、头发的光泽；时间拿去我们的活力、向往、激情；时间拿去我们对爱的敏感、对美的祈盼、对远方的守望……

时间暴力是一切暴力中最强悍的，它洞穿一切，摧毁一切。在时间里，沧海变成桑田，岩石变成细沙，生死恋人变成不疼不痒的木头。星云流转，宇宙洪荒，都是端在时光大人手里的一碟小菜而已。

时间对生命的洞穿，是疼痛的。一个人一出生，谁爱听“必然会死”的谶言？而时间一定是慢慢暴力着肉体，最终告诉你死亡是一个真理，任何人逃脱不掉。

可是走向衰老的过程一点都不疼，不知不觉中，一个人就老了。时光以“沐浴”的姿势，施展暴力的魔法。人在时光里是一粒尘埃，从满脸稚嫩到银丝浩瀚，一生只是一瞬。

暴力可以不软不硬，疼痛可以不经不由。人穿梭于天地之间，先被时间“暴”走灵魂，再被泥土“暴”走肉身，最后一切回归自然。

“五大三粗”与“丰乳肥臀”

中国词汇，很多时候是有性别的，虽然没有任何人给它打上“男”“女”的标签，但使用时会自然分出雌雄，“五大三粗”和“丰乳肥臀”就是。

五大三粗，“五大”指的是头大、手大、脚大，“三粗”指的是胸粗、腰粗、臀粗。“五大三粗”用来形容男人时，魁伟、壮硕，有力量。倘若不小心用在女人身上，就有点费思量了：是褒还是贬？

“丰乳肥臀”就不一样了，“丰乳肥臀”与女人一结合，便见得十足的性感。怎么就不一样呢？“五大三粗”与“丰乳肥臀”究竟差别在哪？其实很简单，差别就在一个腰上！

对女人来说，胸可以丰，臀可以肥，但是腰绝对要细，这个至关重要。“楚王爱细腰，宫娥多饿死”，就是饿死，也不能让腰粗起来，这种爱美之心何等决绝，比当今女人的丰胸、抽脂、隆鼻、瘦脸还要惨烈！古代女人为“悦己者容”，也是蛮拼的。这能怪谁呢，要怪只能怪男人的眼睛。千百年来，男人们用眼睛绑架了女人的腰，比裹脚布缠裹女人的脚程度还厉害，年代还久远。世俗不许女人的腰肥起来，所以一代一代女人为腰而奋斗，不惜一切代价。

世人以细腰为美，似乎没有变过。杨玉环是唐代有名的肥美女人，正史或者野史，对她的三围似乎没有翔实记载。杨玉环与唐明皇乱伦这样的事都不难找到记载，但三围始终是个未知数。不过可以确定的是，杨玉环的“肥”是丰乳肥臀的“肥”，她可以肉嘟嘟的脸、肉嘟嘟的胸、肉嘟嘟的肚腩、肉嘟嘟的臀、她的腰一定是细细的。你一定不会相信一个“水桶腰”能跳出优美的《霓裳羽衣舞》，杨玉环征服大唐天子，靠的一定不会是“五大三粗”，谁会滑稽地认为唐明皇找女人要的是一身蛮力，是娶妃子还是找人摔跤呢？“五大三粗”的杨玉环定然不能“回眸一笑百媚生，六宫粉黛无颜色”，一定是“丰乳丰臀”的杨玉环才让玄宗忘了纲常伦理。女人征服男人的武器“头大”“手大”“脚大”不灵，灵的是丰腴柔媚，一把细腰。

所以“五大三粗”是个雄性词，“丰乳肥臀”是个雌性词，虽然没有谁规定用在什么人身上，虽然没有谁给其贴上“男”“女”的标签，但是还是不敢错用。丰乳肥臀的男人是怎么回事啊？你想象一下。

中华文化的博大深邃，不仅在于悠久的文化传统、浩如烟海的文化典籍，也在于一词一句中遗传下来的基因。你顺手拿一个词，甚至一个单音节的字来细细揣摩揣摩，都能品出它经久的魅力，品出悠久的历史，品出泱泱华夏的浩瀚与精深来。

每个人都是机器人

看过这样的一个视频，流水线上正在组装机器人。

后台对新装机的机器人发出指令，有人检测后答话：

“抬胳膊！”——“正常。”

“抬腿！”——“正常。”

“抬头！”——“正常。”

一切正常。组装完毕，包装下线。

忽然机器人问：“我只能是一件商品吗？”

后台说：“你考虑得太多了，不合要求，拆卸！”

机器人哀求。无用。立即拆卸。它只能看着自己一胳膊一腿地被拆掉。

再组装的机器人，没有情感了，没有任何想法了。

符合标准了，包装出厂。

上帝造人的时候也是一样，使用人类的一个受精卵，装入心脏，装入脉搏，装入心肺，最后装入大脑程序……下线，送出娘胎。

一个新人，以全新的面貌步入世界。这世上所有的东西，都是暂时借用，到时候一一收回。

生产者站在高处，指着不符合要求或者老掉的生灵：这个，这个，那个……拆卸！于是，魂魄被纷纷拿走，那一堆已使用过的肉，埋掉！

上帝的仓库里，有一摞一摞人类的魂魄。上帝再一次造人的时候，从仓库里随机取出一个装入新肉，只不过，重新使用之前，这些魂魄会被彻底洗脑，所有曾经的痕迹，全部清空。

步入红尘的新人，完全不记得曾经的肉、曾经的路，不知道自己有过前生，也不知道此生哪一天报废。

每个人都以为自己是独一无二的，其实每个人都是上帝手里的机器人，按上帝的意愿，重新组装过一次又一次。

一朵特立独行的桃花

一

树和人一样爱美，造物主在赋予万物生命的时候，给了所有物类以爱美的天性。

每年到了秋天，树们浑身的衣裳已经蒙尘、磨损、褪色，他们考虑换装了。脱衣的过程缓慢，需要一个秋天加半个冬天。残装脱尽，还得等待雪过，还得等待北风走远。树的祖先们给子孙约定过，新衣服大家同时穿，一起迎接春光的检阅。

终于东风拂来，大树小树们一夜之间换上了崭新的绿衣，容光焕发，精神奕奕，非常好看。树们感觉到体内有一种渴望蠢蠢欲动，有一股热血激荡奔涌，他们想恋爱了。树需要一季繁华，更需要一个遥远的未来，子子孙孙，绵延不息，于是树们准备开花结果。

二

桃树的性子更急一些，3 月的东风刚刚启航，桃树就在崭新的舞台上走起了猫步，展示最迷人的姿容。新春第一装，其他树都选择绿色，桃树选择了红。年度第一次亮相，桃树请叶子靠后，托起粉红的花朵高歌。桃树相信：粉最温柔，花最娇媚，粉红的花朵温暖人心。果不其然，3 月里，桃最抢眼，成为世人注目的焦点。

桃树一直很感谢祖先在最初的自然选择中挑了一种最优雅、最浪漫的颜色遗传下来，给了子孙享用不尽的福祉。基因，是最具财富的遗产，万物所同。在人类庆幸自己生而为人的时候，其实树类也为自己生而为树感到骄傲，何况是最得天宠的桃树呢！

这段时间，桃树枝头红旗招展，锣鼓喧天。花朵像小姑娘挤在一起，争先恐后舒展明艳的造型，每朵桃花都骄傲且自信，觉得自己是娇贵的公主。

春是花朵们最美丽、最繁忙、最充实、最有成就感的季节，春天是为花朵而生的。

三

2013 年的春天和其他春天没有什么两样，天空依旧蓝，草依旧绿，风依旧在手心里把桃花弄出百媚千娇来。而 2013 年有一棵桃树却不大一样，它生出了一朵特立独行的桃花。这朵桃花女子不想和桃树上任何一位桃花王子结婚，顺理成章地生出一只肥胖的桃子来，蜂蝶飞来万千撮合她都不予理睬，她的小脑袋瓜子在千年不变的春风里冒出异想天开的想法来：与其按部就班地开放和老去，不如在美好的年华里放出一点异彩，生命怎么可以千万年如此循规蹈矩呢！

这朵桃花，名字叫艾弗。

在众多姐妹中，她沉静内敛，孤傲矜持。当别的姐妹在枝头你推我攘、叽叽喳喳、吵闹不休的时候，她总保持着恰到好处的微笑，以一种优雅的姿态端坐。她雍容典雅，气度不凡，我行我素。她不屑于和邻家的王子恋爱，她厌倦一成不变的生活，她渴望唯美，追求诗意，幻想着某一天突然遇着那么一个令她怦然心动的，然后上演一段刻骨铭心的艳情。

艾弗长得异常华美，这一点她自己再清楚不过了，前来赏花游人嘴里的赞词随时可以验证："这朵，你们看，就左边枝头的那朵，又大又亮，她好像比其他花更多情呢！"一个若桃花一样明媚的小女孩指着艾弗叫道："妈妈妈妈，她正对我笑！"妈妈过来了："是的，孩子，你对一朵花微笑了，她也会对你微笑。"

这些话很受用，桃花艾弗脸上洋溢着更多的灿烂。但是艾弗并不喜欢"人"，她不打算和一朵"桃花"结婚，更不打算和一个"人"结婚，人有什么意思！世界上所有的恩怨和纷扰，哪一样不是人类制造的？嫁给人还不如嫁给一条狗！

世界之妙，妙在巧合。艾弗刚讲到狗，就真的看到一条狗，正溜溜达达朝这边走来。艾弗的眼睛直了，她看得清清楚楚，千真万确是一条小狗走来了，这是好俊好美的一条狗！桃花艾弗突然意识到世界上很多事情本不是自己去料想的，而是上天有意安排的。

在此之前，艾弗虽然希望做一朵特立独行的桃花，但其实并不清楚自己想要的究竟是什么，她和很多豆蔻年华的桃花一样，只是心底隐隐闪烁着一种美好的愿望而已，这些愿望是潜伏的、稚嫩的、没有成型的，所以懵懵懂懂，所以模模糊糊。而当一条小狗的身影出现在视野里，艾弗在千分之一秒的时间里明白了：自己原来很喜欢一条狗。

四

一旦爱，就会衍生许多担忧。

艾弗想：这桃树林里繁华如云，堆锦叠秀，桃花小姐们就像在选秀舞台上，哪一个不国色天香，魅力无穷，那只狗会走向我艾弗么，会抬头注目我艾弗么？我只不过是万花丛中的一个小点点罢了。

在乎的东西，总有得之不到的担心，这是桃花与人的共性。美丽的艾弗此时又怕心爱的狗狗会被万花所迷，又担心自己不够出众，不能明亮地立在狗的眼睛里。

艾弗错就错在以一己之心去度量狗的感情，其实在狗的眼睛里，再美的花都只是花，没有更多的意义和价值。狗肚子里的算盘打得啪啪响：花朵＋花朵＝无聊，肥肉＋骨头＝诱惑。狗的眼睛里只有美味，如果硬要叫狗去分辨美丑，它也只能在狗群里判断，只有各色母狗智慧娇俏在它心里才具备竞争力。

况且，狗来这里绝不是寻找艳遇的。它只是肚子饿了，想找点东西果腹。狗在想，如果有一堆剩肉，或者一根夹着很多瘦肉肥肉的骨头该多美。刚才，在菜市场，它正对一根肉棒子垂涎欲滴，盘算下不下手的时候，一个手拿明晃晃尖刀、系着油光光裙布的屠夫狠劲踹了它一脚，它连口水都没来得及咽下去，就慌不择路，稀里糊涂走上了一条平时没走过的路，鬼使神差地踏进了这片小桃林。

五

狗发现自己在错误的时间、错误的心情下，来了这个错误的地方，因为这里根本找不到肉骨头，闻不到一丝肉香。除了花树就是野草，或者就是蚂蚁飞虫，还有就是游人散碎错落的脚步。现在，这条狗看到腿脚都害怕，“一朝被蛇咬，十年怕井绳”，狗本以为自己已经入世老道，人情练达，没想到遭遇一次脚踹之后，看到长得像人腿的东西都胆战心惊。“TMD，余悸未消。”狗在想。

这里没有肉味只有花香，狗对花香从来没有感觉，不管饥不管饿，TMD再香有啥用！对它来说花朵等于木头，美也好丑也好，娇也好艳也好，毫无意义，花朵在它面前献媚就像人在牛的面前弹琴，枉费一腔热情。

这条狗无精打采地走着，遇到树干就绕一下，遇到人腿就闪一下，身体挨过许多小草，蹄子踏过不少落花，全没在它心里产生一丝一毫的诗情画意。狗一边走一边做着饱餐大鱼大肉的白日梦，不知不觉来到一棵树下。这棵树就是盛开着艾弗的那棵树，狗四下里瞅瞅，准备撒泡尿。它翘起后腿，淌一阵子，“好歹也算咱来过”，又抬头看了看天空。

就在它抬头看天的当儿，似乎听到了一个声音，一个娇滴滴甜腻腻的声音。

六

是的，有一个声音在响，这是桃花艾弗的声音，很轻很柔很暧昧。

艾弗看到小狗走走停停，缠缠绕绕向自己走来，激动得浑身颤抖。那缕野风以为是自己吹得艾弗发抖，在一边做了一通自我批评，其实不是那回事，是艾弗心底奔涌的狂喜让她难以自持。爱来得那么突然，艾弗心底的梦幻一下子就激活了，她看起来就比平时更加娇俏艳丽。艾弗相信，向自己走来的不是一条狗，而是一种缘分，一种命运。

她用最亲切的声音呼唤小狗，就在刚刚，艾弗听到一个游人喊了小狗的名字，她猜出游人是认识这条狗的。任何一个心中有爱的人，都极其敏感，对爱人相关的一切，即使一点蛛丝马迹，都能及时捕捉。她很庆幸在小狗走到身边之前，知道了怎么得体地称呼它。

小狗给树“施肥”的时候习惯性地抬头看天，循着喊声，它视线慢慢落在桃花艾弗的脸上。小狗并没有因为自己撒尿被一朵鲜花看见，而感觉半点羞惭，但在四目相对的一刹那，小狗的眼神里确乎飘过一缕不易觉察的温柔。艾弗敏锐地捕捉到小狗眼神的细微变化，她决定留住小狗，让它陪伴自己。

七

不远处，有一家人正铺开一张塑料布野餐，摆满菜肴和饮料。一个小姑娘，就是刚才说桃花对她笑的那丫头，手里拿着好大一只鸡腿，没咬几口就扔到一边。

艾弗发现心中绅士一般的小狗、白马王子一样的小狗，目光一下子变得那么贪婪，那种目光比刚才看艾弗的目光要黏稠一万倍。那狗快速窜过去，叼起骨头，转身跑到一边“咔嚓咔嚓”吞下肚，旋即折回女孩身边，祈求地盯住下一根骨头。

艾弗的心突然空空荡荡，像电脑里清空垃圾一样，“哧啦”一下什么都没有了。

艾弗并不奢望自己的生活富华炫彩，她只是一朵爱做梦的桃花而已，她想过一种异于凡俗的生活。她可以像众多桃花姐妹一样，矜持地站在枝头，等待另一朵桃花求婚，安安静静地结合，慢慢结出心爱的桃子。然而艾弗想有一个更富于个性的生命，想过一种更具挑战的生活。

可是，梦刚刚开始就已破灭，自己爱上的是个“异类”，那么低俗恶心的“异类”，因为不了解而爱上，因为了解而分开，艾弗对狗的兴趣瞬间归零。

艾弗觉得自己并没有错，只是上天不够温厚，不允许做逾越常规的遐想和尝试。天的戒律是中规中矩，艾弗只能和许多试图突围的生命一样，顺者昌，逆者亡。不同物种之间的通感和通灵，只是一种幻想。

八

艾弗从枝头凋落了，她还没有被传粉受精，她没有得到另一朵桃花的爱情，她只做了一场不被世界认可的黄粱梦。落下就落下吧，艾弗心甘情愿落下，积极主动落下，在一阵风里，支持和同情艾弗的小桃花们陪着她落下来。

一阵桃花雨，美得惊心动魄。

在艾弗将要着地的瞬间，一个小女孩，用掌心托住了她，怜惜不已。妈妈说："孩子，不是所有的花朵都能结出果实的，世界上总有一些花是不结果的。"

九

落在地上的桃花，平静地接纳了自己的宿命。

她仰望着供养她的枝头，很多姐妹已经怀孕，在花蕊间孕出幼小的桃。

桃花的目光穿越桃树，望向更远的天空。她想：无限的天空之外是什么，天外还有多大的天，时光之外还有多少时光呢？

槐花的味道

一位在上海打拼多年的乡人，有一天在网上遇见，问我故乡哪里有槐树。我问："怎么突然想起槐树来了?"他略顿片刻说："突然很想家。很想念槐树，还有满树的槐花。"他打算在槐花盛开的季节回家乡一趟，想到槐树下面走一走。

他这一问，我才恍然意识到，自己也是好久好久没有见到槐树，没有闻到槐花香了。

跳过一段时光，回到童年。似乎，那时候街前街后到处都有槐树。每年槐花盛开的季节，街巷、行人、店铺、小路上的石板都沐浴在花香里。

你无法想象
槐花是一堆怎样的絮语
娓娓倾吐
表情生动而含蓄
风在耳朵里搅闹
鸟啼从瓦楞上滚离
一茬一茬的香
密集地淌过细雨

我家院子里就有两棵槐树，好高，高得叫我们仰望，脖颈在脑后拗成锐角。槐树长在篱笆院门的两侧，让我即使坐在房间里也可以和春天面对，让我整个5月都沐浴在洁白的梦里，让我童年就拥有了一部香水诗集。

从第一颗苞粒萌发开始，我几乎每天读它：一点一点冒出叶芽，一天一天打出花蕾，终于在某一日清晨，赫然开出第一串花来，吟出第一行惊人的诗句，然后疯狂地吐雪堆白，满枝满丫的妙语。

槐花的香，很独特：六分清、三分粉、一分甜味儿！初夏阳光里，少男少女的心扉怦怦欲动，嗅着悠然醉人的花香，生命中美妙的事儿都会不经不由地被惹起。尤其子夜梦醒，雪白的月光从窗户透进来，槐花香裹在月色里，安安静静挤满半室，芬芳稠得似乎可以把人托起来，把魂抽象出去，变成一团有香味的空气，从肉身脱离，飘在且白且香的渺茫里……

也有三五成群的少年，举着长长的竹竿，竿头系一小段横木，勾槐花下来。一串一串钩下来，有抱在怀里的，有拿在手里的，钩下来的花已经浓香满怀，而树上的花并不见少。一阵“洗劫”，槐树依然，槐花依然，丝毫不伤其美。槐树以它的雍容和大度，宽宥淘气的孩子，不与之计较，几簇花的垂落，槐树经得起。而小孩们怀中的“雪团”映着红红的脸庞，倒是夏日里一道媚人的风景。有孩子说槐花能吃，摘下几朵来，扔进嘴里咂摸咂摸，甜甜的。并不真吃，呷几粒尝尝味道而已。

后来我考上了大学，从淮北的同学那里知道，槐花是真的可以吃的，而且是一道美食。再回家的时候，我就跟母亲转述了槐花的吃法，要母亲尝试着做。取下槐花串，捋掉爆米花一样的花粒，淘净，撒上盐和佐料，拌上面粉和猪油，上屉蒸熟。

不知道是手艺不精，还是同学传授的方法不对，我觉得槐花饼不如想象的那么好吃，但打包带到学校分给同学们品尝，他们皆盛赞其美。毕业后多年，一次同学聚会，还提到那次做槐花面饼的事。很奇怪，世间许多东西，一旦变成回忆就格外美好。提起槐花饼，就想起那些青葱岁月，瞬间，槐花的香气溢满口齿，青春的味道弥满心田。

上海的这位老乡突然向我打听家乡哪里有槐树，我一时还真答不上来。原来大街小巷的槐树，现在都躲到哪里去了呢？为什么楼越来越高，树越来越少了呢？

于是，在QQ空间里发了一个帖子，向网友征询信息。不久便有了回复：有人说孙岗中学附近有槐树；有人说中学女生寝室里有一棵大槐树；有人说叶集北关村花园路上有槐树。

到了槐花盛开的时节，我决定去看看槐花，也是给上海的朋友探探路。网友们给出的地址，第一处较远，第二处在女生寝室内不便逗留，我便把第三处定为寻访目标。出校门沿一条小路蜿蜒北行，穿过一条街道，走上花园的“村村通”公路，果然在花园路中段找到了一溜槐树。

这是些年轻的槐，树干上还没有纵深感，沧桑还没有写下，冠盖也不够浓郁。但是一串一串的花却毫不含糊，挨挨挤挤，一点不显得疏离。枝叶是那么清俊，花朵是那么秀丽！槐花的朵儿很小，它开得矜持而慎重，对路那头一群玉兰树上夸张而喧哗的花朵，它视而不见，只专注于自己的绽放，淡定而沉默。

早已习惯了一种沉默
一切言辞都有空隙
一切仰望都有距离
不如淡漠自己的韶华和秀靥
把五月的痴迷
放在徐徐伸展的阳光里

槐花看懂了我的痴迷，它俏皮了一把，用手里看不见的拂尘扫了扫我的鼻翼，一刹那，万千小手伸过来，把我渐行渐远的岁月拉回……

妈妈喊道："丫头，别爬那洋槐树，上面的刺不长眼睛，会划破你手爪子。"见我不理会，又试图上树，她叹道："你那衣服和皮肉又在算命才！"我说："老贤刚才还上树了呢，命也没算掉。"

老贤是我小哥。他一听我讲话捎带他，赶紧插嘴："我上的那棵树和这棵不一样的！"

"怎么不一样，明明都是槐树！"

"那棵是国槐，国槐没有刺，这棵是洋槐，浑身长刺的！"

我不知道哥哥讲的是不是道理，只认定是忽悠我。那个年纪是不怕刺的年纪，没什么危险的概念可以让我心存畏惧。

晚上老贤拉我去看露天电影，电影名字叫"槐树庄"。电影在电影院的大院子里放，有自带小板凳的，有席地而坐的，我们小孩在场内跑前跑后，跑东跑西，玩累了就坐下，蜻蜓点水地看一会。《槐树庄》的情节都忘了，印象里只有那么几点感觉：村里有槐树，演员衣服很土，家家都很穷，不怕斗地主。从那时起，槐树的味道里多了"英雄"和"沧桑"的元素。

当我在花园路这一带槐树林流连徘徊的时候，我想起的还不止《槐树庄》，很多记忆中落定的尘埃，又被槐花的香气轻轻拂起。我还想到了一棵著名的槐树，它矗立在时光久远的那头，与眼前世界隔着很多道屏风。

一拨一拨的人，路过这棵槐走向天国，这棵槐千年长青。它从明朝一直长到20世纪五六十年代，它因曾吊死过一位君王而著名，但这个“名”出得很不好，因为这个臭名，它被斩杀了。

据说那个崇祯皇帝，在吊死之前情绪极为恶劣。他举刀挥向自己的女儿，一边砍一边说：奈何生我家中？一个公主被砍死，一个公主被砍掉一只胳膊。公主生在王室，本是生对了地方，但亡国的公主生在王室，就是生错了地方。槐树也一样，生在槐树庄它生对了地方，见证了革命群众的斗争和坚持，成了英雄树。生在景山它生错了地方，枝丫迎春风送秋雨本来好好的，却赶上有人要上吊。上吊也就罢了，奈何上吊的人臭名昭著，无辜的槐树成了罪槐，为此送了命。不知道崇祯上吊的时候，老槐上是不是开满一树伤心的花，也不知道槐树被砍的时候，是不是蓄满一树惨白的泪。槐树无语，槐花缄默。

而今，在花园路旁看到年轻的槐树，沧桑感没有，英雄气没有，风霜和血腥更没有，只有一串串、一堆堆雪白的花，一阵阵扑鼻的香，那么朝气蓬勃，像它们生活着的这个时代。

“村村通”是党中央惠民政策，为了让乡村生活更美好，村村之间修了水泥路。路两边栽满了树，花园村选择了刺槐。春来一景，秋来一景，美好乡村，老百姓生活得像花儿一样！你瞅瞅路边那些除草的老人，正面上含笑！槐花的意象里此时全都是幸福和快乐的味道。

我赶紧发短信给上海的朋友，告诉他槐树的位置和芬芳，并加以渲染。果然，我的渲染让他思乡的步履跑得格外快，一个星期以后，他就回到了家乡。

赏了家乡的槐花，他跟我叙起了自己的故事：

门前有条弯弯的小河，河边有三棵老槐树，那是他童年的村庄。槐树花盛开的时节，三棵老槐树像三把白玉的伞，罩着整个村庄。闻着槐花的清香，听着清脆的鸟鸣，伴着奶奶的故事，他长大了。长大的他在父母沉甸甸的目光中，与他们依依惜别。20年了，羁旅在外常常想家，想得最多的就是父母和槐花。在异地的食品店，看见了槐花糕，就高兴地买，买了一次又一次，就是吃不出家乡的味道。我懂：槐花情就是乡情，槐花味就是思乡的味道。

今年槐花季，我又去了花园路。一场细雨刚过，濡湿的槐花在风中慢慢地坠落，像一场槐花雨，落得人满头满身都是，如诗如画。小路，仿佛铺了一层洁白淡绿的毯子，美丽而柔软，不用触摸就能体会到它的质感。落蕊静静卧在那里，让你思，让你想，让你流连，让你徘徊，让你心动或安宁，让你坐拥现实和梦想。

一种植物，当它与你的灵魂相握的时候，它所有的味道都只是一种味道，那就是——爱的味道。

昨宵，一个梦幻
簌簌飘逝的花朵
唱着不让人厌倦的歌
盘旋着，盘旋着
永不失落

空鞋子

一

也许女人生来靠的就是一个命。谁能说自己可以握住一生呢？别说一生，就是爱情这么一点东西，也不一定能握得住。本以为满满地拥有了，攥着攥着就发现手里只剩下空气了。

张幼仪攥不住，陆小曼也一样攥不住。

二

张幼仪是一双最精致典雅的鞋子，软布千层底，柔美闪光的缎面，绣着含蓄隽永的细花，看着养眼，穿着养脚。张幼仪的舒适是徐志摩在穿上这只鞋子之后才发现的。

张幼仪是大家闺秀，出身名门望族。长兄张君劢，是近代哲学家，民社党主席；次兄张嘉璈是上海银行界巨子，政学系首脑人物。张幼仪“线条甚美，雅爱淡装，沉默寡言，秀外慧中”，被誉为杭州的“十全小姐”。嫁到徐家以后，她又展现了个人魅力的另一个方面，精明干练，是个理家好手，全不见千金小姐的娇贵，与全家老少相处融洽，和和美美。尽管徐志摩如蔡元培所说“谈诗是诗，举动是诗，毕生行径都是诗，诗的意味渗透了，随遇自有乐土”，是整个被淹在诗坛子里的人，一般人与他相处不易，但是张幼仪是只有弹性的鞋子，穿在脚上就像被冬日的阳光温暖地照着，这让徐志摩感觉到一种贴心贴肺的宽心与放松，也让志摩一度对她产生了浓浓的依赖。

1920 年，雄心勃勃的徐志摩放弃了博士学衔的诱惑，从美国转到英国，想跟罗素“认真念一点书”，到英国后才得知罗素因为政治主张及私生活方面的原因，被剑桥大学除名。志摩择师而学的计划落空，他颓丧、消沉、自怨自艾，精神失去了平衡。这时候，张幼仪的好在志摩的心里放得很大，他在苦闷孤寂中非常渴望慰藉，渴望温情，渴望内心和肉体的靠近，他的家书雪片般飞向浙江海宁的老家，要求张幼仪来英国伴读。

三

张幼仪只得远离故土幼儿，飞到忧伤寂寞的徐志摩身边，这一刻，徐志摩欢喜得心里发颤。每天，一身干净、头发油光地出门，晚间下学，美丽贤惠的妻子倚门候望，饭毕，二人相携着出门散步，草地青青，康河的流水在夕阳下熠熠闪着波光，他们一边欣赏着异国赏心悦目的美景，一边吟读讨论诗歌，恩爱缠绵，神仙眷侣。

张幼仪像一个百变仙子：在公婆面前是能干的媳妇，里里外外一把手，会理财，能持家，孝老人，爱孩子。在徐志摩面前她是娇妻，给他身体和精神以抚慰；她是主妇，细致周到地料理好他生活的方方面面；她是知己，能红袖添香伴读书。

这样一双合脚的鞋子，足以伴人走千里路、读万卷书了吧，足以牵手一生、白头偕老了吧！

可是，当他在浪漫的英格兰第一次望见了林徽因，发现了另一双色彩不同、格调有别的鞋子，张幼仪的体贴温厚就成了累赘，最终舍而弃之。

张幼仪成了一双空鞋子。

四

早在三国时期，刘备就有高论：“兄弟如手足，女人如衣服。”钱锺书《围城》有新的阐发，观点深入人心。其实女人更像鞋子，无论多么优美的质地，无论多么考究的做工，一旦被脚穿进去，就内外蒙尘，大打折扣。

空了的张幼仪更像一只船，飘在岁月里，没有了停靠的码头。

五

林徽因的父亲林宗孟在当时中国政坛上颇有名气，也是书法家，因政坛失意带着女儿来到英国。这年，林徽因 18 岁，风姿绰约，仪态万方，才气袭人。

不知是幸还是不幸，风流倜傥的大诗人徐志摩第一次看见林徽因，就被丘比特神箭射中，那个倩影瞬间就刻在志摩的心上，怎么也抹不去了。

爱，是痛苦的代名词。心中有爱，心中就有苦。

徐志摩迷乱、惶惑、六神无主，每天感觉精神空空荡荡，心像飘在半空的云，找不到落脚的地方。而一旦见到了林徽因，就额头发亮，眼睛发光，精神奕奕，林徽因是横扫他一切萎靡的良药。

可是，不是每一双看中的鞋子，都可以拿回家。林徽因敬慕徐志摩的绝代才华，更爱他的坦率赤诚，但是林徽因或许觉得自己这双鞋不适合诗人的脚，或许有许多其他方面的因素，总之她拒绝了。在徐、张离婚之际，她已随父亲扬帆归国了。

徐志摩从伦敦追回到北京，未果。

越是求之不得的东西，越是感觉珍贵。林徽因成了他恋恋不能忘怀的想往，在他前行的路上，像一颗星，可望却不能摘进背囊，或许也是他心底永远的痛。

后来，志摩因为赶去听林徽因的讲座，乘坐的飞机失事，成为新文学史上遗憾陨落的一颗明星。或许，死去的他是欣慰的，也未可知。

六

陆小曼，一个美妙的名字，一个美丽的女子，一双精美绝伦的鞋子。

生活像是跟陆小曼开了个玩笑：她，一个有夫之妇，一个不失为幸福的女人，在一个社交场合与徐志摩相遇了，接着，旋风般坠入爱河。也许他们自己也不明白，感情为什么会这样发展，世界上没有人可以弄懂感情，这是他们 500 年的冤孽债。

陆小曼多才多艺，交际、跳舞、京戏样样精通，她天生丽质，皓齿朱唇，娉婷婀娜，是誉满京城的一朵名花，而这朵名花早就有了主。她的丈夫王庚是曾留学美国的青年才俊，一表人才，能文能武，前程不可限量，对小曼也是宠爱有加。可是王庚是个事业心极强的人，整天忙于公务，情感世界或许粗糙了点，徐志摩的热情如火、深情浪漫，迎合了小曼的口味。徐志摩的温柔体贴、知冷知热，又正是王庚所欠缺的，还有很多说不清道不明的原因，小曼不能自持，她被迷住了，自沉其间，难以自拔。

七

陆小曼是一双雅俗共赏的舞鞋，鞋面上绣着大朵艳红的荷花。这是一双能让人灵魂跳舞的鞋子、能让人思想自由飞翔的鞋子，也是能使人肉体升华的鞋子。天造地设，徐志摩这双诗人的脚，和这只舞者的鞋是绝配，于是两人上演了20世纪30年代中国舞台上最好看、最浪漫、最刺激、浪花最高的爱情剧。

徐志摩和陆小曼的爱情可谓疯狂，他们一天不见就会想念得无法呼吸。不能聚在一起的日子，他们用诗歌、用书信传情达意。早上起来写，工作间隙写，吃饭的时候想起来，放下饭碗就写，晚上睡觉之前在床上还写。有时一天一封信，有时一天几封信。熊熊的爱情火焰腾起，烧得北京半个天都红了，人人看得见，最终陆小曼的丈夫王庚也看到了。

但是，这时候小曼的心早已经在爱情中狂舞，她哪里还能顾及王庚的感受，她连自己都左右不了了。全世界都反对她，她都不在乎。父母也好，社会也好，什么眼神，什么谴责，什么咒骂，什么污泥浊水，到她这里全是杯水车薪，于事无补。志摩的一个邀请、一句召唤，都能让她不顾一切，旋进舞池，旋进狂热，旋向痴迷，一直旋到世界虚无。

王庚是军界人物，身居要职，声势赫奕，手下的兵将不计其数。说实在，在那个乱世，有枪便是王，王庚要想捏死手无缚鸡之力的徐志摩，轻而易举，就像捻死一只蚂蚁一样简单。但是王庚是个真正的君子，他和小曼做了一次长谈。

谈话的结果是：两人和平分手。

八

徐志摩和陆小曼的婚礼也许是世界独一无二的一种婚礼，没有哪对新人结婚，会遭遇那样的指责和尴尬。

这场婚礼，徐志摩特地邀请了自己的老师梁启超先生做证婚人，他非常希望老师的压阵，让他们并不算光彩的婚礼能够被更多的人接受和祝福。从表面看，这场婚礼豪华气派，十分热闹，高朋满座，嘉宾云集，社会各界有头有脸的人物都到场了，但是在笑脸和祝福的背后总有那么一种不够协调的气氛，隐隐地潜伏着。一些异样的眼神，一些不易觉察的窃窃私语，还有一些莫名其妙的小动作，都让主人心里蒙上忧伤的阴影。

婚礼过程中最富刺激性的一幕是梁启超先生的一顿痛骂。众所周知，证婚人都会给新人最真诚的祝福，好听的话、恭贺的话、祝愿的话说几筐几箩都不嫌多，哪个证婚人会去揭新婚夫妇的皮，让他们面红耳赤、无地自容呢！

梁启超就这样做了：

“徐志摩，你这个人性情浮躁，所以在学问方面没有成就，你这个人用情不专，以致离婚再娶，以后务要痛改前非，重新做人。”

“你们都是离过婚，又结婚的，都是用情不专，以后要痛自悔悟……我希望你们这是最后一次结婚！”

九

罢了，罢了，不说了。这样的婚礼还能多说什么！

可是，非议也好，谴责也好，辱骂也好，一切都成了零。

历经千辛万苦得来的爱情，随着徐志摩乘坐的飞机惊天一撞，瞬间化为尘土。穿鞋子的脚都没了，鞋子还能有什么用！

陆小曼和张幼仪一样，也成了一双空鞋子。

也许，女人一生靠的就是一个命。张幼仪也好，陆小曼也好，她们各自的际遇和人生不同，但最终的结局是一样的，空空荡荡。

十

成为空鞋子的方式或许各有不同，人们为徐、陆的爱情悲剧唏嘘，把一切责任罪过都归于不通人性的飞机，觉得王子和公主在九九八十一难之后，在千难万险修成正果以后，一定会过上美好的生活，这是无数童话的美丽结局。

但是我想，我一直想，如果徐志摩的飞机没有出事，如果徐志摩和陆小曼继续过下去，谁敢保证最终小曼不成为一只空鞋子呢！

小曼是个交际花，她爱志摩是真，但是她的生活习惯和徐志摩大相径庭，她对物质享受的欲望是与生俱来的，是非常强烈的。她大把大把花钱，从来不知疼惜。尽管志摩很努力地教书、写作、译稿挣钱，但是仍然经济吃紧、入不敷出、债务缠身。小曼长年吸食鸦片，追逐声色豪奢，她是不食人间烟火的神仙，只管消费，哪里能够意识到挣钱的艰辛和徐志摩的苦苦挣扎？还有其他诸多的矛盾纠葛，在此不提。

这样的二人世界又怎保太平、完满和恒久呢？

十一

一切繁盛之后最终都将归于沉寂。一朵花开放了，结局定是谢落；一个人的兴达，也必然面临衰老死亡；一个王朝再繁盛，必将被另一个时代取代。一份爱情的痴狂，也终究会归于平静。只是，以生命消亡的方式来终结这份爱情，是预想之外的。

一下子空掉的陆小曼感觉自己像一只蝉蜕，一夜之间失去了所有的内容，只留一副空壳。从此，她脱掉背后印有大朵莲花的旗袍，收起烟管，收起一切过去的生活方式，甘心情愿让自己永远为这份爱空着，为志摩空着。

十二

命运这东西，从古讲到今，谁又能参透呢！

我常常想，如果张幼仪没有出局，如果徐、张举案齐眉，白头偕老，会是什么样子？如果陆小曼没有遇到徐志摩，与王庚终其一生，会是什么样子？

真的说不上来。但有一点可以肯定，他们的故事远没有如此精彩，好看的故事往往是以主人公的痛苦为代价的。

虽然不知道命运究竟是个什么东西，但谁又能否定一切是命运的安排呢？

生活永远比小说更精彩。

一个人的读书时光

人间最美

下午看张晓枫的《只因为年轻啊》，感觉文字特别干净，叙述极其安静。读了很多书，原来真正喜欢的，还是这样浅淡清白的文字。我一直固执地认为，最有意义、最有价值的文学，应该表现一个“真”我，说最想说的话，述最想述的情怀。言不由衷是文章最大的弊病，为写而写的文章，一定是枯燥乏味的，上帝都不屑一顾。

怀念那些旧时光：一个人坐在玻璃窗内，看夕阳一点点走远，看霞光缓缓退潮；一个人走在小路上，目光抚慰所有过眼之物，蹲下去与一株小草默默相望；一个人在漫长的黄昏，抖开内心的丝绸，看上面纵横交错的纹路，每一个交口都是生命的结点，无数的结点织成丰满的人生。

《野菊花的秋天》《一路轻歌》《一棵树的穿越》《等一朵花盛开》上的那些文字，都是我的宝贝，每一页都响着灵魂的声音，轻轻翻开，会掉落散碎的日子，从墨香里透出一些光芒来。

懂我的人自然会来，不懂我的人请悠悠走开，就像路过一朵野花，看不看一眼无关紧要。欣慰的是，总有一些相惜相契的朋友，据说地球发出的电波，在遥远的太空也能够接通，何况大家供奉的，是一样的人间烟火。

今天是情人节，我总忽略玫瑰，而知足地挑起柴米油盐。忙了一天家务，做饭、洗碗、挖菜地、捶毛巾、擦花盆、收拾房间。然后，到了五点多钟，才有时间坐下来，信手翻开张晓枫的一篇文章。文章说的是在一堂课上，她问学生爱的反面是什么，学生们不假思索地、异口同声地、用歌唱一样欢快的声音回答：是恨。

晓枫作家心里浩叹：只因为年轻啊，只因为太年轻啊！

“这样说吧，譬如说你现在正谈恋爱，然后呢？就分手了，过了50年，你70岁了，有一天，黄昏散步，冤家路窄，你们又碰到一起了，这时候，对方定定地看着你，说：‘X，我恨你！’如果情节是这样的，那么，你应该庆幸，居然被别人痛恨了半个世纪，恨也是一种很容易疲倦的情感，要有人恨你50年也不简单，怕就怕在当时你走过去说：‘X，还认得我吗？’对方愣愣地呆望着你说：‘啊，有点面熟，你贵姓？’”

读书的好处之一是，那些红尘俗务自动避到远方去了，自己又回到一株植物的秉性，温婉地伸出触角，在清远寂静中自由生长。

最爱一个人安静地坐着，血管里奔跑着文字，像一条涓涓不息的河流。执笔而走，抽扯一根精细而绵长的蚕丝，一直扯，一直扯，抽不尽，扯不完。

玻璃窗已经不能再给我提供富饶的天光，天已经黑了，我仍然不想撤离，不想开灯。好在凭着手感，模模糊糊中，仍然可以书写，这是读了半辈子书写了半辈子字练就的手艺。

侄女开了一家理发店，侄女洗头，侄女婿主剪，他俩经常说这不足那不足。我告诉他们，就凭这个手艺，你们可以一辈子衣食无忧。一个手艺可以养活一家人，我却不靠写作养活，也没法靠写作养活。我只靠它丰满行程，喂养精神，慰藉平生。

当一个手艺上升到精神层面，就颇具高大上的味道了。像街头那个卖丝线的老大妈，自己养蚕，自己缫丝，自己纺线，自己染色，然后挎上小篮，到十字街去卖。小时候，我们穿的绣花鞋，都是母亲用这样的五彩丝线绣的，现在，没有人手工做鞋了，丝线已经卖不掉了，可那个卖丝线的老妈妈还是年年养蚕，年年缫丝，年年纺彩虹般的丝线。纺丝线已经不是一个能养家糊口的行当，老妈妈并不停止，她不是在纺线，她在享受一种过程，享受一种与血脉交融的精神盛宴。

所以，我一直读书，一直写作，一直受用。内心动荡了、浮躁了、骄奢了、酸涩了、不平了，就去抚摸文字，像抚摸一只小猫的头颅，让它温顺地伏下。读书对内心的滋养，写作对灵魂的熨烫，在其中，才知其味。

一个人的读书时光，人间最美。

夜拾书香

“寒夜读书忘却眠”这是袁枚的夜，“书似青山常叠乱”这是纪晓岚的夜，“夜读细字缀语言”这是韩愈的夜，“高人读书夜达旦”这是苏东坡的夜。中国文人自古有夜读的传统，于静谧深邃的夜晚，秉一豆悠然昏黄的烛光，凭案而坐，徜徉在古贤今哲的磁场里，上下千年，纵横万里，听歌者吟咏，与智者交谈，将世之繁华、道之沧桑，尽收眼底，此之谓“万卷古今消永日，一窗昏晓送流年”。

在当今这个时代，似乎读书的人越来越少，“一箪食，一瓢饮，居陋巷，不堪其忧”的人，仿佛头顶上的蓝天，想看到总需等待。太忙了，太忙了，哪有时间读书！真的没有时间吗，白天不得闲，晚上呢?

万事万物都争着在阳光下露脸，花要开，蝶要飞，人要拼拼打打，白昼过于浮躁。夜晚，是上天安排给这个世界的一项福利，用黑暗遮蔽所有的浮华，降下帷幕，落定尘埃，一切归于安宁。夜的天空和大地已经安静下来，而在红尘世界奔走的许多人，心还在起起伏伏，上上下下。这时候，读书是一剂良药。

捧着书坐下来，顺着文字的脉络走下去，心空便湖水平静，大海深沉。只要你能够真正潜下来，心与文字齐平，便可以平平仄仄退去，纷纷扰扰远离。

古人讲究红袖添香夜读书。读书之时，洗手净面，衣衫抻平，端坐案前，打开册卷，红袖相伴，挑灯沏茶，披衣打扇。古人读书有一种浓浓的仪式感，现在读书没那么多讲究，自家床头随意一靠，24 小时书店席地而坐，便可一任性情。耳边嗡嗡的蚊子信手拂去，心海漂泊的层云任其驻足，这些是文字深处飘然而出的书香，氤氲在周围，翩跹在头顶。

最喜欢在夜深人静的时候，慢慢品一本闲书，就像悠悠地品一杯咖啡，品一盏香茶。一行行文字被我的眼神细细摸过，与书建立一段爱、一段交往。有时突然想起一本旧书来，就像想起一个老朋友，立刻从书架上取下，握在手中。与书的亲密接触，在身体上，在灵魂间，书页所传递的细浪，潺潺泛过心田。

不介意困倦来袭，眉梢下面就搭着梦的阶梯，不奢求“梦笔生花”，不惮于“黄粱一梦”，淡定地面对生活，常态于读书学习。也不必担心店主催人，累了可以起身而去，不倦就沉浸其中，深深浅浅，不徐不疾。

拾得一缕书香，在安静的夜里，享受一份幽幽的冥想，享受一份浅浅的欲望，享受一份随性和自然，享受一份清澈和深沉；拾得一缕书香，把夜读作为人生行程中歇脚的驿站，把书页翻动之声调试成千古的琴，在一段一段的书香里脱胎换骨，守一盏心灯，聆听浩瀚书海四面八方的潮音。

深爱旧书

对一本旧书的珍爱远远大于一本新书，尤其是曾深深爱过并经常翻阅的书。

书是有记忆功能的。在书桌上轻轻地展开，在晨光中静静地浏览，在夜深人静的时候，读累了，把书放在胸口上酣睡。这些情景，书都一一记下。

你记住了书中的精彩，书也记下了你。所以一本旧书看到最后，就变成了两本书，其中一本是隐形的，别人看不见，只自己心里有数，都是些与阅读有关的记忆。

一本书，有你指尖的温度，有你的朝晖夕阴，有来来回回蹚过的眼神，有你心房被触动时汹涌的波涛。一本书一旦被你爱过抚摸过，就自然带上一张“光碟”——情感的光碟，刻录下你与书之间的点点滴滴，你跟书的交往，你对书页以身相许的往昔。所以，旧书从来不贬值，它总是增值的。

爱书的人，舍不得把自己的书借给别人，与吝啬不吝啬无关。鲁迅先生一生节衣缩食，购置了很多图书。他平时爱书，敬书，看书前总是先洗手，书脏了就小心翼翼地弄干净；书破了，自己亲自装订、修补。经他整理后，破旧的书往往面目一新。他平时不轻易把自己用过的书借给人，若有别人借书，他宁可另买一本新书借给人家。若是爱书人，你懂的！

书这个东西，珍贵不珍贵，值钱不值钱，全在于心，它的价值由爱它的灵魂决定。

“爱你，你是琉璃杯。不爱你，你就是玻璃碎。”爱如此，玉如此，书亦如此。你不爱它，它就是一堆枯干的纸浆而已。它是宝贝，它价值连城，因为你懂它、不舍它、珍惜它。旧书里有永不凋谢的花、永不散去的云霞、永不腐败的骨头。

一本旧书就是一场江湖，恩怨缠绵都在里头；一本旧书就是一片江山，没有谁能够降低它的高度，侵蚀它的风骨。

见到一本旧书，立刻爱不释手，就像水浒里那些英雄，早就已经知道对方的名字和江湖事，某一日一见面，大名一报，立刻成为好兄弟，这叫缘。

只有爱书的人才懂得邂逅一本好书的欣喜。上世纪90年代中期，一个高个子卷头发的青年，一个冬天的傍晚，骑车经过合肥桐城路西园新村，被马路边上的一堆英文旧书吸引。随手打开一本暗红色布纹精装书，见扉页上有古旧的英文签名，下方还有一处印章，椭圆形，深蓝色，外圈带细小齿轮，上书“志摩遗书”，精湛而醒目，便买它回来。经过多方考证，确认这本书是1920年4月7日，已经赴美留学2年的24岁的徐志摩在哥伦比亚大学买的一本英文书。它从旧主人那里为何离散已不必再问，这本*PROPOSED ROAD TO FREEDOM*，历经88年时光，似乎就是为了某种邂逅。它命运里注定某一天会有这么个人，它就在路边等，从美国到英国，从英国到北京，从北京到合肥，哪怕尘满面鬓如霜，仍痴心以待，最后终于停在这个青年的书桌上。

上天是圣手，不会让哪一个有缘人错过他该有的缘。如果你走过一本旧书，而没有发现它，说明缘分未到；如果你已经掂在手里而没有买下，说明你与它无缘。对于书来说，被爱了才有意义，被读了才有价值。

爱书之人，不仅品之读之，更恭之敬之。上文说的高个子卷头发的青年，安徽社科院的祝凤鸣老师，个人藏书上万册，书房里几张大书柜，从地面连到屋顶，书就是墙，墙就是书。每本书都疼过爱过，都精心包上封皮，像给马打上铁蹄，任由自己骑在书香上狂奔。他对书的爱到了痴迷的程度，有时躲在书斋读书，连续十天半月不下楼，把阅读当成精神打坐。

省作协许辉主席的书房，书籍连天连地，除了一个吞吐的门，几面墙满满皆是，可谓浩浩荡荡！在人潮涌动的城市里，在一个寻常住宅房里，有这么一个大面积的书房，真是一道风景！一个战士最多不过是勇武，而千军万马就威声震天，脚步声都能振动天地，这就叫气势！一本书在那里，是那么清丽雅致，而千万本书行列整齐，便作一派恢宏。

书放在书店的货架上，那是新书，久久卖不出去，也还是新书，因为它未经红尘，未历尘世，未开启一段生命。书一旦被人购买回家，被读书人几根清净的指头细细抚摸，被一双倾慕的眼睛热烈地探问过，就有了一段爱、一段交往，生命就此扎根，它一日日成了主人的“宠”，收进书柜，变成珍爱。

许多书列于时光中，静静守住自己的一腔真知，一腔情怀，正气而庄严。只有主人走进来，点一支烟，写一段文章，查找一段资料，伸手就可以在芸芸书列中取出想要的那一本，主人对每一本旧书了然心头。某一本书在密密麻麻书架的哪一个位置，别人可能根本无法寻觅，只有主人，他熟悉得就像突然想起一个老朋友，按键一触就拨通了对方的电话。这数万册图书，哪一本不是故人？

每一本旧书可能都有一段故事，无数的故事连缀成读书人丰满的历程，许多光阴藏在旧书中，字里行间有着丰茂的人生。所以读书人孤独可能会有，却从来不会寂寞。

人在读书，书也在读人，人在书海里探求悟道，书也对阅读者有了深刻记忆。书和人之间，有爱，有依恋，有难舍难分。一本深爱之书，就是一个恋人、一种缘分、一段令人怀想的人生。深爱一本书，是愿意与之终身相守、白头偕老的。

与书亲密接触，在身体上，在灵魂间，凝视过每一枚书页的容颜，领略过每寸肌肤的芳华。那深长的注目，心旌摇动的异响，是潺潺泛过心头的细浪，是缓缓掠过魂魄的飞扬，全都刻录在字里行间，被永久收藏。

一本书，爱它，打开是电光火石的碰撞，合上是拂之不去的怀想。

深爱一本书，与深爱一个人，没有两样。

那些红色的云（后记）

写这篇后记的时候，恰逢阳春三月，小区院子里的一棵妙树，正开出一树繁花。看着这一株开花的树，我心中有点激动。海子说，给每一条河每一座山取一个温暖的名字，我则希望给我的每一部书取一个温暖的名字。这一刻我确定，把我即将出版的新书，取名为《让兄弟姐妹都开花》。

《让兄弟姐妹都开花》也是我一篇散文的篇名，2014 年，这篇散文获得中宣部文艺局、人民网、新华网、光明网联合举办的“我的中国梦——讲述中国故事”文学作品征集二等奖。记得去北京领奖的时候，我们按要求提前几天到达中央电视台，在一号演播大厅彩排。获奖者来自全国各地，几天的集体行动，大家很快就成为朋友。《让兄弟姐妹都开花》是大家颇为赞赏的一个标题，吃饭的时候，大家共同举杯，就会说：“来，让兄弟姐妹都开花。”走台的时候，大家互相提醒：“加油，让兄弟姐妹都开花!”让兄弟姐妹都开花似乎成为那几天的热词。回到叶集也一样，朋友们不约而同，一起喝酒，或一起做别的事情，只要是共同的邀约，就会说一句“让兄弟姐妹都开花”，于是热闹，于是欢腾。每当这个时候，我的心头都会有一朵红色的云，悄然升起。

写作，是我人生路上一道别样的风景。我写作的时间不长，2008 年开始，到现在也就 10 年左右。之前我与文学完全隔绝，我把全部的时间都用在教学上，上课，当班主任，还有学校的行政职务，每天时间塞得满满的：认认真真教学、兢兢业业管班、编校园杂志、组织各类活动。那些年，我疯狂地工作。早上，学生早课之前我已经站在教室里；晚自习后，学生全部走完，我才离开，几乎每天都是披星戴月。一个偶然机会，我开始进行写作。起初，写作只是为了自我抒发、自我倾诉，完全就是个人的事情。但写着写着，我就发现身边聚拢了很多的人，这些人是同行者，也是欢呼者；这些人心性相近，志同道合。尽管我只是个初学者，他们也从不吝惜赞赏的言辞，他们对我微笑，他们表扬我、赞美我，为我跷大拇指，真诚地鼓励我。我感觉我一生中最密集的鲜花和掌声，都是从写作里得到的。每当这个时候，我的心头就会升起一朵红色的云。

组织也乐意接纳我，我很快加入了安徽作家协会，又加入了中国作家协会，以及其他各类协会或组织。我不再觉得孤单，不觉得自己只是一个人走路，而是行进在一个强有力的团队之中。我经常参加各种各样的文学活动，脚步行走在广阔的大地，不同风格、不同特质的风景，拥入胸怀；不断结识新的朋友，大家切磋文字，畅叙友情，成为思想和精神的友好伴侣。在这个圈子里，总是被无数的开心和温暖包围着，云淡风轻，鲜花灿烂。身边有很多才华横溢的人，乔木森森，高手云集，大家牵手相携，笑语声声。读他们的好文，就像走进神奇的象牙之塔，每当这个时候，我的心头就会升起一朵红色的云。

写着写着，我的笔下就不再是自己；写着写着，笔下就有更多可亲可敬的人。写他人，把人间美好的东西呈献出来，把平凡的人身上的大爱大德，擦拭得鲜鲜亮亮，给大家看，让世界充满深情。我写亲人，写朋友，写邻里，写所有打动我的人和事；我唱响正义，讴歌美好，展现善良和仁慈，把人间的美德诉诸笔端。

为人间增加一份春色，为社会尽一份义务和责任，这是我快乐的源泉。每当看到更多的平凡的人因为我的文章，而被大众所了解、所推崇、所爱戴，看到他们脸上的幸福与快乐，我的心中又会有红色的云飘出来。

很多读者喜欢我的文章，他们身处各地，从四面八方发来短信、微信或 QQ 信息，告诉我他们阅读的感受；他们中的有些人，能一篇一篇地复述我的文章，有的甚至可以成段地背诵；他们关心我、关注我，每篇文章中的错字错句，总有文友告诉我，他们会把整本书中的错漏之处列出来，写信给我；报刊或者网络发表的单篇文章，只要有疏忽之处，都会有朋友给我一一指出来，敦促我注意修改，我从中感受到了浓浓的爱护。我的文章并不太优秀，但读者们那么包容，那么厚爱，那么鼓励和支持，这是赠送给我的无价之宝，特别珍贵，我一直非常珍惜。有时候，我的某个观点，也会引发大家的讨论，大家各自发表不同的观点，我也是满怀兴奋。有人因为我的文章，而与文学结缘；有人因为我的文章，而有些许感悟。每当这个时候，我的心中就会再一次升起红色的云。

这些红色的云，就是文学的暖意！

自从我步入文学创作之路，多少年来，文学一直温暖着我。读者从我的文章中感受到正能量，能够有收获、得滋养、促振奋；我也从他们身上，汲取到不尽的精神力量，是大家推着我不断前行，不断有所收获。我心中无比地感恩。

我的天空，红云朵朵，红得熨帖，红得美丽，红得嫣然，红得清透而柔媚，红得平静而偾张！我的心情也因之而越来越美好。

我在写作中历练自己、沉淀自己、提高自己，思想因之更洁净、更纯粹、更深刻、更透彻，胸怀也更加敞亮，心空有更多的正义、善良、温情、美好入住，生命变得更加宽厚而雍容。

非常感谢文字。文字是一双眼睛，会带着我去观察，去探究，去发现。有了一双善于发现的眼睛，人与人、人与自然、人与万物、人与天地之间就多了一分沟通与交往，多了无数的联系和契合；文字是一副敏锐的触角，可以剥开浮现于外的表层，进入血肉和骨骼，进入事物的本质地带，让普通的目光具有了珍贵的透视功能；文字是净化剂，能透析清浊，能沉淀杂质，能让心灵变得不再迷顿，不再含混；文字更是心灵的牵引，它能让情感交汇，让人心亲近，让天地靠拢。

非常感谢一路陪伴的伙伴们，是你们给我关注，给我提醒，给我数不清的温情，我们靠在诗歌散文小说的旗帜下，一同忧，一同乐。尤其感谢我的爱人，一直爱护我、支持我。我的每一点点进步，他都为我叫好，我的每一点微不足道的成绩，他都为我鼓掌；每一次活动，他都力促我去参加；我晚上写作的时候，他会不声不响地把一杯牛奶放在案头；我累了的时候，他会不容拒绝地合上我手里的书，拉着我去散步或者休息。他用一双温厚的手掌，轻轻推在我的背部，推着我一直往前走。

一片一片轻盈的、低调的、惹眼的、动人的、红色的云，布满我的天空，我在文学的世界里行走，感到那么舒心和惬意。

感恩文字，感恩写作，感恩这个时代，感恩所有该感恩的一切。愿心中红色的云朵，温暖我，也温暖你和他，一路温暖到大千世界去；愿所有写作者手中的笔，都能为世界增添美丽的色彩，让尘世更美，让人心更善，让温暖更暖。

愿所有的季节都像春天！

黄圣凤

2018 年 3 月写于博敏斋

图书在版编目（CIP）数据

让兄弟姐妹都开花/黄圣凤著．—合肥：合肥工业大学出版社，2018.6
ISBN 978-7-5650-4053-5

Ⅰ.①让…　Ⅱ.①黄…　Ⅲ.①散文集—中国—当代　Ⅳ.①I267

中国版本图书馆 CIP 数据核字（2018）第 146965 号

让兄弟姐妹都开花

黄圣凤　著　　　　责任编辑　张　慧

出　版	合肥工业大学出版社	版　次	2018 年 6 月第 1 版
地　址	合肥市屯溪路 193 号	印　次	2018 年 7 月第 1 次印刷
邮　编	230009	开　本	710 毫米×1010 毫米　1/16
电　话	人文编辑部：0551-62903310	印　张	15.5　**彩　插**　0.25 印张
	市场营销部：0551-62903198	字　数	248 千字
网　址	www.hfutpress.com.cn	印　刷	安徽昶颉包装印务有限责任公司
E-mail	hfutpress@163.com	发　行	全国新华书店

ISBN 978-7-5650-4053-5　　　　定价：29.00 元

如果有影响阅读的印装质量问题，请与出版社市场营销部联系调换。